长篇小说

致命火铳

大明火枪手

燕歌 著

图书在版编目（CIP）数据

大明火枪手. 致命火铳 / 燕歌著. -- 重庆 : 重庆出版社, 2024. 11. -- ISBN 978-7-229-19183-2

Ⅰ. I247.5

中国国家版本馆CIP数据核字第2024Y7V637号

大明火枪手：致命火铳
DAMING HUOQIANGSHOU : ZHIMING HUOCHONG

燕歌 著

出　品　人： 华章同人
出版监制：徐宪江　连　果
特约策划：上海紫焰文化传媒有限公司
责任编辑：王昌凤
特约编辑：张铁成　王菁菁
责任印制：梁善池
营销编辑：史青苗　刘晓艳
责任校对：彭圆琦
封面设计：郭　子
封面插画：桃多汁

重庆出版集团 出版
重庆出版社

（重庆市南岸区南滨路162号1幢）

投稿邮箱：bjhztr@vip.163.com

北京毅峰迅捷印刷有限公司　印刷
重庆出版集团图书发行有限公司　发行

邮购电话：010-85869375/76/77 转 810

重庆出版社天猫旗舰店
cqcbs.tmall.com

全国新华书店经销

开本：880mm×1230mm　1/32　印张：8.75　字数：194 千
2024 年 11 月第 1 版　2024 年 11 月第 1 次印刷
定价：42.00 元

如有印装质量问题，请致电 023-61520678

版权所有，侵权必究

目录

引　子　　　/ 1

第一章　　　风入松 / 4

第二章　　　丑奴儿 / 28

第三章　　　洞中仙 / 51

第四章　　　贺新郎 / 82

第五章　　　相见欢 / 104

第六章　　　留客住 / 130

第七章　　　忆故人 / 157

第八章　　　夜行船 / 186

第九章　　　破阵乐 / 224

第十章　　　归去来 / 246

后　记　　　/ 273

引子

　　已是黄昏，金色的阳光铺在海面上，晶光闪烁，水波映日，仿佛一条条生着金鳞的鱼在跳跃舞动，使人满眼生花，有些跳上船头船尾来，像是能掬拾得起。

　　海风轻柔，吹过船舱飞檐上挂着的响铃，好似海神在拨弄琴弦，奏出一曲动听的乐章。

　　船帆张满了风，正朝着北方迤逦而来，这支船队共有三条船，船体窄而长，每条船的船头都刻着一只巨大的鸟头，船帆上也画着巨鸟，充满异域风情，一看就知道不是中土的船只。

　　为首的一条船，甲板上站着几位水手，年轻些的在擦拭船板，上了年纪的正倚在桅杆上闲聊，不时发出豪爽的大笑，惊得停歇在桅杆上的海鸟扑楞楞地飞起。

　　一位大胡子水手看了看远天，吸吸鼻子，突然快速走到船舷边，看了看海水，脸色倏地变了，朝着周边的人喊了几句话。

甲板上的水手立刻警觉起来，开始加固缆绳，大胡子水手则跑进船舱去找船长。

没过一会儿，太阳落下去，只存余晖。

海中升起一层雾气，越来越浓，仿佛从海底冒上来的一样。紧接着，海风变得越来越大，原本红霞尽染的天空，不知从哪里坠下沉甸甸的铅云，顷刻间笼罩在无边的大海上，原本喷珠溅玉的浪尖，此刻变得灰白而污浊。

风劲浪急，三只船如同三只灵巧的海鸥，冲风破浪而行。

驾船的人无疑是经验丰富的老手，船长亲自掌舵，一手扶着舵轮，一手握着酒瓶，不时地灌上一口，身形如同钉子一般钉在那里，任海涛林立，怒浪拍击，大船仍旧稳如泰山。

然而海风愈加大了，整条船吱吱作响，再硬撑下去可能要出大事，船长吩咐收起船帆，水手们行动起来，爬上桅杆，拉的拉，卷的卷，很快将船帆卷成一团，船也平稳了很多。

一名水手抱紧桅杆喘着粗气，方才一通忙活，累得不轻。他的目光突然停在船的侧后方，那里的海面上有一团黑黑的云气，正快速向船队飘来。

真是怪事，方才行船的时候，没发现这团黑云啊！想必是一开始离得较远，风力加大时才被吹过来的。

没等水手想明白，那团黑云已经飘到近前，这水手仰头望去，黑云就罩在头顶上，仿佛伸手便可以触及。

更怪的是，那团黑云飘到大船上方，居然停止了移动。其他人也发现了这一幕，大家呆呆地抬头凝望，一些老水手行船几十年，从未见过如此怪异的云朵。

突然，黑云中响起一阵怪声，像是牛吼，又像是虎啸，随着声响，黑云当中赫然飞出一只巨大的怪物。

那怪物头上长角，腮边生须，一对巨眼足有灯笼大小，射出两道金光，身上满是金鳞，两只前爪巨大如锚钩，口中喷出一股股黑烟，在船队上方飞舞游动。

船长听到动静，连忙跑出船舱，待他抬头看到这只巨怪，立时吓得面无人色，手指天空，嘴里发出一声长长的嘶吼："龙——"

叫声未落，那条龙突然大张龙口，吐出一颗人头大小的珠子，那珠子遍体冒火，直直落下，船长眼睁睁看着珠子砸到脚边的甲板上，穿出一个洞，掉进下层船舱里。

紧接着，下层船舱发出轰然巨响，巨大的爆炸掀飞了大片甲板，连同甲板上的几名水手也飞上了天，整条船剧烈燃烧起来，火焰引燃了船内的火药，甲板上的几尊大炮被气浪激荡，撞破船体落进海中。眨眼之间，这条可容上百人的大船完全碎裂，巨大的桅杆轰然倒下，船上的水手尽皆沉入大海。

此时吐珠的巨龙消失在黑云之中，剩余两条船上的人惊魂未定之际，就见不远处的雾气中驶出几条船来。为首一条大船，船头上刻着一尊龙头，船帆上画着一条巨大的金龙，那条龙张牙舞爪，甚是威猛，直欲冲天而去！

第一章
风入松

一具尸体倒在墙边，背靠着墙壁，一把鱼鳞刀插进他的腹部，透背而出，刀尖深入土墙寸许。

尸体的双手紧紧抓着刀柄，一张扭曲变形的脸上，滴滴血痕已经凝固。

屋子里一片狼藉，椅倒桌翻，地上还有不少碎裂的杯盏，棉被摊在床上，已经被刀划成碎布。只有墙上的一幅仕女图尚且完好，画的是一个风韵女子，手执佛珠。迸溅到仕女图上的血滴，仿佛落地的梅花。

丁醒在屋中转了几圈，又抬头看看尸体，轻轻摇摇头，吩咐手下士兵："把刘千户的尸体抬出去安置一下，再去定海县衙找个仵作来验尸。"

两名士兵上前，将尸体小心地抬出门去。那把刀还插在尸体身上，这些士兵都懂得保护现场和尸身的道理。

看着凌乱的屋子，丁醒微微叹了口气，自言自语："本以为是来剿匪，没承想又遇到这种事。"

丁醒受命来到定海卫不过两三个月，兵部调他前来是协助剿灭海寇的，可他刚刚熟悉过定海卫的守备情况、人员案卷，参加了几次海训，还没来得及去调查海寇的行踪，手下的千户刘虎臣便离奇身死。

刘虎臣是定海卫的一员悍将，与丁醒一样是世袭武官，他数次出海剿匪，从百户升为千户，在军中享有勇名，任谁也想不到他会有如此下场。

丁醒检查过刘虎臣的住所，门窗皆无撬动痕迹，当天夜里，刘虎臣是独自睡在房中的。

前几天刘虎臣偶染风寒，吃了几剂汤药，身子已经见好。他是军官，手下自有亲兵服侍，两名亲兵住在院子的左右配房中。据他们讲，大概刚过丑时，二人听到刘虎臣房中传来一阵巨大的声响，二人久在军中，自然警醒得很，连忙提了刀跑到正房前，可是叫门不应，推门不开。

二人透过门缝向内看去，发现刘虎臣好像疯了一样，在屋子里来回乱转，不住挥刀乱砍。

屋中没有第二个人，刘虎臣的刀全砍向空中，好像那里有一个看不见的敌人。

两名亲兵心里甚是疑惑，看起来刘虎臣好似梦游，也许是在梦中与敌人厮杀，这个时候冲进去，多半会被误伤，便没有贸然闯入。

但刘虎臣砍了一会儿，突然连声惊叫，最后身子靠在墙边，猛地回手一刀，插进自己的小腹。

两名亲兵吓得魂飞天外，二人将刀伸进门缝，砍断门闩，冲到刘虎臣跟前，发现那一刀直入要害，刘虎臣已经气绝身亡。

丁醒检查过门闩，果然断口是新的，可见两名亲兵没有撒谎。而且他知道，刘虎臣与这两名亲兵是实在亲戚，又对他们非常照顾，二人没有任何理由谋害自己的主人。

看来确系梦游自杀无疑了，只是不知刘虎臣梦中看到了什么。

回军营的路上，丁醒心情异常沉闷，缺了刘虎臣这员猛将，定海卫的战力损失不小，也许应该向兵部奏请，再调派一位能干的将军来。

他必须马上向定海卫指挥使贺兰明上报。

贺兰明今年刚刚三十岁，年富力强，身材高大威猛，一部络腮胡须，豹头环眼，说话声音像打雷，颇有些三国猛将张翼德的风范。他镇守定海卫已有三年，不止一次率兵出海，剿灭海寇，据说被他击沉的海寇船不下二十艘。

听了丁醒的汇报，贺兰明亦有些诧异，两道浓眉拧成小山般的疙瘩，捋着那部大胡子："你是说，刘将军在梦中自尽？"

丁醒道："目下看来，似乎也只有这个解释。有人证在，末将不敢隐瞒。"

贺兰明叹息一声："刘将军一向冲杀勇猛，手刃匪寇数十人，不料落得这般下场，看来猛将亦有脆弱之心结。算啦，传我将令，厚葬刘将军，本使即刻上报朝廷，以阵亡之例重加抚恤。你退下吧。"

丁醒拱手："多谢大人体恤部属，末将告退。"

别过贺兰明，丁醒向家中走去，他的住所不在定海镇上，而是在军营边，这里安置着许多军官家属，丁醒到了以后，也住在附近。

回到家时，天色已经黑了下来，丁醒在路上买了些牛肉和烧酒，准备喝一场，以解胸中闷气。

可当他推开大门，眼见着清锅冷灶、死寂的小院、紧闭的屋门，心中陡然升起一股苍凉孤独的感觉。

来定海卫快三个月了，他一直独自居住于此。鬼仙来过一两次，先是找他借些银钱，又给他送了些自制的风铃挂饰，至于百晓娘，她又一次失踪了。

本来以为到了定海，就可以见到百晓娘，哪知她始终没有露面，问鬼仙，也说不知道。很多次午夜梦回，丁醒都有感觉，仿佛百晓娘此时就伏在自己窗外，倾听着自己熟睡的声音。

这段时间以来，由于刚来定海，公务太忙，琐事太多，丁醒一直没有得空去寻找她，这使得他更加怏怏不乐。

转头看看微微西斜的太阳，天色尚早，丁醒索性锁了大门，手中提着牛肉烧酒，出了军营住所，直奔东北方向而来。

定海卫的东北方向有座矮山，叫黄杨尖，山虽不高，却是很有名，相传三国时期的葛玄曾经隐居于此，修道炼丹。到了明朝，有游方道士在山上修起一座道观，取名为葛玄观。

鬼仙到了定海以后，丁醒想要给他安排住所，鬼仙谢绝了。丁醒知道他的脾气，于是任他自便。鬼仙在黄杨尖山上造了一座小小茅屋，离着葛玄观不远。

茅屋建造之时，丁醒来帮过忙，其后因事务繁忙，再也没有来过。当他按着记忆登上山腰时,耳边忽然听到一阵喧闹之声。

循声看去,鬼仙所建的茅屋前围了七八个人,不知在吵些什么。

丁醒一皱眉,暗道不好,莫非鬼仙得罪了什么人,人家上门理论来了?想到这里,他加快脚步,赶到现场,探头向里看去。

一看之下,丁醒有些放心了,外面围的人都是家仆打扮,里面放着张自制的竹桌,鬼仙面罩黑纱,抄着手高坐上位,对面坐着一个白面公子,侧面坐着一个中年员外。

此时,这个中年员外正指着桌上的一样东西,怒斥鬼仙,他的家仆也喝嚷纷纷,丁醒听到的,就是这些人的叫骂。

丁醒心中奇怪,鬼仙在京城一向是不得罪人的,怎的来了定海不过数月,就得罪了这么多当地富户?

他定睛朝竹桌上看去,上面放着一样东西,是个琥珀吊坠,色泽金黄,外表光滑,内部还有一些纹理。

丁醒不懂这些人要做什么,只要鬼仙不吃皮肉之苦,先看看也无妨,于是便背了手在外面听着。

就听那员外指着吊坠说道:"我在定海开了十几年的店面,碧琅居谁不知道,怎能收假货?今日你定要说清楚,到市集上公开认错,挽回我的名声。"

丁醒明白了,鬼仙可能看出碧琅居在卖假货,因而与老板结了仇。看来他所指出的假货当中,就有这个琥珀吊坠。

鬼仙伸出双手一晃,只有七根手指的手掌把大家吓了一跳,便不再吵嚷了。

见没有了杂声,鬼仙这才开口,他的语调不再是男女相混,而是变成了纯正的男声,想必是怕引起更多的注意:"王员外,相烦你进我的屋子,把醋坛子拿来。"

此话一出,众人皆大感不解,人家让你说明货物真假,你要醋坛子做甚?

那王员外虽然不明白,但仍旧气乎乎地朝一个仆人努了努嘴,那仆人跑进茅屋,将灶上摆的醋坛子捧了过来,放到桌上。

醋坛子的坛口上扣着一个碗,鬼仙却不理会,吩咐那仆人:"把吊坠拿到火上蒸。"

屋外生着一堆火,火上吊有蒸锅,里面的水已经烧开,想必鬼仙早就知道他们要来,事先准备好的。

那仆人看看王员外,王员外一撇嘴:"让你蒸就蒸,蒸坏了,让他赔双倍就是了。"

仆人不再犹豫,把琥珀吊坠放进蒸锅。王员外涎着脸笑道:"这吊坠是从云南进来的,虽不名贵,在本地也算稀罕物,作价二十两银子不为过吧?"

鬼仙冷笑不答。

蒸了片刻,鬼仙叫人把琥珀吊坠拿了出来,自己则从醋坛子上拿下那个碗,将吊坠放在碗中,说道:"诸位请看。"

众人凑到近前一瞧,都瞪大了双眼,那个琥珀吊坠竟然变了颜色,由半透明的金黄色变得发白了。

"假的,假的……"一旁的那位公子说道。

鬼仙冷冷一笑:"这是古时做假琥珀的一种方法,把一种很常见的东西煮熟了,等到它似软不软、要硬不硬的时候,去掉外壳,放到老醋里泡着,泡上几天之后,就会变硬,其色呈半透明,内中有粉状细丝的纹理,与真琥珀无异,完全能以假乱真。"

公子发出一声惊叹，不禁问道："你说的那种很常见的东西，到底是什么？"

鬼仙搬起醋坛子，往碗里倒了点老醋，拿起假琥珀蘸了蘸，然后放进嘴里。这个动作把一干人全弄蒙了，王员外大叫起来："不能吞……"

鬼仙笑而不语，居然大嚼起来，一边嚼一边笑道："这个假琥珀的胎料，用的是毛鸡蛋，就是普通的毛鸡蛋，在胚胎还没有成形时，煮熟泡醋，就可以随意雕刻成各种形状，硬度和琥珀差不多。可是我用热力蒸了一下，里面的醋被蒸了出来，颜色也就变浅了，并且硬度也下降了，可以吃的。"

那公子带来的人哈哈大笑起来，王员外则目瞪口呆，羞愤地站起身，带着下人一溜烟地跑了。

丁醒心中暗笑，在江湖上很少有人能骗倒鬼仙，王员外这种雕虫小技，的确是不够看的。

此时留下的那位公子，看上去倒十分正直，他又是来做什么的？丁醒好奇地看着。

只见那公子捧出一个盒子，轻轻打开，盒子里放着一把扇子。它不是普通的纸扇、团扇、竹扇、蒲扇，而是一把羽扇。

看到羽扇，丁醒并不陌生，苏轼的那阙《念奴娇·赤壁怀古》里就明明白白地写着："雄姿英发，羽扇纶巾，谈笑间，樯橹灰飞烟灭……"

只不过，这些羽扇大多是鹅毛制成的，所以又称"鹅毛扇"。但今天出现的这把羽扇，看起来却不像是用鹅毛做成的。

它的扇柄精致美观，用的是紫檀木，九片羽毛整整齐齐地粘合于扇柄之上,羽毛色白如雪,没有一抹杂色。

那公子恭敬地向鬼仙拱拱手:"前辈,昨日请您看一看这把扇,您说没有准备好,要在下今日带来,如今可准备妥当了吗?"

鬼仙问:"不知公子想了解这扇子的哪一方面?是产地、年份,还是工艺?"

公子笑了笑:"不瞒前辈,这扇子的产地、年份还有工艺什么的,我都知道,它是我一位朋友专门制作的。我这位朋友是养鹤的,他专门挑选了鹤身上最好的羽毛,请高手师傅制作了这把扇子,希望我帮他卖个高价,销路一开,日后就可以大批制作。结果有位关西的买主看了,说是假的。扇子上的羽毛不是鹤身上的,而是鹅毛。如此一来,这把扇子就是鹅毛扇,不是鹤羽扇,价值掉了几成呀!我要帮朋友卖出高价,但绝不能用假货来骗人,可我不能肯定它到底是鹅毛还是鹤羽,今天来,就是想请教一二。"

说完,他示意仆人取出一小包银子,放在桌上,作为酬金。

鬼仙轻轻拿起扇子,晃了晃,说道:"按理讲,鹅的羽毛和鹤的羽毛并不一样,应当很容易辨别出来。"

那公子忙解释说:"那买主言道,有种鹅产自关西,羽毛和鹤羽很类似,他相信,这把扇子所用的毛,就是那种鹅。当然我是怀疑的,可拿不准。"

鬼仙一笑:"小事一桩,请稍等。"说着他起身走到茅屋窗下,捧起一个竹篓,放在桌上。竹篓四周用布包着,看不到里面。

众人不知其意,呆呆地看着。鬼仙早看到丁醒来了,便朝他一招手:"进来,帮我个忙。"

丁醒将酒肉放在一边,站到鬼仙身边。鬼仙拿出一条细绳,将扇子的柄紧紧系住，用手提着，吊到竹篓上方，对丁醒说："等我一下令，你就掀起盖子，我把扇子放进去。"

公子和丁醒都满怀疑虑，不知道鬼仙竹篓里卖的是什么药。

鬼仙晃了晃绳子，吩咐丁醒："打开盖子。"

丁醒伸手将竹篓的盖子掀了起来，盖子刚打开，里面"嗖"的一下探出一个蛇头来，吓得丁醒险些扔了盖子去拔刀。

就在这时，鬼仙把绳子一沉，那把羽扇就进了篓子，悬在蛇的头顶。

神奇的事情发生了。

就当扇子悬到蛇头上时，那蛇吐了几下信子，猛地缩了一下头，然后蜷回篓子，身体盘成一团，又高高昂起头来，如临大敌。

鬼仙看得非常清楚，立刻把扇子提了出来，同时吩咐道："关上笼子。"丁醒立刻把盖子死死地按住了。

那公子也松了口气，问道："前辈，你在弄什么玄机，篓子里为何关了一条蛇？"

鬼仙解下扇柄上的绳子，将扇子轻轻放回盒内，对那公子笑道："这是正宗的鹤羽扇，绝不会是鹅毛做的，你放心卖便是。"

公子高兴起来，忙问："您用一条蛇，就试出了羽扇的真假？"

丁醒也问道："刚才是怎么回事？那蛇的反应我看得清清楚楚，怎么好像老鼠见了猫似的？"

鬼仙淡然一笑："其实道理非常简单，鹤一类的长足鸟是蛇的天敌，像什么雕啦、鹫啦、鹤啦，最能吃蛇。所以蛇对它们非常恐惧，只要闻到它们的气味，立刻远遁。如果真是鹤羽制成的扇子，立刻可以把蛇惊走。刚才的情形你们都看到了，就是这个道理。如果是鹅毛，断不会将蛇吓退。"

那公子连连点头，挑起大指："道理虽然简单，但要是不知道的，可万万想不出来。"

鬼仙也不客气，拿起银袋往桌上一倒，扫了一眼，说道："给多了。"

公子笑道："今日不光知道了扇子的真假，还大开了眼界，已经价超所值。前辈只管笑纳。"

这公子挺会说话，丁醒暗想。

鬼仙却摆摆手："我从不占人便宜，既然公子给得多，就给您提个建议，不知道有没有兴趣听。"

公子连忙道："晚辈洗耳恭听。"

"这把扇子，用的是紫檀木做手柄，名贵是名贵，气韵却不对了。"鬼仙直言不讳。

公子一愣："气韵不对？请说清楚些，怎么个气韵不对？"

鬼仙解释道："一般的羽扇，功能不在于扇风，而是身份的象征，羽扇象征一个人的德行、风度、身份、修养。这么说吧，紫檀木属于富贵品，是民间富户用的，而世间高士，万万不会用紫檀来做扇柄的，那样会很俗气。"

公子点点头："有道理，那用什么来装饰呢？请赐教。"

鬼仙想了想："要想这把扇子气韵不凡，就不能用紫檀木，而应该用毛竹和棕竹来做扇柄。竹子象征高洁雅致，与鹤的气质相配，另外颜色也相和。阁下认为是否妥当？"

那公子站了起来，拱手道："听君一席话，胜读十年书。"

鬼仙看看丁醒，对公子道："在下还有事，就不相陪了。"公子连声称是，收起羽扇，带着人走了。

眼见四下再无外人，鬼仙把蛇篓搬回原处，丁醒也将酒肉捧上桌来，给鬼仙倒了一碗酒，自己打开油纸包的牛肉，拈起块肥的吞下肚去。

鬼仙把酒碗推给丁醒，自己从怀中掏出一个脏兮兮的木头酒杯，说道："你用碗，我用自己的犀角杯。"他恢复了半男半女的声音，还不忘调侃一句："还是这样说话舒服。"

说完提起酒瓶倒了一杯，摘下面纱，灌了半杯酒，这才问丁醒："今天怎么有工夫来找我？"

丁醒不答，揶揄道："看样子，你快成定海卫的名人了。在家中坐地，便有人送银子上门。"

"我不像你，有官家俸禄，为了五斗米，该折腰也得折腰啊。"鬼仙叹息着打开银袋，将一块碎银子抛给丁醒："你来得正好，省得我半夜三更跑去你家还钱。"

丁醒也不推辞，把银子揣了，又给鬼仙满上一杯酒："你见多识广，我有件事情想问你。"

鬼仙嘿嘿一笑："就知道你有事，说吧。"

丁醒将刘虎臣自杀一事细讲了一遍，鬼仙听得直皱眉头："你是说，他独自在屋中，仿佛发疯一般挥刀乱舞，然后回手一刀，了结了自己的性命？"

"对，那两名亲兵亲眼所见，应该不会说谎。"丁醒补充了一句。

鬼仙慢慢咂着嘴，似在品味着酒味，不自然地说道："那倒是有点儿意思。"

丁醒道："江湖中发生过这样的事吗？"

鬼仙摇头："几百年没有发生过了。"

丁醒心中一动："那几百年前呢？"

鬼仙咽下杯中酒，拣了块牛肉扔进嘴里，一边嚼一边说："前宋年间方术盛行，荆南地方据说有一种巫术，叫作摄魂法，做法巫士可以将人弄得像提线木偶一般，可这种法术必须当面施展，巫士怎么动作，中法之人便如何动作。"

丁醒听得连连咋舌："还有这种巫术？"

鬼仙道："只是传说，谁也没有真的见过。等到前宋被金人所灭，这种巫术就再也听不到了。你营中那位将军的死法，固然像是中了巫术，可又说不通，因为房中只有他一人。"

丁醒有些泄气："照你说来，刘虎臣确系自杀。"

鬼仙点头，却又直勾勾地盯着丁醒："不过我观你眉宇之间有股晦气，近日可能要有灾祸上身。"

丁醒吓了一跳："我奉酒肉前来，你可别咒我。"

鬼仙嘻嘻一笑："晦气有来时，亦有去时。你听我话，管保无虞。"

丁醒也笑了："那就请大师指点迷津。"

鬼仙掐着仅剩的七根手指头，装腔作势地算了算："近些天不要出门，待在军营当中便不会有事。夜间关紧门窗，熄灭明烛，免受火厄。"

丁醒一愣："你是说，我家可能失火？"

鬼仙道："你眉宇当中隐现火气，所以须当防范。"

丁醒大笑："得了吧，我家里连灶都不起，哪来的火气！"

嘴上虽是这样说，可丁醒领教过鬼仙这干江湖人的厉害，宁可信其有，不可信其无，最后还是应承下来。他再问起百晓娘，鬼仙仍然摇头,表示没见过她,亦不知她住处。丁醒怅然若失。

天色渐晚,丁醒起身告辞下山,鬼仙亦不挽留。

等到丁醒的身影消失在山道中,鬼仙双手据桌,眼睛转个不停,不知在想些什么,最后他霍然起身,返奔进屋。

天色完全黑下来之后,鬼仙才拉开屋门走出来。此时的他换上了黑色夜行衣,鬼鬼祟祟地,听听四下无人,这才沿着山道下山。

他朝东南方向走了几里路,眼前是一片废旧荒宅。以前这里曾是一个小渔村,前些年遭到海寇的突然袭击,二十多户村民被屠戮殆尽,尽管定海卫派兵剿杀,将海寇击退,可村子已经被烧毁了。

由于村民皆是横死,便有传言,说村子里一到夜间就有冤魂游荡,从那时起,再也没有人敢来到这里。只是每年清明节时,居住在其他地方的亲戚便相约而来,烧些纸钱。

鬼仙进了村,走上废弃的街道,道路上杂草丛生,根本看不见铺陈的石板。周围尽是坏墙残垣、枯焦老树,草间传来细碎的声音,也不知是野鼠还是地虫。

他走过几幢废宅,深深地吸了一口气,又看看四周,好像在找什么标记,忽地拐进路边一户人家。

这户人家自然已经荒废,但房屋还在,破旧的房子被烧坏半边,焦黑的屋檐上爬满了深绿色的藤萝。

鬼仙缓步走到院中,起步落脚非常小心,走出几步,蓦地好似踢到了什么。他不再前行,蹲下身子摸了摸,发觉是一根拉直的细细藤蔓,离地约莫二寸。

他心里有了底,站在原地低声叫道:"百晓娘,小娘们儿,收条盖板,老合到了……"

他说的是江湖暗语,"收条盖板"就是把绳子、地坑这类的机关都关了,"老合"指的是江湖同道。

鬼仙那独特的嗓音,其实用不着说这些,百晓娘也知道是他。但鬼仙明白,江湖自有江湖道,来了人家的门,就要守规矩。

几千年以来的江湖,其实就是靠着规矩传承下来的。毕竟没有规矩,不成方圆,这一点,老江湖都门儿清。

话音方落,前面的屋子里火光一闪,有人点亮了蜡烛。然后听到"嘎吱"一声响,好像放倒了什么东西。

鬼仙感觉到脚下的藤蔓已经贴于地面,这才放心地抬腿,走向正屋。院子中有一棵水桶粗细的树,鬼仙刚到树下,觉得似有什么东西在动,抬头一瞧,便是一皱眉。

树上吊着两个人,身上穿的都是紧身夜行衣,双手双脚被绳子套住,蜷缩在那里,也不知是死是活。

这二人见有人来,努力地挣动身子,只是嘴里被塞了东西,说不出话。

鬼仙暗自冷笑,看来是有人要对付百晓娘,却着了她的道儿,吊在这里风干。

他不再看这两个倒霉蛋,来到屋前,径直从破门扇的缝隙里挤了进去。

百晓娘果然在屋里。

微黄的烛光之下,百晓娘刚刚披上外袍,见鬼仙进门,指指面前的竹凳,让他坐下。

鬼仙没有坐,先环顾四周,发现百晓娘居住的地方外表虽破旧不堪,内里却收拾得很干净。

定海这地方雨水来得很勤,百晓娘没有放床,而是在两根屋柱之间绑了一张吊床,吊床上方遮有帐布,以免下雨淋湿。

鬼仙一直瞒着丁醒,也是百晓娘的吩咐,他知道这地方处在荒郊野岭,渺无人迹,如果丁醒知道百晓娘住在这里,是万万不会答应的。

百晓娘面对着镜子,拢起一头青丝,用红绳系起,这才开口:"我告诉过你,没有大事不要来找我。"

鬼仙坐在竹凳上,喘了口气,见身边挂有竹筒,估摸装的是清水,便打开盖子,仰头喝了几口,这才一抹嘴:"既来找你,必有大事,而且是丁醒的事。"

百晓娘忽地转过身来:"他怎么了?"

鬼仙道:"他目下很好,但我觉得定海将有大事发生。"

百晓娘沉吟道:"丁醒来找你了,是不是?"

鬼仙把今日丁醒上山的事情说了,百晓娘听完,也甚觉怪异:"刘虎臣的死法确是可疑,不过应该不会是中了巫术。这东西很多是骗人的,你怎么看?"

"所以我才来找你,如果猜得不错,刘虎臣定是被人谋害的。"鬼仙说得非常肯定。

百晓娘却不同意他的话:"我虽来定海不久,但军中之事也打听了个八九分,刘虎臣虽是一员悍将,心思却很缜密,他知道自己仇家不少,故此行事极小心。睡觉的时候也有亲兵在外面伺候。"

"再小心的人,也有失手之时。"鬼仙说,"况且我猜测,杀他的凶手可能用了很诡异的手段。"

"哦?你有证据吗?"百晓娘问。

鬼仙道："没有到过现场，当然不会有证据。"

百晓娘突然明白了，笑道："你是来请我做帮手的吧？"

鬼仙不否认，语调十分郑重："就算为了我，也为了丁醒，你去不去？"

百晓娘没有明白他的意思，但既然涉及丁醒，当然不能袖手旁观，于是点头答应。

待百晓娘换了夜行衣，设置好了机关，二人这才往定海卫而去。百晓娘抬头看看夜空，估莫将到亥时。

二人并肩走着，鬼仙忍不住问道："来定海几个月了，你怎么不露面？我看丁醒这小子六神无主的样子，好像揣了二十五只老鼠，百爪挠心呢！"

百晓娘道："我有些事情要处理，中间还回了趟京城。"

鬼仙一惊："回京城干什么？不怕有人算计你？"

"我是秘密潜回的，只住一天就离开了，没出什么乱子。"百晓娘连忙道。

"还是为了你哥哥的事吧？"

百晓娘叹息一声："总算打听清楚了，我哥哥早在天雷案发前便生病过世了。后来的那个铁面人冒充他，就是为了炮轰皇城。"

鬼仙语调中也有了一丝伤感："人死不可复生，你不要太过悲痛。"

"江湖儿女，生死看淡，最起码他得了善终。"百晓娘幽幽地说。

"你院子里那两位翻倒鹊桥仙是怎么回事？"鬼仙岔开话头。

百晓娘回想那两个家伙蜷缩在那里的姿势，确实像翻倒的鹊桥，不由得笑出声来："他们呀，从京城就盯上了我，一直跟到定海，我假作不知，引其入彀，本来想查问口供，谁知他们抵死不说，那就先吊他们几天。"

"可能还是为了你身上那件东西。"鬼仙甚是肯定，"京城眼杂，你以后最好还是少去。"

百晓娘点头："说得是。"

鬼仙转转眼珠："有人既要对付你，很可能也盯上了丁醒，但愿那小子可别出什么事！"

"他是朝廷派来的军官，一到定海，这里的主将贺兰明便加意保护，能出什么事？乌鸦嘴！"百晓娘呸了一声，不自觉加快了脚步。

约莫半个时辰以后，二人来到了军营外，这里便是军官的居住之地。

百晓娘来定海不久，却早已将这里的情况摸得非常清楚，他们闪过巡夜的士兵，找到了刘虎臣的家。

到得门前，发现大门紧锁，无人居住。那两名亲兵估计护送着刘虎臣的尸体去了县衙，尚未回来。

二人没有开锁，而是叠罗汉翻过墙头，来到院内。

抬眼看时，正屋门虚掩着，屋内一团漆黑。二人轻落脚步，以免惊动邻居。

鬼仙上前轻轻推开屋门，二人闪身入内，又将门关好。

百晓娘打亮火折子，寻着蜡烛点起，借着灯光四下看去。地上、墙上犹有血滴，此外劈翻踢倒的家具桌椅丝毫未动，屋子里仍旧一片狼藉。

看了一遍，没有发现异常，百晓娘拈起地上摔碎的杯盏，仔细观察后又嗅了一下，对鬼仙道："不像下毒的样子，不然便是他在其他地方中的毒。"

鬼仙踱着步，站在墙边，紧盯着壁上挂着的那幅画，贴近画面嗅了几嗅，嘴里应道："当然不是下毒，凶器在这里。"

百晓娘闻听，秉烛起身来到鬼仙身边，墙上的画在烛光下显得更加清晰。

"刘虎臣的发妻离世后，为了寄托哀思，他请画师描绘了发妻的像，挂在房中，夜间常与画中人对语，可见他与发妻的感情至深。"

百晓娘来到定海的时间不长，但对当地的风土人情、主要人物的逸事早已了解。

"人没有问题，有问题的是画，你闻闻。"鬼仙提醒道。

百晓娘将蜡烛交给鬼仙，也贴近画面闻了闻，不由得暗吃一惊。画面并没有什么不妥，但整幅画隐隐约约透出些腥味来。

百晓娘仔细辨别着味道，心中赫然一亮，脱口说道："南海珠脂，是南海珠脂！"

鬼仙端详着画面留白的部分："不错，确是南海珠脂作画。宋朝时曾经在江湖上出现过的手艺，我原本料定它已经失传，没想到居然在这地方见到了。"

"此外还有沃焦山石磨色作画，果然不出所料。"百晓娘面色凝重，走到窗前朝外看看，嘴里说道："将近子时，马上就要现出原形了。"

二人所说的南海珠脂与沃焦山石作画，是几百年前的一种作画工艺。宋朝时南海迁来数部苗人，其中有一家姓麻的，能作怪画，这种画分时辰观赏，子时前观之是一像，子时后观之又是一像，当时称为奇谭。

不少人慕名而来，更有出高价想学其中奥秘者，但麻家人将这门手艺秘而不宣，守得极严，外人自不知其中高深。

后十数年，麻姓一家出海访友，中途海船遇风翻覆，从此之后便再无麻家人消息，这种作画手艺也从此失传，麻家留下的画极少，而且这种画不耐年限，数十年后画料便会脱落散失，任你如何小心保存也无济于事，所以几乎没有麻家的画存世，久而久之，他们的这种手艺也成了传说。

麻家人出事后，当地苗族长者整理其遗物，偶尔发现了一页手稿，从而得知作画原料是南海珠脂和沃焦山石，但除了这两种东西以外，是不是还有其他辅料配料，便无从得知了。

有人试着找来南海珠脂和沃焦山石，画过之后却并不像麻家的画一样，因此自麻家人之后，再无这种画作问世。

当时也有人猜测，麻家可能得罪了心狠手辣的人物，为了避难才举家出海，又故意翻船制造事故，让大家都以为他们全家罹难，这样便可以躲避仇家追杀。其实麻家人并没有死，而是隐居到了海外。

就这样过了几百年，到了当时的明朝，除了鬼仙与百晓娘这种通晓江湖历史的人，再没有人知道这种画的存在了。

具体说来，用南海珠脂为画料作出的画，子时之前不会显现于画纸上，称为暗画。而用沃焦山石磨成的画料作出的画，子时之后会消失于画纸上，称为明画。

暗画于子时显现，寅时过后隐没，而明画则于子时消失，寅时后重新显现。

此时刘虎臣房中所挂的画，图上女子面带忧郁，回头凝望，满目不舍之意，非常传神，自然是用沃焦山石画的，百晓娘与鬼仙在等候子时的到来,那个时候,画作就会呈现另一番情形。

过不多久,窗外大街上传来了梆子声,已是子时。

令人啧啧称奇的事情发生了,画上的女子居然渐渐消失不见,而原来的留白处,则出现了新的画像。

女子还是那个女子,却已是云鬓散乱,赤身露体。她面前居然还有一只恶鬼,青面獠牙,赤发蓝眼,一脸狞笑,手中提着一把尖刀,刀尖上滴着血,正剖开那女子的胸膛,摘出她的心肝。

百晓娘见了,心头一阵烦恶,有些不忍看下去,鬼仙则冷笑道:"刘虎臣就是见了这样的画,才变得癫狂疯魔。"

"任谁见到心爱的人被恶魔挖心,都会受不了的。"百晓娘并不否认,"可如果只是见了画就变得癫狂,甚至自杀,我还是不信。"

鬼仙道:"当然不仅仅是一张画便可以杀人,凶手还有辅助手段。"

"什么辅助手段?"百晓娘问道。

鬼仙没有回答,只是盯着墙上的画作出神。

百晓娘瞟了他一眼:"你好像有什么重要的事情闷在心里。"

鬼仙的神色很特别:"我虽然没见过这种画,多年前却听人说起过。"

这时门外街上传来巡夜士兵的脚步声,鬼仙吹灭了蜡烛,在黑暗中幽幽地说道:"这地方不太平了。"

等到巡夜士兵的脚步声消失,百晓娘才问:"丁醒是如何认定此案的?"

"当然是癫狂病发作,自杀身亡。"鬼仙道,"毕竟这种情况,谁也没有见过,更无从追查。"

百晓娘一边听着窗外的动静一边说道："既然是被谋害，必定有凶手，但如今肯定已经逃之夭夭。其实倒也没什么打紧，沙场多战死，将军裹尸还。刘虎臣没死在战场上，算是有点儿遗憾吧。"

鬼仙大摇其头："我担心的并不是刘虎臣，而是丁醒。"

此话一出，百晓娘紧张了："为什么担心？丁醒才来几个月，不可能有仇家。"

"世间仇杀，并非都为了私怨。"鬼仙没头没尾地说了一句。

百晓娘明显有些着急了："我们去看看他。"

二人悄悄出了刘虎臣的家，直奔丁醒的住所。到了附近，他们放轻脚步，仔细地观察四周，见没有什么异常，这才稍稍放心。

鬼仙看看紧闭的大门，又抬头瞧瞧一人多高的砖墙，转了转眼珠，低声对百晓娘说："如果有人要暗害丁醒，必从墙头翻过，我来给他布置一番。"

百晓娘明白鬼仙的意思，对于这些事情她也是内行，于是二人在墙头之上埋下铁刺，设了翻板，这东西只要设置妥当，一旦有人爬上墙头，不是被铁刺扎伤，便是抓到翻板跌落地面。

做完这一切，二人松了口气，觉得万无一失，这才趁夜色离了丁醒的住所。

百晓娘奔波了半夜，可能白天也没闲着，有些困倦，便向鬼仙告辞，独自离去。鬼仙目送她远去，心头若有所思，他没有回家，而是悄悄潜回了丁醒家。

他还是不放心，尤其这个时间，普通人睡得最熟，杀手行凶一般都会选择此时动手。

刚来到胡同口，离丁醒家还有几十步的时候，鬼仙猛地听到一声怪异的响动。他心头一凛，马上明白过来，自己与百晓娘设置的翻板起作用了，那是有人摔在地上的动静。

他把头探出去一瞧，果然见丁醒家门外有两个人影，正在起身，其中一人不住地甩动右手，定是被墙头的尖刺扎到了。

鬼仙正在心中暗笑，夜色中"吱呀"一声，原来是丁醒的邻居家开了屋门，也不知是主人起夜，还是听到了门外的动静。

街上那两条人影反应极快，闪身便走，丝毫没有犹豫不决的意思。

一击不中，立刻撤离，来人是杀手中的高手。

鬼仙注意到，这两个人的腿脚好像异于常人。

普通人走路，四平八稳，刺客杀手出动时，脚步轻健，而这两个人行走之时，却像是画圈一样，好像两只猫在走绳索。

看着这种怪异的走姿，鬼仙的眼睛赫然瞪圆了。他不再犹豫，快步跟了上去。

两条人影穿街过巷，贴着墙根疾走，在他们身后数丈以外，鬼仙同样不离不弃地追着，始终与前面的人保持着不远不近的距离。

很快，那二人出了军营驻地，朝一片旷野跑去。鬼仙暗自皱眉，他想要探出两名刺客的老窝，以便通知丁醒一网打尽，哪知跟来了这里。

放眼望去，前面一片片的密林，还有数量不少的水坑，星星点点地散落在草丛间，像一块块玉石般，发出晶莹的辉光。

"这两个家伙来这里干什么？难道他们的窝在野外？"鬼仙心里想着，脚下丝毫不停，他把百变天衣裹在身上，以免受伤。

眨眼之间，两名刺客接近了一片树林，鬼仙一直盯着他们的身形，可天色昏暗，虽然有水光的映照，但还是很难看得清楚。

再奔行几步后,他陡然发现,两名刺客已经失去了踪迹。

他们不再奔跑,不再移动,甚至好像连呼吸都停止了。

四下里一片寂静,连夜虫也不再低吟。整个天地没有一丝声浪。

鬼仙的两条腿立刻像钉子一样钉在原地,他也不动了。

眼前二十步外,便是一片林子,不过林木较为稀疏,可以看清每棵树干。林子里有高大参天的老树,也有新长起来的、女子手臂粗细的小树,还有一些树只剩下了树干,枝叶应是被附近的樵夫砍去卖柴了。

没有刺客的身影,每棵树干都不及人腰粗,树枝也不茂盛,绝对藏不住人。

他们去了哪里?两个大活人不管进没进林子,都不可能凭空消失。

鬼仙静静地站在那里,眼睛四下乱扫,仍旧没有发现异常。他忽地趴倒,手掌压地,耳朵贴在手背上细听,也没有听到脚步声。

怪事,难道这两人飞上了天不成?

面对眼前死一般沉寂的树林,鬼仙没有再向前走,多年江湖上打滚的经验,让他觉得即使向前踏出半步,都是危险的。

他就这样呆呆地站在那里,黑干瘦硬,像一根枯死的老树。

鬼仙不动,刺客也不动,或许刺客早已用别的办法逃远了。

也不知道站了多久,身后的镇子中传来一声长长的鸡鸣,随着鸡叫声,眼前逐渐明晰起来,天地间的景物慢慢现出了生机,暗黑之颜色也呈现出浓墨一般的肥绿来。

天亮了。

晨风突起,吹动枝节,鬼仙终于看清,前面就是一片普通的松树林，他不由得长长出了口气，活动一下站僵的双脚，伸了个懒腰，这才慢慢转身，向自己的家走去。

令人惊恐的是，在他的身影刚刚消失在山坡下之时，林子边的两棵半截树干居然动了，好像野蝉褪去一层皮似的，慢慢显露出真身来。

那不是树干，而是两个人。

他们身材矮小枯瘦，双目如同鬼火，每个人手里都扣着两枚奇异的四角形暗器，闪着幽绿色的寒光。

昨夜只要鬼仙再向前迈一步，便进入了暗器的最佳发射距离，幸好鬼仙始终没有让他们如愿。

而这两个人也甚是谨慎，差一步也绝不出手。

双方都是高手。

二人看看初升的日头，好像很不习惯停留在阳光下，快速闪进林荫之中，消失不见。

第二章
丑奴儿

这天傍晚，丁醒回到家，开了大门走进院子，一抬头就看到屋门口坐了一个人，居然是鬼仙。

鬼仙仍旧戴着面纱，此时正跷着二郎腿坐在台阶上，手中把玩着一对铁球，发出"叮当"之声，甚是悦耳。

丁醒没想到他会来，愣了一下，回手关了大门，走到鬼仙面前，笑道："来得正好，进屋陪我喝几杯。"

鬼仙不为所动，反倒叮嘱了一句："最近你要小心谨慎，尤其是夜里，两只眼别都闭上。"

丁醒又是一愣："此话怎讲？"

他心中不解，鬼仙自来了定海，便一直独自住在镇外的小山上，不与人往来，今日因何说出这番话来？

鬼仙并不回答他的话："我已在你的墙头上设置了机关，到了晚上，你最好把门窗也封好，还有，外出时不要单独行动，最好带几个部下。"

"你这是怎么了？"丁醒甚为不解，"听你的话头，定海镇要发生大事了？"

鬼仙点点头："刘虎臣暴死，或许只是开始。"

丁醒追问："你为何料定此间会出大事？难道发现什么了？"

鬼仙看看黑下来的天，站起身来，把铁球往怀里一揣："也没什么，随口一说，酒就不喝了，我还有事，回头见。"

丁醒心中纳闷，鬼仙何时变成神龙，见首不见尾的？正要挽留，鬼仙又来了一句："别把我的话当作耳旁风。"

说完，他拉门而出，鬼魅般消失在夜色中。

丁醒愕然独立，一时竟忘记了关门。

江湖人，是不是都这样来去如风？就如同上次天雷案中的百晓娘……想到百晓娘，丁醒心中一片惆怅，又回想着鬼仙的话，一时间各种念头纷至沓来，丁醒理不出头绪，索性不再胡猜乱想，进屋点起油灯，拿出昨日吃剩的酒菜，自斟自饮起来。

由于他心事重重，很快便有了醉意，丁醒也不脱衣，只把鞋子踢了，吹熄油灯后躺倒在床上，将腰刀放于枕下，呼呼睡去。

这一觉直睡到三更天，突然大门被敲得咚咚直响，有人在外面叫他："丁将军，丁将军！"

丁醒一个翻身跳下地来，摸索着穿了鞋，刚一出屋子，一股凉风扑到脸上，他刹那间清醒了。打开大门，见门外站着一名姓刘的传令官，正是贺兰明的亲信。

"刘军头，天刚这个时候，有什么事？"丁醒问道。

那位刘军头拿出指挥使令牌，交与丁醒："丁将军，贺兰将军有急事找你，请你即刻赶去。"

一听此话，丁醒不敢怠慢，他所在的定海卫负责海防，如果没有军情急务，贺兰明不可能如此急迫。因此丁醒立刻锁了大门，随着刘军头赶去军营。

一进指挥使大堂，丁醒心头便是一凛，大堂中站了五位军将，细细辨来，定海卫所有千户将官全都到了。

贺兰明站在桌案前，面沉似水，正在来回踱步，一见丁醒来到，马上招呼到眼前，随后扫了一眼众将，开口道："诸位，本使刚刚得到急报，阿丹国派遣国使前来朝贺，行至我定海以南数十里处遭遇海寇，国使被掳走，下落不明。此事关系重大，因此才连夜请你们来商议。"

此话一出，在场军将面面相觑，无不大惊失色。

阿丹国虽距大明万里之遥，但从永乐年间郑和通航西洋之后，一直与大明保持着联系，态度也甚为恭谨，每有国使来到京城，明廷都甚是欢迎，待遇优厚，因此阿丹国来的人羡慕大明富庶，常常经年不返。

只是到了正统年间，双方变得极少往来，也不知是阿丹国内出了什么变故，还是海路不通。

如今新皇御极，阿丹国再度遣使来朝贺，并不意外，意外的是，阿丹国使刚到定海附近就出事了。

一位叫杜国冲的千户拱手道："大人，阿丹国使遇险，何人前来报信的？"

贺兰明道："是两名阿丹国水手，据他们讲，国使一行共有三条船，一条战船负责护卫，国使与随从带着礼物乘坐一船，另有一船负责补给。他们遭遇海寇袭击,多少人被杀、多少人被掳走尚不知晓。但几位国使被海寇捉到他们的船上,这二人则看得清清楚楚。"

杜国冲又问:"海寇竟然敢袭击有战船护卫的船队,难道又是那股新冒出来的巨寇?"

贺兰明突然显得忧心忡忡:"此时尚不清楚到底是哪股盗匪,不过阿丹国水手的话,却让我将信将疑,这二人说,当时天空中出现了异象。"

众人一愣,皆脱口问道:"异象?"

贺兰明的声音低了一些,好像怕被门外的卫兵听到似的:"不错,异象。那两名水手说,击沉他们战船的不是海寇,而是一条腾云吐雾、飞天掠海的巨龙。"

"巨龙?!"军将们都露出了惊愕的神色。

"据他们讲,那条巨龙乘雾而来,口吐雷电,将战船击得粉碎。绝大多数水手当场毙命,他们两个侥幸生还,在海上漂了一夜,这才被一条商船救起,送到定海。"贺兰明道,"这二人后来回忆,巨龙击沉战船之后,便隐入云中不见,随后,大雾之内冲出一条龙头巨船,带着几条稍小的船只将船队团团包围。"

"后来呢?"杜国冲问。

贺兰明道:"两名水手亲眼看到盗匪跳上国使的船,将国使与几名随从连同财物押回龙头大船,然后在船上放火,将剩余两条船烧毁。至于船上其他的阿丹国人,想来不是葬身火中,便是被海寇所杀。"

杜国冲低眉沉吟:"这龙头巨船似是第一次出现,这股海寇莫非是新起的一伙贼寇?"

贺兰明道："不敢肯定，据商民所讲，先前各大海寇所乘并非什么龙头大船，飞在空中的巨龙更是无人见过。"

杜国冲拍了拍腰间的佩刀："大人，事情出在定海海面，虽然不是我们的过错，但国使被抓，大伙儿也脱不了干系。末将不才，愿意率军出海，灭了这股海寇，救回阿丹国使。"

贺兰明犹豫了一下，摇头道："不行，杜将军，刘虎臣将军病亡，你肩上的担子更重了，整个定海卫的岸防你最是熟悉，不能出海。"

他抬头看向丁醒，微微一笑："丁将军，兵部之所以派你来，就是为了剿灭海上巨寇，我想这桩差事只能交给你了。"

丁醒见他突然差派到自己头上，心里一沉，忙道："大人，不是末将怕死贪生，实在是因为不习水战，末将自从军以来，一直在神机营中演习步战……"

说到这里，他怕众人认为自己胆怯，又道："若要出海征寇，不如另找一位谙熟水战的将军任主帅，末将做副手协助更为稳妥。"

贺兰明摇手笑道："丁将军过谦了。自从你来到定海，朝廷已经陆续运来佛朗机炮、火铳等火器，我已装备于船上，因此战力方面，无惧海寇，只要撞见，丁将军指挥开炮就是了。至于海上航行、设定航路的事情，我会挑选军中经验最丰富的将士协助你，不用忧虑。"

贺兰明走到丁醒身边，拍着他的肩膀，加重语气："丁将军，此次出海，一定要旗开得胜，救回国使，剿灭海寇！到那时威震海疆，加官晋爵易如反掌，我在这里预祝你凯旋。"

丁醒面露为难之色："大人差派，末将领令。但是沧海茫茫，万一寻不到海寇，空劳军力……"

贺兰明截道："丁将军莫急，听我细说，海寇人数不少，只靠海上劫掠渔民商船，不得长久，因此我判断其定有隐秘海岛作为老巢，积存钱粮。此次出海要仔细寻找，一有发现，先不要轻举妄动，即刻绘制海图报来，到时我亲率大军来援，定可将海寇一鼓而歼。"

丁醒这才心中稍安。他知道自己的斤两，虽然上过几次战船，升过几次帆，但距离单独指挥一场海战还差得远。

自己无能倒没什么，可作为最高指挥官，手下率领着几百号人马，那可不是闹着玩的，一次失手便是数百条人命。

如今看来，贺兰明让自己出海，最终目的不是作战，而是找到海寇的老巢，那便容易得多，也安全得多。

丁醒细细一想，更明白了贺兰明的良苦用心。

自己是兵部派来的，不用说贺兰明也知道，定是上峰信得过的人。此次出海，若找不到国使与贼巢，那是老天不帮忙，不会有什么罪责，可一旦找到了，便是大功一件。

既没有多少风险，又能立功，上报兵部后，那些朝堂大员定会认为贺兰明知人善任，不光自己有功劳，贺兰明脸上也好看。

丁醒心中暗自佩服，怪不得人家能当主官。

很快贺兰明传下将令，差遣两艘福船，加上原刘虎臣部下二百四十名经验丰富的军士，随同丁醒出海。丁醒拱手领命后，贺兰明吩咐大家都散了，各自归家，他要斟酌词句，向京城禀报此事。

出得堂口，天色已快亮了，杜国冲与丁醒并肩而行，边走边说道："丁将军，这次你出海，我调几个最熟悉海情的老海螺给你。"

老海螺就是老水手，海防之地传递信号多是吹海螺，因此作为水手的代称，一代代叫了下来。

杜国冲为人豪爽仗义，丁醒与他较为合拍，也不推辞，便道："谢了。听说我没来之前，贺兰大人已经派人出海多次，可始终没有找到这股海寇？"

听了这话，杜国冲咂咂嘴巴："要我说啊，以前派的人多是走过场，又怕战败，出海没多远便跑了回来。你这次最好往深海里闯闯，或许会有发现。"

丁醒点了点头："我也是这样想的，海寇如果离岸近了，还叫什么海寇？"

"不过，海上的匪徒非常狡猾，而且他们的船大多行驶快速，极难追到。因此我认为，与海寇开战，最好的办法就是找到他们的老巢，在海岛上打。所以你别轻举妄动。"杜国冲道。

丁醒连连点头："受教了。"

二人分手以后，丁醒迎着初升的朝阳，走向海边。

贺兰明治军很严，令下即行，这里已经有不少人在装船，丁醒上过福船，但没有出过海，对出海之前的备战不熟悉，正看得入神，身后有人说话了："丁将军，水手长汪顺奉命来见。"

丁醒转过身，见眼前站着一个满脸铁锈色的汉子，穿着半旧的短衣水靠，腰间插着一把手掌来长的攮子，打着赤脚，正向自己行军礼。

丁醒知道这个人，定海卫的老海螺以汪顺最有名，看来杜国冲很在意自己的第一次远航。

想到这里，丁醒摆摆手，问道："是杜将军让你来的吧？"

汪顺回答："是，杜将军说了，此次出海，您的坐船由我掌舵。"

丁醒看看他的脸，知道那是久在海上吹海风、浸海水才形成的颜色，温言问道："你经常出海吧，前几次出海剿匪，你去没去？"

汪顺道："第一次去了，但没遇到贼船，也没找到贼巢，后面两次我便没去，跟随杜将军守滩了。"

丁醒点点头："知道了，既然是水手长，就劳烦你多盯着点儿，今天夜里我们出海。"

汪顺一愣："夜间出海？"

丁醒道："对，夜间子时扬帆出海，悄悄地走，吩咐所有人不要举火，不要声张。"

汪顺转转眼珠，明白了丁醒的意思，丁醒是担心附近有海寇的耳目，白天出海定会被发现。

丁醒交代完了，自己找了匹马，来到鬼仙的居所。

见了鬼仙，丁醒简单地介绍了一下情况，说自己马上要出海剿匪。鬼仙没什么反应，只是要他注意安全，自己会找机会转告百晓娘，便送走了丁醒。

很快到了深夜，鬼仙再次换上那套黑衣，用黑巾蒙了脸，这一回他没有去找百晓娘，而是悄悄地前往军营驻地。前面说过，这里安置着不少军官家属，大家住在一处，为的是传令集合起来方便，因此形成了一个不大不小的部落。

鬼仙潜进驻地后，爬上了十字街口的一根高高的旗杆。

这根旗杆高有两丈，顶上挂着五面小旗，颜色各异，是观测风信用的。想要知道刮什么风，风力如何，用不着去海边，只要出门看看这些小旗就可以。

别看鬼仙只有七根手指头，却远比普通人厉害，他像一只猴子似的爬进旗杆上的方形旗斗，缩在里面，睁着一对比鬼还亮的眼睛，扫视着整个军营驻地。

过了一会儿,不远处传来梆子声音,已过了一更天。

如今丁醒已经率领部下出海了,用不着鬼仙保护,而他这番举动,究竟要做什么?

过不多时,鬼仙的眼睛一动,他发现驻地之外闪出两条黑影,鬼魅一般潜行在街头,这两条黑影专找风灯照不到处,便是明眼人也很难发现。

很快,这两条黑影潜进一条胡同,翻进一道围墙,进入一处住户家中。

鬼仙滑下旗杆,悄悄跟上去。等他来到围墙之外,细细观察,发现宅前石阶和丁醒居住的一样,左右各有一个圆形门当,即抱鼓石,再看看门楣两侧的户对,共有两个,看起来户主品级不太高,应是位千户的家。

深更半夜,两名神秘人物来到一户武将家中,意欲何为?

他看看四周,并没有发现那两个家伙的人影,不知是潜入屋中,还是已经离开了。

鬼仙悄悄爬上墙头,还没等探头看清院子里面的布局,猛地眼前一亮,就见正房的三间屋子几乎同时升腾起一股火焰来。

伴随着火焰,还有一声轰响,震人耳鼓,屋门和窗子瞬间炸得粉碎,不少冒火带星的碎木块飞射而出,有两块擦着鬼仙的耳朵飞到街上,火苗几乎要燎到他的眼皮。

响声过后,整个正房立刻噼里啪啦地烧了起来。

鬼仙吓了一跳,连忙跳下围墙,转身便向驻地外面跑。若是一般村镇,他完全可以平安逃走,但这里是军镇,不光有巡夜的士兵,很多住宅中住的也是军官,反应极快。鬼仙刚跑出胡同,眼前就出现了一队人，挺着刀矛赶来。

也难怪，这么猛烈的火势，连驻地外都能看见，何况附近巡夜军士。他们发现起火，立刻赶了过来，没想到迎头撞上鬼仙。

此时的鬼仙，一身夜行衣，黑巾蒙面，全身上下没丝毫好人的样子，岂能不引起军士的怀疑？

冲在最前面的士兵大叫起来："什么人，站住！"

鬼仙毫不理会，转身钻回胡同，后面那队军士尾随追来。有人大叫："刘军头，有奸细，抓奸细！"

鬼仙顾不上其他，拐进一条小巷，发足疾奔，想要甩开追兵。

后面的军士提着火把，紧追上来。火光照亮了整条巷子。

鬼仙叫一声苦，原来这条巷子尽头是一堵围墙，居然是条死胡同。再看墙壁绿苔遍布，湿滑无比，显然无法攀爬。

就听军士当中有人下令："抓活的，不可让他跑了！"

眼看鬼仙插翅难飞，突然那堵墙后面响起一声呼哨，扔过一条绳子来，鬼仙大喜，跑上前双手抓紧绳头，两脚蹬住墙面，快速爬了上去。

等后面的军士追到墙下，鬼仙已经跨过墙头，跳到另一面去了。

带队的军官下令，搭起人梯，翻墙追赶，待他们爬上墙头，朝外看时，哪里还有鬼仙的影子，只看到一户人家门前的系马桩上拴着一条长绳，好像死蛇一样丢在地上。

此时的鬼仙，已经跟着一个人跑出了军营驻地，二人发足狂奔，穿过一片树林，又跑了几里路，眼前便是一望无际的大海，呼啸的海风迎面吹来，飘起前面那人瀑水般的长发。

海边有一座小山包，坡下满是乱石，二人钻进乱石滩，隐住身形，这才喘过几口气。

鬼仙仰面朝天，摘下蒙面巾，喘着粗气："我又欠你一命，小娘们儿来得太及时了。"

另一人眼望着来路，嘴里淡淡地回道："这里不是久留之处，过不了一会儿就会有军士追来，注意不要留下痕迹。"

说完，这人扭过头来，盯着鬼仙笑道："今天我终于明白了一句话，鬼也怕恶人，瞧你被追得有多狼狈。"

此人当然便是百晓娘。此时星光满天，映着轻轻波动的海面，反射的微光落到百晓娘脸上，竟隐隐有一层清辉，消散不去。

鬼仙坐起身来，咂了咂嘴巴："不对呀，今晚你怎么也在军镇上？难道一直监视我？"

百晓娘居然不否认："天刚黑的时候，我发现丁醒出海了，想去找你问一下他的情况。我知道他出海前肯定会去找你，交代些事情。结果路上发现了夜游神一样的你，就暗中跟了下来。"

鬼仙还想问，百晓娘一摆手："有人追来了，我们快走。"

果然，远处闪起火把的光亮，星星点点的，想必来者人数不少。鬼仙跟着百晓娘钻进一处海湾，发现岸边居然藏了一条小船。

二人将船推进海里，然后执桨划水，小船慢慢绕过海湾，朝南边而去。

军士们一直追到海边，什么也没发现，只好禀报了那位刘军头，刘军头不死心，又命人举着火把在乱石滩寻了一遍，当然没有任何发现，只得愤愤离开，返回军镇去了。

百晓娘与鬼仙划了约莫半个时辰，来到一处偏僻的海滩，这里人迹罕至，沙滩只有十几步宽，再向里走，就是茂密的丛林。二人上岸，将船拖进林内，这才松了口气，一跤跌坐在沙滩上。

海风吹过密林，"呜呜"作响，掩盖了天地间所有的声音。

休息了片刻，百晓娘突然问道："你在军镇上做什么？我见你爬上旗杆，像是在找什么人。"

鬼仙磨了磨牙，语调中充满了怨毒："仇人来了。"

"仇人？"百晓娘笑了，"你还有仇人？"

鬼仙反问："你号称知天知地，对于我，你知道多少？"

百晓娘不假加索："对你的了解，是你来到京城之后。语音奇特，时常蒙面，似曾毁容，行踪诡秘，仅有七指但心机灵巧，口音听不出是哪里人，但结句之处像是吴越一带特有之调。"

"虽不太详尽，但能听出我的出身，已经很厉害了。"鬼仙坐起身来，望着满眼星光的海面，幽幽地说道，"我曾经只是一个普通的渔民。我娘生下我就过世了，听说她都没有看到我一眼。长大以后，我便终年生活在船上，靠捕鱼捞虾为生，十五岁的一天跟着我父亲，还有两位叔伯出海捕鱼，不想风向突变，又起了大浪，我们不知道漂出了多远，竟遇到了海上倭贼。"

"倭贼？我听说这些家伙很早就在大明周边的海上杀人越货了。"百晓娘说。

鬼仙点头："对，我们很不幸，遇到了这群海上豺狼。那些倭贼夺了渔船，抢了东西，除我之外，他们杀了船上的所有人，将尸体扔进了大海。"

百晓娘皱了皱眉："你十五岁时……那应该过去很久了。"

鬼仙继续说下去："倭贼看我还小，就把我当成了奴隶，在贼船上做各种杂活。衣不蔽体，食不果腹，稍不如意便皮鞭相加，那不是人过的日子。我的半边脸，就是被他们用火把烧坏的。"

"后来呢？"百晓娘问。

鬼仙道："一晃过了五年，我找到了一个机会。有天夜里，趁着大风浪，我弄了条小船，拼着命逃离了他们的魔掌，回到原来的村子。可村子被倭贼袭扰过，所有人都搬走了，当地改成了兵营。更不巧的是，我遇到了巡逻官兵。当时我穿着倭人的衣服，样子又恐怖，自然被他们认成倭贼，要砍掉我的头去领赏。我好不容易躲过追捕，知道那里已不是我的容身之地，这才决定去京城。"

百晓娘沉吟着："你一身怪异本领，难道是跟着倭人学的？"

鬼仙苦笑一声："果然心思灵透，一猜即中。我在倭船上的五年里，确实偷学了一些倭人的怪异邪术。另外在逃走的时候，还拿走了一本秘册，上面记载着倭人的忍术，我苦学数年，学成之后，才以鬼仙的名字到京城去闯荡。"

"原来如此。"百晓娘转转眼珠，"你今天发现的人，难道便是倭贼？"

鬼仙点头："不错，事实上，我早在前几天便发现了倭贼的行踪。那天我蒙着脸到集市上采买东西，看到了两个人，一下子便判定出了他们的身份。"

百晓娘不解："倭贼的脸上又没刻着字，你是如何认定他们的身份的？"

鬼仙道："很简单，海上倭贼在船上生活，时间一长，走路便和大陆上的人不同，姿势怪异，更何况，这二人应是忍者，手上有痕迹，眼睛也和一般人不同。"

"眼睛不同？有什么不同？"百晓娘追问。

鬼仙解释道:"倭人忍者经常在夜间出没,在漆黑的夜里,他们仍然看得清,但这样的眼睛在阳光下却不适应,所以会尽量眯着眼。普通两个人走在一起,一个人眯着眼,也算正常,但两个人都是这样,显然不对劲。还有,倭贼普遍生有罗圈腿,两腿中间钻得进狗,很容易分辨出来。综合这些迹象,我认定他们是倭贼忍者。"

百晓娘相信鬼仙的眼力,不再质疑,又问:"你认为他们为何会到定海镇上?"

"他们是来杀人的。那位刘将军死前恍若梦游,以刀自戕而亡,这种死法一般人看不出原因,以为是自杀,我却很明白,他不光是因为那幅画而发狂,更是中了倭贼忍者的鬼幻之术,那幅画只不过是引子而已。"鬼仙说到这里,看看百晓娘,"你一定听说过这种邪术吧?"

百晓娘道:"听说过,可是没见过。所以你便来到军镇上,等待倭人再次现身。"

鬼仙点头:"我是想抓到他们,就算抓不到,也可以破坏他们的计划,没想到这二人动手太快了,刚潜入宅子,便施展了鬼火术,现在那间屋子里的人,肯定已经烧成了焦炭。"

百晓娘听完,沉思片刻:"倭人来定海杀人,很可能接下来会有什么阴谋,也许和丁醒有关,等天亮以后,我去军镇上探探。"

二人在林间避风处草草睡了,天明之后,百晓娘装扮成一位大婶,独自去了军镇,正午时分才回来,她对鬼仙道:"你猜得不错,定海军中又损失了一位大将,昨夜一个叫杜国冲的千户家中意外失火,我听士兵说,杜千户家中放有火药,因此火势极猛,无法及时扑灭,夫妻二人连同一个家仆都被烧死了。"

鬼仙听了，愣过半晌才道："倭人连杀两位军将，莫非是想夺取定海卫？"

百晓娘却摇头："定海卫有官兵五千余人，就算损了两位将官，可兵力未失，战船也好端端的，凭一两股倭贼万万不敢来攻打。"

鬼仙咂着嘴："反正这些倭人心思阴毒，无论做什么，事先都有计划。我们要不要知会军中主官？"

百晓娘并不同意："没有证据，我们如何说得明白？况且，如今定海卫已经在捉拿你了。"

"捉拿我？"鬼仙怪叫一声。

百晓娘道："昨夜虽然没有人看清你的脸，但他们已经开始严查外来人等，所以我们不能露面了。一旦被他们发现，势必当成嫌犯捉起来，皮鞭子加凉水，可不是好受的。"

"那我们现在怎么办？"鬼仙也犯了愁。

百晓娘望着波光粼粼的海面："我现在真正担心的，是丁醒。"

"为什么这样说？"鬼仙不解，"他不是已经率军出海了？"

百晓娘道："死的两位军将，都是定海卫中很能打仗的，按照这个规律，他们能放过丁醒吗？"

鬼仙并没有说出有人想潜入丁醒家的事情，只是道："你多虑了。丁醒出海用的是福船，战力极强，一般海寇见了无不退避三舍，不会有什么危险。"

百晓娘满面担忧之色："我不担心他的船，我担心他身边的人。一旦有士兵或水手被倭人买通……"

鬼仙"呼"地站了起来："你说得对，我们现在就出海，追上去。无论如何不能让丁醒糊里糊涂地死在海上。"

又是黄昏，阴风怒号，浊浪排空。

丁醒迎着风站在船头上，面色冷峻地望向远处的海面。脚下一个个浪头拍打着船板，整条福船上下起伏，仿佛风中的落叶，飘摇不定。

虽然丁醒是第一次出海，但自他到了定海卫之后，为了熟悉海战，经常来到各种船只上适应风浪。

明军的战船以福船为主力战舰，此次丁醒出海的两艘福船长有十丈，高有一丈，建有两层柁楼，可以容纳二百余人。这样的船在明军中不算最大的，但经过加固，异常结实。

当时海上作战，火炮尚不普及，接战之时常用弓弩，更多的是用缆绳飞落到对方船上进行贴身肉搏，以杀死敌人，占领敌船。

海寇在海上讨生活，比起山林中的强盗更加悍不畏死，战力极强。明军为了减少军士伤亡，特意改造了战船，福船头尾高翘，用铁力木造成，外加包铁，遇上贼船之后，可以进行撞击，将贼船拦腰斩断，这种战法被称作"斗船不斗兵"。

虽然如此，丁醒也不敢大意，在来定海卫任职前，兵部文书上曾经写道，海中出现巨寇，船上装有巨炮，对战之时发炮攻击，可以击碎船骨。所以他在出海前，特意带上了六门火炮和二三十名熟悉火炮的军兵。

出海两天以来，丁醒估算一下，已经行过了二百里海路，沿途经过了几座岛屿，作为他的掌舵官，汪顺对这些岛屿理也不理，径直驾驶着战船，深入海疆。丁醒明白，这几个岛子以前便探查过，并非海寇的窝点。

再向前走不知是哪里,更不知能不能找到那股劫走阿丹国使的海寇,因此丁醒心中极不安稳。

忽听身后脚步声响,汪顺走了过来,站到丁醒身后:"丁将军,我们得改变航向。"

丁醒一愣,转头问道:"为什么?"

汪顺指指前方:"要起大风了,看海水的颜色,这股风力强得很。为了安全起见,我们得找湾港避一避。"

丁醒知道汪顺的本事,便点头道:"好,你来安排吧。"

汪顺转舵向北,行驶了二三十里,眼前出现一座小岛,岛子的西面有个半圆形的海湾,汪顺将船驶了进去,后面那条船也跟了进来。

两条船进了海湾,刚刚落下帆蓬,抛下巨锚,就见远处的天空中翻滚起无边的黑云,紧接着狂风便如万马狂奔一般刮了过来。

丁醒心中佩服,汪顺不愧是出海的积年老手,再晚一会儿改变航向,就要遭遇到这股强风暴了。

漆黑的夜色下,暴雨如注,狂风劲吹,虽然大部分风力被岛屿挡住,但整条船仍旧左摇右晃,船身不住地吱吱作响。整个大海仿佛变成了海兽的巨口,不住地磨牙,要把它口中的食物咬碎吞下。

幸好福船足够大,足够结实,任凭风吹浪打,只做闲庭信步。

丁醒坐在自己的船舱里,借着蜡烛的光,擦拭着父亲传给自己的那条火铳。他离家已经数年,虽然可以时常接到老家的信件,但无法堂前尽孝的愧疚感始终伴随着他。

也不知如今父亲的身体如何,虽说多年军营生活令父亲的身体如钢似铁,但毕竟上了年纪,还受过不止一次的伤。

睹物思人,丁醒只能以这种方式排遣心中的苦闷。

这时敲门声响起，传来汪顺的声音："丁将军，吃饭了。"

丁醒起身开门，汪顺手中托着食盘走了进来，盘中放着一碟海鱼，两个干饼，一双筷子，还有一壶酒。

汪顺把食盘放在丁醒面前的桌上，赔笑道："丁将军，这是我让庖兵刚烤好的鱼，前两日净吃鱼干了，得换换口味。"

丁醒指指对面的椅子："来，坐下一起吃。"

汪顺摇手道："不能坏了规矩，这些食物是专门给您做的，属下已经试吃过了。"

丁醒按着他坐下："说到规矩，前两日我忘了问，为什么你要试吃？难道船上和皇宫里有同样的规矩不成？"

汪顺苦笑一声："咱们水师哪里比得上皇宫？试吃的规矩是另有隐情。"

丁醒来了兴趣，倒了杯酒递给汪顺："你倒说说看。"

水手总是好喝酒的，汪顺也不例外，他端起杯一饮而尽，这才说："丁将军，你刚来咱们定海卫不久，有些事情不知道。我就给您说说。"

他把筷子递给丁醒，丁醒夹起块烤鱼放在嘴里，味道居然不错。

汪顺这才说："出海是件苦差事，整天看的是茫茫大海，吃的是咸鱼干，下雨才能洗个澡，时间一长，水手们会变得很疯狂，脾气极坏，因为一句口角就能性命相搏。"

丁醒点头叹息："这个我知道，大伙儿都不容易。"

汪顺道："前些年定海卫出过一档子事，当时有位千户，也是率领战船出海剿贼，这位千户立功心切，不杀些海寇不罢休，天王老子也拦不住，结果在海上漂了一个月也没找到贼船。水手们受不了啦，有人就在千户的食物里下了毒，本来也没想毒死他，只想让他上吐下泻，无法指挥，命令返航罢了，结果那千户身子弱，吃下去没几个时辰就死了。"

丁醒吃了一惊："毒杀长官，这个罪名可不是玩笑。"

"谁说不是呢！"汪顺拍着大腿，"后来副千户查明实情，不由分说，直接砍了四名水手。从那以后，定海卫便有了这个规矩，做给主官的饭，必须由掌舵官试吃，以防不测。"

"为什么是掌舵官试吃，而不是别人？"丁醒问。

汪顺道："掌舵官是船上水手的主心骨，一旦没了，大家很可能都要玩儿完，没有人敢毒杀掌舵官的。"

"原来是这样。"丁醒用感激的目光看着汪顺。

汪顺走到舷窗边，听了听窗外，嘴里嘀咕着："风雨小了，看样子很快就会停。"

他将酒壶推到丁醒面前："丁将军，海上风太凉，没有酒，人很快就会生病，全身酸疼，喝了它，好好睡一觉。也许明天，咱们就能逮到那股海寇。"

说完，汪顺出了船舱，带上了门。

丁醒将酒喝尽，那条烤鱼和干饼也吃得七七八八。他收好火铳，和衣倒在简陋的木板床上，听着窗外的风雨，迷迷糊糊睡去。

在他将要睡着的时候，隐隐约约听到外面传来"扑通"的一声，也许是海鱼跃出海面又落回海中的声音吧，他没有在意，脑海里想着这些天来的事情，不知不觉间梦到了百晓娘。

百晓娘的那番话又在他耳边响起：我们找一个碧水青青的湖畔，安下身来，打鱼捉虾，种稻养蚕，那才是人过的日子啊……

漫漫长夜，终有尽时。天边原本青黛色的云层突然之间被染得鲜红，映照在深蓝的海面上，满眼都是绚丽的光彩。

一缕阳光穿过舷窗，落在丁醒脸上，他醒了过来，抹了把脸，坐起伸着懒腰，在海船上睡觉，总不如家里来得舒服。

丁醒的懒筋还没有抻开，就听到有人敲门，紧接着响起副千户冯云的声音："丁将军，丁将军……"

丁醒拉开门，看着眼前的冯云，他好像也是刚刚醒来，脸都没洗。

"是不是该启航了？"丁醒问，"弟兄们都吃过了吧？"

冯云一脸凝重："属下要说的不是这个。"

丁醒一愣："出了什么事？"

"船上少了两个水手，小船也丢了一只，看样子，是昨夜雨停时逃走的。"冯云的语调略显尴尬，因为这两名水手都是他的部下。

丁醒皱了皱眉，这时汪顺也走过来，丁醒便问他："这种事情以前出现过吗？"

汪顺小心地赔笑道："当然出现过，这两名水手一个叫杨大个，一个叫苗小六，我记得出海前杨大个曾经提起，他的老婆要生了，苗小六跟他最好，肯定是要逃回家看老婆。"

丁醒看看冯云："水师当中，对于逃兵是如何处理的？"

冯云搔搔后脑："一般是开除军籍了事。因为大多数逃兵都会逃向外地，用不着空费人力去找他们来治罪。"

"那就按规矩办吧，等回到卫所，向贺兰将军禀报好了。"丁醒没有多说。

汪顺忙岔开话头："将军，大伙儿都等着您的军令，要不要马上启航？"

丁醒扫视着海面，吩咐道："扬帆，启航！方向东南。"

这天接近黄昏时分，一条龙头大船静静地泊在海面上，它的两侧还有两条小一些的船，船上的水手正在收帆，看样子要抛锚过夜。

龙头大船的主舱非常宽阔，舱壁上挂着各种长短兵器，正中一把大椅，椅上铺着不知是何种动物的毛皮，一个人虎踞其上。此人年纪不小了，脸上有几粒麻子，只是脸色微显酱紫，麻子反倒不甚显眼，颌下有一部花白的山羊胡，赫然是从京师出逃的言五爷。

言五爷左侧立着定尘，此时的定尘当然不再是道人打扮，他穿着海上作战的短衣裤，赤着双脚。在他的右侧还有一个人，身材瘦削，黑巾蒙脸，头上戴着一顶尖尖的帽子，样式奇特，绝非中原风格。尤其显眼的是，黑巾上绣着一朵盛开的黄色菊花。

此时言五爷正用一对阴冷的细眼，盯着面前站立的两个水手打扮的人。

"小杨、小苗，你们这次来，有什么消息？"言五爷发问了。

那两个水手一高一矮，正是杨大个和苗小六，这二人昨夜偷了一条小船，原来并非逃回家看老婆，竟是来找言五爷的。

杨大个张了张嘴，迸出几个字，却结结巴巴地说不清楚，苗小六忙道："五爷，我们兄弟这次来，是禀报军情的。"

言五爷反应很平淡："你是说，水师派出来的船已到了附近？"

苗小六一愣："五爷知道有船出海？"

言五爷道："当然，定海卫什么事情也瞒不过我的耳目。"

苗小六有些尴尬："既然您老都知道了……"

言五爷一笑:"你们还是有功的,至少让我知道了水师战船的位置。"

苗小六连忙道:"是、是,昨夜两条福船泊在乱石岛避风,算起来这个时候应该离我们不到五十里。"

这时言五爷身边的定尘问道:"福船上的装备如何?"

苗小六一鼓脑地说了,这家伙口齿伶俐,记忆力很强,确实是个做奸细的好材料。

定尘听完了,脸上现出担忧的神色,低声对言五爷道:"恩主,这两条船上有火炮,我们是不是要避一避,没必要和他们硬拼。按照水师的习惯,最多出来十天就得返航。"

言五爷沉吟片刻,挥挥手,让人把杨大个和苗小六带下去,可就当二人要出船舱的时候,言五爷突然问了一句:"水师派出来的主官是谁?"

杨大个一直没说上话,心里很气愤,这个时候终于调顺了舌头,大声地回答:"主官叫丁醒,刚调来没多久。"

一听"丁醒"二字,言五爷的手一颤,紧紧抓住了椅子上的毛皮,瞪着杨大个:"丁醒?是不是京城调来的?"

杨大个连连点头,言五爷又问:"他是一个人来的?"

杨大个又结巴了,苗小六补充道:"正是,他没有带随从。"

言五爷挥挥手,让人把他们领了下去。

定尘咬咬牙:"五爷,冤家来了,上次的仇还没报呢。"

言五爷冷笑两声:"定海卫派他来,真的很好。"

他转头问右侧的黑衣人:"三郎,看来这次又要请出神龙了。"

那叫三郎的黑衣人躬了躬身子:"属下听您差遣,随时可以出动。"

他的声音很细，语调有些僵硬，听着极不舒服。

言五爷不再说什么，大步出了船舱，站到甲板上，看了定尘一眼，定尘对着正在落帆的水手高喊道："马上启航，西北方向，准备大炮弓弩！"

船上的水手和匪徒听完，齐齐发出一声嗥叫，升帆的升帆，扯锚的扯锚，更多的人则是奔向下层甲板，将一箱箱炮弹抬上来，放到船上的大炮旁边。

放眼望去，船舷两侧共放有十门火炮，并不像守城火炮那样粗长，炮口也不算大，炮身上裹着红衣，身下有铁轮，方便推动，也可以抵消开炮时的后坐力，不至于损坏甲板。

但是看轮子的形制和火炮的口径，这种炮并不像是明朝兵杖、军器二局或是各处卫所制造出来的。

眨眼间，描有金龙的巨帆鼓足了风，带动大船，朝着西北方向扑去。

第三章
洞中仙

入夜,今晚月光很好,明月如同缺了半边的玉盘似的挂在空中,旁边稀稀疏疏地缀着几点孤星,没有一丝云气。天空像是琉璃翡翠一般,如沐如洗。

两条福船停在海面上,水手和士兵都已入睡,只有轮值的人在当班。瞭望手爬上桅杆顶端,无精打采地望着四周,不时打个哈欠,等待着下一班的人来轮换。

四周除了海波起伏之声,只剩下风信旗在猎猎飘扬。

丁醒睡不着觉,伏在桌上写一封家信。他的家人从没到过海上,因此丁醒想把自己的见闻都写进去,也让父兄开开眼界。

自打离了故乡,进京就职,他写过多封家信,但从未提过自己所遇的风险,至于立功升迁,也只是一笔带过。

他只提到过百晓娘,从父亲的回信来看,老人家好像意识到了什么,甚至一再谈到丁醒的年纪。每每想到这些,丁醒都露出会心的微笑,他知道,老人家想抱孙子了。

信还没写完,汪顺走了进来,面色有些阴郁。丁醒问他有什么事,汪顺皱紧双眉,轻摇着头:"说不好,总觉得心神不宁。"

丁醒以为他在惦记逃兵的事,便笑道:"不要多心,天塌不下来。"

他写完最后一个字,装进信封,长长吐出口气:"老汪,舱里太闷了,陪我到甲板上走走。"

二人一前一后,出了船舱,走到甲板上。当值的水手见了,都向他行军礼,丁醒向大家道了辛苦,仰头问瞭望手:"海面可有异常?"

瞭望手回答:"回禀将军,并无异常。"

丁醒深吸了一口带有咸味的清冽海风,仰头望着天上的明月,嘴里喃喃说道:"出来四五天了,船上的食水仅够二十天消耗,算起来,再过六七天还是找不到贼船的话,我们就得返航。"

汪顺笑道:"这也不是头一次了。大海茫茫,无边无际,要找到一条贼船,真称得上大海捞针。"

丁醒想了想:"贺兰将军吩咐过,这次出来,主要为了寻找海寇的老巢,你能不能判断一下,海寇最有可能盘踞在哪些海岛?"

汪顺摇头:"定海卫以东的五百里海面,岛子没有一百,也有八十,除了渔民经常避风补水的,还有三四十个荒岛,或许还有不知名的鬼岛。"

"鬼岛?"丁醒皱了皱眉,"什么叫鬼岛?"

汪顺解释说:"鬼岛这个称呼来自渔民。这种岛子很怪,有的昨天经过时还没有,回来时就冒了出来,不过这种岛普遍很小,称为'礁'更合适。而有的鬼岛,却是名副其实。"

"详细说说,怎么个名副其实?"丁醒来了兴趣。

汪顺指着海面:"将军知道,海面之下是有山的,露出海面的叫岛,而没于海下的叫暗礁。有的岛子因为天气和海流的原因,常年笼罩在雾气当中,周围遍布暗礁险滩,船行到这里,势必触礁沉没,任你是多年的老手,也枉送了性命。这种岛就叫鬼岛。"

丁醒眼睛一亮:"海寇行踪诡秘,他们的老巢会不会在你说的鬼岛上?"

汪顺道:"有可能,杜千户就曾这样猜测过,可也有人说,鬼岛太险,船进不去,就算摸清了暗礁的位置,行船的时候谁能保证不起大风?一旦被风刮进礁石堆中,岂不是一样沉没?"

丁醒点头:"也对,这样的地方,进出都有风险,海寇不会这么傻。"

"不过也有例外。"汪顺咂咂嘴巴,"定海卫的外海就有个神秘的鬼岛,谁也不知道在哪里,那上面便有人居住。一些老水手在海面上遇见过岛民,还交换过物品,人家可是拿珍珠交换的,这种事情可遇不可求。据老水手说,那地方的人异常神秘,还会一些可怕的法术……"

正说到这里,桅杆上的瞭望手突然叫了起来:"将军,海上起雾了!"

汪顺听到此话,陡然一惊,急忙朝四下眺望,果然在船的左侧几里远处,海面上起了一层浓雾,弥漫成好大一团,而且顺着风,朝他们泊船处飘了过来。

汪顺紧皱着眉头,嘀咕了一句:"怪事,今夜这天气,怎么可能会起雾?"

丁醒也看到了，便问汪顺："夜间海上起雾，不是经常的事情吗？"

汪顺摇头："海上起雾，多半是因为有海底暖流或是温泉，可据我所知，此处一无暖流，二无温泉，今天的天气又不冷，断不会有雾的。"

说话间，那团雾气已经飘到两里路之内，随着海风，雾气越来越浓，越来越大，眼前仿佛突然多了一面遮天蔽地的屏风，慢慢向福船移来。

汪顺的眼神当中多了一丝惊骇，嘴里说着："不对劲，不对劲……"

丁醒的性格一向谨慎，立刻朝船上的水手叫道："敲钟，集合，全体上甲板！"

他深信一句话：大海之上，谨慎一万次都有必要，大意一次都要不得。

"当当当……"

警敌钟被敲响了，刹那间船舱里骚动起来，那些睡下的官兵和水手纷纷跳下板床和吊床，七手八脚地穿衣服、拿兵器，还有很多人没来得及穿戴好，便手提弓弩火铳，冲到了甲板上。

丁醒吩咐众人以战斗队形列开，弓上弦，刀出鞘，装填好火铳，全神戒备。

汪顺跑回船舱，把丁醒的火铳拿了来，装好弹药，递到丁醒手中，自己则执着一面藤盾，护住丁醒的身子。

从他这一系列下意识般的举动就可以看出，确实是位经验丰富的老海螺。

丁醒心内感激，嘴上没说，这个时候，那团浓雾已经飘到距福船不到一百步的地方，汪顺喃喃道："这到底是什么东西，不像是雾，倒像是烟……"

丁醒猛然想起贺兰明说过，阿丹国使遇险时，有一条神龙乘雾而来，难道眼前的雾气……

想到这里，他大声吩咐瞭望手："注意天空！"

话音刚落，忽听浓雾之中有声响传来，这种声音时而高亢尖锐，时而低沉雄浑，在海面上回荡，连绵不绝，两只停在桅杆顶上的海鸟被声音惊动，扑啦啦地振翅飞上天空。

船上的官兵面面相觑，个个露出惊惧之色，显然，他们从未听过这样的声音。

丁醒问道："浓雾里有东西。你觉得会是什么？"

汪顺紧锁眉头："难道……难道是蜃怪？"

他所说的蜃怪是传说中海上的一种怪虫，这种虫外形似蛟，可以吞吐雾气，凌空飞行。但也仅仅是传说，谁都没亲眼见过。

丁醒咬咬牙，吩咐身边官兵："左转舵，炮手装填大炮，准备开战！"

福船缓缓转动船身，一群官兵开始填药装弹，有人举起火把，随时可以点燃火绳，发射炮弹。

与此同时，号旗手早将命令传给了另一条船，那条福船上的士兵也开始行动起来。

正当大家忙碌之时，就见那团浓雾之中猛然钻出一个庞然大物，扭动身躯，顺着风势，朝着福船飞来。

众人抬头看去，只见那物头面长角，遍体金鳞，眼如金灯，四爪挥舞,正是传说中的神龙模样。从它的口中不时喷出一股股黑烟,真个是龙行经天,吞云吐雾。

刹那间,船上的人都炸了锅,惊呼之声此起彼伏。

丁醒心头剧震,看来袭击阿丹国使的,就是这条飞天神龙。

眨眼之间,神龙已经飞近福船,众人看到,神龙的尾部喷着火焰,龙眼射着金光,异常威武。坐在桅杆上的瞭望手被吓得手足无措,想要爬下来,却一个失足,从数丈高处摔落下来,带着一声长长的惨呼,砸到船舱顶上,血溅船帆。

船上官兵连同丁醒在内,一个个目瞪口呆,仿佛被一只无形巨手摄去了魂魄。也难怪,这些人虽然久在海上,却从未有过今天的经历,如何不惊?

丁醒到底见过世面,虽然心内惊骇,下令却毫不迟疑,他大吼一声:"对准天空异物,放箭!"

此时神龙飞在空中,大炮肯定是用不上了,他吩咐的是那些弓弩手和火铳兵。

哪知军令下过之后,却不见有人动作,甚至有个小兵呆呆地念叨了一句:"那是神龙,对神龙不敬,是要遭天谴的……"

丁醒急了:"废什么话,快射!"

可此时已经晚了,空中的神龙飞到了福船顶上,突然巨口一张,一颗满体闪光的金珠当头滚落下来,直直地砸向甲板!

下面的士兵吓得东躲西跑,金珠落在船上,冒着火花,滚了几滚,紧接着轰然炸响。

离得近的数名官兵被炸得四分五裂,鲜血泼了一地,甲板也被炸开一个大洞,十余名水手猝不及防,滚落下层,还有几人被爆炸的气浪直接掀飞,落进海里。

丁醒身上溅了鲜血肉块,幸好有汪顺的藤牌护着,没有受伤,他红了眼睛,把火铳朝天一举,就要射击,却见又有一颗金珠落下,笔直砸向他的头顶。丁醒还未做出动作,汪顺扔了藤牌,将他拦腰扑倒在甲板上。

又是一声震响,船头被拦腰炸裂,丁醒和汪顺随着断裂的船头,齐齐掉进海里。

冰凉的海水一下子浸没了丁醒全身,令他连打了两个寒战,等到从海中露出头来,片刻前还威风凛凛的福船,已经变成了一条火龙,空中满是炸药焚烧的硝烟味道,夹杂着血腥气。除此之外,海面上还漂着无数残肢断臂,没有死的士兵大多全身着火,惨叫着扑向海中,被海水吞没。

汪顺钻出海面,抹了一把头上的水,朝天上望去,那条神龙已经飞向另一条福船,照样吐出火珠,很快,那条福船也遭受了同样的命运,上面的官兵或死或伤,最终落入大海。

此刻的海面几乎变成了屠宰场,到处是碎裂的船板、漂浮的死尸与未死之人的惨号。

丁醒的眼睛被大火映得通红,他惊惧交加,自己奉命来解救国使,没想到两条坚固且战力十足的福船,在神龙面前居然如此不堪一击。

他拼命游向燃起大火的福船,想要救人,可汪顺死死将他扯住。

又听轰然声响,另一条福船被炸成两段,残骸熊熊燃烧着,将附近的海面照得通亮。

正在这时,汪顺突然发现浓雾之中钻出一条大船,船帆上描着一条金龙,朝这里开了过来。他连忙警告丁醒:"将军你看,是海寇!"

丁醒也看到了,他知道金龙船上定是那股劫走阿丹国使的海寇,不由恨得咬牙切齿。可现在自己浸在海中,手里只有一条火铳,火药已经湿透,不能用了,况且就算能用,也万万不是人家的对手,只有束手就擒的份。

然而更糟糕的事情来了,汪顺借着火光,赫然发现海波之间闪过一条条背鳍,快速朝着这边游了过来。

"鲨鱼!鲨鱼来了!"汪顺心中一阵绝望,他很清楚鲨鱼的习性,这些海中杀手非常嗜血,此时定是闻到了血腥味,前来一饱口福。

丁醒听说过鲨鱼的厉害,一时不知如何是好。他来到定海卫后,已经学会了游泳,四下看看,正好看到不远处漂浮着一块较大的船板,便招呼汪顺游了过去。二人刚刚爬上船板,一条鲨鱼就在身边游过,一口咬住一名被炸成两段的垂死士兵,迅速沉到水下。

汪顺喘过一口气,从水中抄起两块木板,递给丁醒一块:"快划!不然不是喂了鲨鱼,就是给海寇杀了!"

两个人顾不得其他,拼命划水,要远离这片海域。划出几十步之后,眼前竟然浮着一条小船,那是福船上的走舸,虽有破损,但还没漏水,二人大喜,连忙爬了上去,丢掉破木板,抄起里面的船桨,一阵猛划,终于离开了火光映照之处,没入黑暗当中。

回头望去,海面上不时传来惨叫声,那条描龙大船上的海寇正以射杀海中的幸存者取乐,不时传来嘻嘻哈哈的调笑之声。

可怜那些官兵,不是喂了鲨鱼,便是被弩箭射死,惨不忍睹。

汪顺脸上的肉抽了几抽,低声对丁醒道:"将军,我们救不得他们，还是快走吧，留得青山在，不怕没柴烧。"

丁醒当然明白，于是二人继续划船，朝着夜色深处而去。

可他们划出里许，回头一瞧，不禁大吃一惊，原来那条描龙大船居然追了上来，而且越追越近！船头上站着一排海寇，都举着火把，不住地朝自己这边指指点点，大声吆喝着。

被发现了！

只靠一条双桨小船，怎么跑得过带帆篷的大船？汪顺也慌乱起来。

丁醒咬咬牙，弃了桨，提起火铳，他并不是想打，而是绝望之下，如同困兽一般空亮爪牙而已。

眼看大船追近，已不及三十丈了，突然汪顺指着前方，欢呼道："将军你看，起雾了，起雾了……"

丁醒抬头看去，果然前方的海面上升起一层雾气。他不知底细，心中甚是吃惊，脱口叫道："难道又是神龙？"

"不，这是正常的海雾！"汪顺十分欣喜，"只要我们钻进去，海寇就没办法捉到我们了。"

二人加紧划桨，后面大船上的海寇也发现了雾气，便不再顾及二人死活，开始放箭，一支支的利箭带着劲风，从二人身边掠过，有几支箭钉在船上，发出"夺夺"之声，微颤的箭羽令人心惊，幸好没有伤到他们。

丁醒与汪顺伏低身子，拼命划桨，不到片刻，雾气渐浓，这条小小的走舸终于钻进雾气当中，消失不见。

后面的描龙大船驶到雾气边上，便不再前进，射了一顿箭之后，掉头而去。

丁醒和汪顺并不知道海寇已停止了追赶，还在不停地划桨，等划出好远，二人累得手臂酸麻，气喘吁吁，小船才渐渐慢了下来。

汪顺停了桨，低声说道："将军，且歇一歇，我来听听后面。"

丁醒也住了手，二人侧耳听了听，没有听到一丝一毫的声响，看来并无追兵。二人终于松了口气，不约而同地躺倒在船上，大口地喘着粗气。

良久，丁醒坐起身来，道："我们不能在这里久停，如果雾气散了，海寇很可能还会追来。"

汪顺看看四周，把手举在空中探探风，摇头道："方向不明，只能凭运气了，划吧。"

二人慢慢地划着桨，在浓雾之中一连行了几个时辰，天终于亮了，雾气也慢慢散去。

可倒霉的是，天空彤云密布，根本看不到太阳从何处升起，二人身上除了短刀和一杆浸透了水无法发射的火铳以外，别无他物，更不要说确定方向的罗盘了。

此时他们不知道身处哪一片海域，更不知道向哪里划才有生路，丁醒饶是不怕死，可面对着茫茫大海，也手足无措起来，只能问汪顺："我们向哪里去？"

汪顺四下望了一遍，舔着干焦的嘴唇，低声骂道："连个岛子也没有，照这样下去，渴也渴死了。"

他不说渴字还罢，一说起来，丁醒也觉出口干舌燥。整整一夜，二人拼命划桨，汗透衣衫，不渴才怪。

"等在这里就得渴死，我们得找一个岛子落脚。"丁醒又抄起了桨，"往前划吧，死活就看老天了。"

汪顺却没有动,只是侧耳倾听,脸上慢慢露出喜色:"有鸟叫,有鸟叫!"

丁醒不解:"有鸟又怎样?它还会给我们送水吗?"

汪顺笑道:"它不会送水,却会带我们去有水的地方。我们出海这么远了,海鸟一定不是从大陆飞来,它是从海岛上飞过来的。"

一听这话,丁醒精神一振:"附近有岛。"

话音刚落,一只黑白色的水鸟从云层中飞了下来,翱翔几圈之后,一头扎进海中,眨眼之间又飞了起来。

汪顺叫道:"将军,我们跟着它走,它是来捕鱼的,捕到鱼就会带回海岛上喂小鸟。"

二人提起桨,随着水鸟飞行的方向,划了过去。

约莫划出十几里远,汪顺扬手指向远处:"将军你看,有岛了!"

丁醒顺着汪顺指点的方向看去,果然远处出现一座海岛的轮廓,二人欣喜异常,一般来讲,有岛就会有水,有食物,至少不会饥渴而死。

二人又划了半个时辰,终于接近了海岛,此时看得清楚,这座岛子不算太大,眼见山峰耸立,却光秃秃的全是山岩,岩壁仿佛刀削斧砍一般陡峭,很多海鸟在上面飞来飞去,看样子它们的窝就在岩缝之内。

丁醒有些泄气,这样的岛子却也少见,上面真的有水和食物?但眼下无暇顾及这些,先上去再说。

两个人找了一个浅滩之处,跳下船来,将船拖上沙滩。脚踏实地的那一刻,丁醒这才感觉心中稍安。

汪顺很有经验,先到岩壁之下观察有没有水流的痕迹,可围着岩壁找了一圈,也没找到一条水线,他心头窝火,不由得咒骂起来。

丁醒拍了拍汪顺:"不用急,这岛子很大,我们去别处看看,肯定能找到水。"

二人沿着山脚开始绕行,想要转到岛子的另一面去。却发现山壁直接伸进海水中,根本没法绕过去,只得再次将船拖进水里,从水路向岛后进发。

而此时,山峰之上,一块巨石边伏着两个人,瞪着两双警惕如狼的眼睛,正恶狠狠地盯着他们。

眼看丁醒的小船消失在山壁后,巨石边的两个人相互一点头,悄悄下峰而去。

约莫小半个时辰以后,丁醒二人的小船来到了岛子的东侧,这里的沙滩要比西侧宽很多,沙滩尽处是一片树林,生长着丁醒从未见过的野树春藤。

见到有树木和丛林,汪顺松了口气:"好了,有树就有水,将军,咱们上去吧。"

二人把小船划上滩来,拖进树林里藏好。丁醒提着火铳四下打量,问汪顺:"这岛上不会有什么猛兽吧?"如今他虽然有火铳在手,但从海上逃出来时全身湿透了,火铳药室中也浸了海水,火药尽湿,根本无法发射。

现在手中的火铳与烧火棍无异,他便将火铳插在腰间,拔出佩带的腰刀。

听了这话,汪顺笑了起来:"云藏龙,雾藏虎,粪坑藏老鼠。放心吧,将军,海岛上是不会有猛兽的,就算有,它们去哪里找吃的?饿也饿死了。"

丁醒叹了口气："但愿我们不会饿死。"

汪顺也从腰带上拔出短刀，打趣道："小时候奶奶给我算过命，说我这人虽然不是富贵命，却是祸害命。"

丁醒一愣："什么叫祸害命？"

"祸害遗千年的命！"汪顺解释说，"就是我会活得很久，虽然比不了千年的王八，八九十年总不在话下，还有什么好怕的？"

丁醒虽又累又渴，此时也被汪顺逗笑了。在福船上时，汪顺显得很恭敬，眼下只有他们二人幸存，地处荒僻海岛，汪顺没了顾虑，说话也随便了许多。

汪顺向前一指："咱们先去找些吃喝，填饱肚子。"

"能找到吃喝吗？怎么连个野鸡野兔也不见？"丁醒有些疑虑，不过转念一想，又泄了气，因为就算见到野物，他们也没有弓箭，很难抓住。

汪顺安慰道："将军放心，俗话说有活树，没死人，林子里是饿不死人的，不光有野味，还有野菜、野果，甚至是能吃的树根哩。跟我来吧。"

说完他一马当先，向丛林中走去。

这就是老海螺的好处，越是处境危险，越是满不在乎。丁醒如今才算开了眼。

二人一前一后，踏倒草茎，砍开春藤，朝着树林深处进发。

一边走，汪顺一边寻找，辨认着眼前的藤萝。这里应是一片原始丛林，好像没有人迹，每走一步都不免被乱草和野蔓缠绊住，因此行进困难，才走了里许路程，二人已经通身是汗，口干舌燥。

汪顺咂着嘴，咒骂了几句，抹汗的时候，突然眼前一亮，往侧面走了几步,抓过树梢上垂下的黄绿色藤蔓,用刀砍断,然后把嘴巴凑上去。

丁醒在后面瞧见,见他好像在吞咽,心中不解:"老汪,你在干什么?"

汪顺嘬了几下,喘过口气,转过头来:"这种藤,我们水手称为水袋子,里面存有清水,能解渴。将军可以尝尝。"

说着,他抓起另一条绿藤,一刀砍断,又将断藤递给丁醒。果然,从断口处流出一股液体。

"树身中的汁液?能好喝吗?"丁醒没有接,皱着眉问。

汪顺笑笑:"不怎么好喝,可至少解渴,还没有毒。"

丁醒咂咂嘴,实在渴得难受,便接过来用嘴含住。

一股清流进入口内,丁醒无暇品尝滋味,任它流进喉咙里,喝了几口之后,这才感觉微有苦涩。

"说得不错,虽然不好喝,可终究是渴不死了。"丁醒说了几句,又把嘴巴凑上去。

喝完了水,二人略微休息了一阵,继续朝岛内走。汪顺仍在前面,又走了几十步之后,他突然停下了脚步,蹲下身子,仔细看着地面,又用手抓过身边的茅草,嘴里喃喃地说着什么。

丁醒上前问道:"怎么了?"

汪顺摇摇头:"奇怪,这里好像有人走过似的。"

丁醒连忙看向地面:"有脚印吗?"

汪顺道:"没有,这才是奇怪的地方。将军,我们得小心了,这岛子有点儿怪。"

丁醒不解:"没有脚印,你为何说有人走过?"

汪顺从地上捏起一条细细的绿藤，丁醒蹲下身子细看，才发现这条藤从中折断了，只连着一层表皮。他接过看了看，发现断痕还显出绿色。

丁醒皱着眉发问："一条断藤，便能断定有人？就不能是野兽弄断的？"

汪顺警惕地看着四周，嘴里答道："如果是野兽弄断的，四周必定有野兽足迹，可我却找不到，只有一个可能，那就是足迹被小心地清除过。而野兽是不会这么做的。"

"你能断定，足印被清除过？"丁醒还是不相信对方如此厉害，只凭一条断藤，就知道有人走过。

汪顺道："我爹是猎户，从我七八岁时便经常跟着他入山打猎，他曾经教过我如何辨别各类野兽的踪迹。这条藤有小指粗细，能将它踩断的人或者野兽，体重不会低于八九十斤，而这座岛上不可能有这样的野兽。"

丁醒暗自点头，怪不得汪顺有如此见识，他开始庆幸有汪顺在身边，如果只剩自己一人，他可没把握在海岛上活下来。

汪顺站起身，抬头向空中看了看，满眼都是茂密的树丛，由于不见太阳，身外四周显得有些阴暗。没有风，整座岛上静悄悄的，只偶尔听到一两声鸟鸣，显得丛林中愈加幽静，好像四处都充满了未知的杀机。

两人仍旧一前一后，执刀在手，轻手轻脚地向前摸去。

岛子不太大，林子当然也不会太大，二人走了约莫半里路，眼前景色赫然一变，原始的树林被一条断开的山缝阻断了，山缝并不宽，有一些藤蔓伸展过去，搭成了一座座软桥。

而在山缝的另一面，密密层层长满了竹子，有的粗如大腿，也有的细似指节。一眼望去，铺满了眼前的半座小岛。

原始丛林与那坡竹子，虽在一个岛上，却仿佛隔成了两个世界，这边阴暗幽深，那边却疏朗通透，丁醒不由得长长舒了口气。

汪顺走到藤蔓形成的软桥前，用手使劲勾了勾，发现非常结实，完全撑得住一个人的重量，便叮嘱丁醒小心，随即当先走过软桥。等到丁醒安全下桥，二人便进入了竹林。

竹林并不像原始森林那般阴暗，一眼能望出老远，竹子后面也藏不住人，二人的胆子大了起来，径直朝前走。

刚走几步路，汪顺突然发出一声尖叫，身子"腾"的一下被弹飞到空中，一条绳子紧紧拴住他的脚踝，好像一条上了钩的鱼。

陷阱！

丁醒立刻意识到了这一点，与此同时，他的一只脚刚刚落地，就觉得小腿一紧，一道绳子勒了上来。

对于这种陷阱，丁醒太熟悉了，他曾经在百晓娘的住处中过两次埋伏，都是被绑住腿吊在半空。正所谓久病成医，丁醒知道在绳圈收紧的一刹那，便是自己最后的生机，如果错过了，他将被第三次吊起来。

电光石火之间，丁醒右手向下猛然挥出，腰刀的刀刃瞬间将绳圈割断。

"嗖"的一声响，半截绳子挂着风声在丁醒脸侧掠过，紧接着传来一阵热辣辣的感觉，绳头擦过他的脸，而绳圈则留在丁醒的腿上。

逃过陷阱后，丁醒奔向汪顺，想把他救下来，哪知刚一动脚，就听到身边有动静。他扭头一扫,右侧一丈以外赫然站起一个人来,脸上黑漆漆的,真似熊瞎子一般,用一根细细的竹筒对准了自己。

没等丁醒做出反应,就感觉脖子一痛,好像有一根针扎进了皮肉。他疼得全身一颤,立刻伸手将那东西拔了下来,见是一根细细的竹箭,尖头部位发着绿油油的光。

他骂了一句,将竹箭扔在脚下,挺刀欲向那人冲去,可刚一动脚,就觉得天地开始旋转起来,眼皮也像是坠上铅条一般,挣也挣不开了。

"嗵"的一声,丁醒倒在地上,腰刀扔出老远。

此时汪顺正弯曲了身子,用手中的刀去割脚踝上的绳子,没料想身后的竹林里又站起一个黑脸人。那黑脸人亦举起一根细竹筒,对准汪顺吹出一支竹箭,刺在他的背上。眨眼间,汪顺的身子也软成了面条,短刀落地。

来人用脚踢了踢丁醒的脸,确定他已经昏迷,这才打了一声呼哨。竹林不远处钻出几个人来,收了地上的刀,七手八脚地将丁醒与汪顺绑了,用两条粗竹竿穿了手脚,像扛猪羊一般,消失在竹林深处。

百晓娘站立在船头,望着眼前朦朦胧胧的晨雾,满是忧虑之色。她穿着一身墨绿色的长裙,外面罩有黑色缎面加帽长袍,远远望去,如同一朵纯黑的名贵兰花,不可方物。

出海已经有几天了,前天夜里,她明明已经看到了远处大船的灯光,确定那是两条官船,应该正是丁醒率领的船队,可一阵狂风暴雨过后,竟完全失去了官船的踪迹。

要知道她这次出海雇用的船，比丁醒的官船小得多，那一场风暴之中，幸亏水手们经验老到，拼命搏风斗浪才免得翻覆，但也偏离了航路，等到找回航路，时间已经过去了一天。此刻海雾茫茫，一眼看去只能瞧出十几步远，哪里还能找到官船的影子？

正出神间，只听甲板咚咚作响，鬼仙伸着懒腰从舱里走出来，站到百晓娘身边。他自出得京城以来，但凡外出，必定用斗笠盖头，黑巾遮面，以免引起别人的好奇，而且只要有外人在，他说话的声音都压得极低。

百晓娘听到脚步声，知道是鬼仙，便活动了一下僵硬的脸颊，舒展开眉头，她不想被鬼仙看到自己的担忧之色。可鬼仙不用看她的脸，就知道她心中在想些什么。

"不用担心，海面上很快就会有踪迹。"鬼仙并不是故意安慰百晓娘。百晓娘看了看他："你有把握？"

鬼仙点头："我已测探过了，这一带的海面看似平静，水下实则暗流遍布，行经这里的船都是逆着洋流行进，前面的船无论落下什么东西，都会顺流漂至，只要我们睁大眼睛，肯定会发现些什么。"

百晓娘笑道："看不出，你对大海竟恁地熟悉。"

鬼仙阴阳怪气地回了一句："你忘记啦？我在倭船上生活过好些年，没有这点儿本事，如何脱得了身？"

百晓娘不想再勾起他对那段惨痛日子的回忆，便岔开话头："近些天来，我总觉得定海要出大事，你怎么看？"

鬼仙自嘲似的怪笑一声："那还不是要怪你？你出现在哪儿，哪儿就会发生大事。小娘们儿都快成扫把星了。"

百晓娘"呸"了一声："你才是扫把星！我在说正事儿。自打我到了定海，总感觉这里怪怪的。看似祥和宁静，可就像你刚才说的一样，暗流汹涌。"

鬼仙道："从镇子上出现倭人之后，这里就一定不会太平了。说来也怪，倭人来定海干什么？难道以区区百十人的流寇，也想攻占定海？那可把大明朝看扁了，这里数千驻军就算是泥捏的，也有土性啊。"

"倭人暗杀定海的将军，肯定有其目的，但就算定海死几个军将，并不影响指挥，况且就算杀了贺兰明，也不可能占据定海这样一个要塞，真不知道打的什么鬼算盘。"百晓娘甚是不解。

"算啦，倭人行事一向奇诡狡诈，我们先找到丁醒再说吧。"鬼仙说。

此时从侧后吹来一股海风，吹开了眼前大团的浓雾，百晓娘感觉有些寒冷，刚把黑袍拉紧，突然指着前方的海面："那是什么？"

鬼仙凝目望去，只见海面上漂来一团物事，便笑道："看看，我没说错吧，会有东西漂来的。"

眨眼间，那团物事漂到了船侧，鬼仙拿起一条长竹竿，将那东西挑起，扔到船头上，二人仔细一瞧，都不禁倒吸了一口冷气。

那是一件血衣，虽然在海水中浸泡了许久，但上面的斑斑血痕仍旧清晰可见，昭示着其主人的悲惨命运。

鬼仙将血衣拎起，见上面有不少破损处，撕得不成样子。他打量几眼，叹息一声："鲨鱼！此人落水后，被鲨鱼给撕碎了。"

百晓娘也盯着血衣："看样子是官军的制服，军中职位应是百户。"

鬼仙道："百户落水，手下人必定全力施救，不可能随随便便喂了鲨鱼，除非……"

"除非他的手下也……"百晓娘话没说完，前方又有东西漂过来，有血衣，有破碎的船板，甚至还有一面较为完整的信号旗。

二人对视一眼，齐声道："不好，是丁醒的船！"

百晓娘朝舱内叫道："张足风帆，向前开！"

海船一路前行，二人四只眼睛紧盯着海面，百晓娘年纪虽轻，经过的风浪可不少，但没有一次比得上今天。她的两只手紧紧抓住船舷，也不知用了多大的力气，手指都几乎抠进木板。

她很想早一点儿找到丁醒，但又怕面对的是一具被鲨鱼啃得面目全非的尸体，若真是那样的结果……她简直不敢想下去。

鬼仙看着从船侧漂过的几块船板："碎得如此厉害，绝不会是撞击所致，倒像是被大炮炸的。"

"是那股海寇。"百晓娘肯定地说："只有那股新起的海寇，才会在船上装备如此厉害的火炮。丁醒他……"

鬼仙拍拍她的手背："放心吧，丁醒这小子没那么容易死。第一次见面，我就嗅出他官运不浅，绝不会这么窝窝囊囊地喂了鲨鱼。"

听了鬼仙的安慰，百晓娘稍稍平定些心情："但愿能如你所说。"

鬼仙呵呵一笑："你真的变了，难怪人们常说，无论心肠多硬的人，只要有了牵挂，很快就会变得婆婆妈妈。"

"他一定不会死，不管他在哪里，我必须要找到他。"百晓娘说话时嘴唇抽搐，声音已开始颤抖。

鬼仙沉吟片刻，转头问水手："这附近可有海岛？"

船老大走上甲板来，回应道："东南方向上，数十里外好像有个荒岛，不过偏离航道甚远，我也是有一次遇了风才见过一眼。"

鬼仙毫不迟疑："就去那里，要快！"

船老大招呼着手下人，张足了风帆，转变了航向，轻快的海船如同一条箭鱼也似，飞波逐浪而去。

"丁将军，丁将军……"

有人在低声呼唤他的名字，恍惚之间，丁醒又一次醒来，感觉昏昏沉沉，整个脑袋如同浸入了一团糨糊，又好像被抽空了记忆，什么都想不起来。

此时一只脚在轻轻踢着他的小腿，丁醒晃晃脑袋，咬了咬舌尖，疼痛使他终于清醒过来。他努力张眼一瞧，自己被绑在一棵大树上，这棵树足足有合抱粗细，转头看看，原来踢自己的人正是汪顺。

汪顺被绑在树的另一侧，一条拇指粗的草绳绕着树干，将他们二人牢牢捆住，一直捆到膝盖部分。

绳子缠得非常紧，使得他们整个身子都无法动弹，只有小腿和脚可以动转。

再看看身上，不用说，火铳和刀都没了，如今赤手空拳，绑绳加身，运气真是坏透了。

十几步外，站着几个手执竹枪的汉子，汪顺一看那些人满脸的铁锈之色，就知道是经常在海上讨生活的。

这些人并没有注意到他们已经醒了。可能是二人昏迷的时间很长，又捆得结实，无法逃跑，因此看守们也就放松了警惕，凑在一处谈论着什么，不过说出的话极其难懂，连汪顺这样的老海螺也听不出对方是哪里人。

丁醒低声回应汪顺："老汪，我们落到海寇手里了。"

汪顺道："我们醒了，他们肯定要问话，等问话时，你假装哑巴，一切由我来回答，你别插嘴。"

"为什么？"丁醒十分不解，海寇眼睛又不瞎，自己一身军官的装扮，而汪顺只是普通军兵，要问也是问自己。

汪顺有些发急："这个时候了，听我的就能活命……"

他的声音稍稍大了些，被人听到了，没等丁醒继续问，就听脚步声响，走过几个人来，丁醒与汪顺连忙闭上嘴，不再言语。

这伙人到了丁醒二人近前，打量了几眼，其中有个络腮胡子的汉子朝着同伴努努嘴："总算是醒了，带他们去见头领。"这次说的是官话。

众人七手八脚将绳子解开，没等二人动作，便竹枪顶胸，将他们按翻在地，再次绑了双手，推推搡搡，向前走去。

丁醒放眼四望，这里是竹林的边界处，前面是一片不太高的石岩，没有路，众人皆行走在石头草丛间。

转过一个山弯，眼前出现了一块谷地，放眼望去，方圆约三四百步，四面皆是高峰，谷地之内林木稀疏，遍地圆石，没有棱角，应是被雨水冲刷千万年所致。

谷地之中站着不少人，有男有女，有老有小，形如一个部落。这些人与中原人面貌无异，衣着无二，只是全部赤着脚，没有鞋子，一个个闭口不言，眼巴巴地瞧着他们。

谷地之中没有平地，无法盖房子搭窝棚，不过两侧山腰处有不少洞穴，亦有不少人坐在洞口，看样子应是住在洞里的。

丁醒看罢，心中不免想道：这些人若是海寇，怎么整个岛外不见船只？

再看看人群中的孩童，丁醒恍然大悟：这座岛必定是海寇的老巢，剩余的人多半是海寇的家眷，看来这座小岛，就是自己此次出海要找的地方。

丁醒心中甚是沮丧，虽然找到了海寇的老窝，却是以囚徒的身份，实在意想不到。

但他又一想，就算今天将性命送在这里，至少也能做个明白鬼。

正想着，那伙人将他与汪顺推到谷地正中的一块大圆石上，有人喝道："站好了！"他们虽然说的是官话，可语调甚是生涩刚硬，显然平时鲜少使用。

丁醒与汪顺对视一眼，心头不免有些惴惴，不知道接下来会面对什么样的命运。

等二人立定脚，对面的一块石头上站起一个汉子，朝他们走近几步。

他坐着的时候并没有什么出众之处，但起身之后丁醒才发现，此人比自己足足高出一个头，肩宽背阔，皮肤粗糙如沙砾，一头乱发用皮绳勒住，赤着上身，露出虬结的肌肉。尤其惹眼的是他脸上的一道伤疤，从右鬓边斜挂下来，直到嘴角，几乎把脸分成了两半个，伤疤似是刚刚痊愈不久，血红血红的，看来甚是狰狞可怖。

丁醒自然不会害怕，自打瞧过鬼仙的脸以后，再恐怖的容貌也不会让他做噩梦了。

疤脸汉子看来是识货的，根本不理会汪顺，上下打量着丁醒，突然喝道："你是定海卫的军官，来我们岛上做甚？"他说起官话来倒是顺畅很多。

没等丁醒开口，汪顺接道："误会误会，全是误会。"

疤脸汉子瞪着汪顺："你说什么？"

汪顺忙道："我们不是官兵，是海路英雄。"

他说的"海路英雄"便是海寇的自称。

"你当我瞎吗？看你们身上穿的，明明是官军。"疤脸汉子冷笑着从腰间抽出一把短刀——居然是汪顺那把，朝着汪顺脸上晃了晃，"说实话，不然把你们剁碎了喂鲨鱼。"

汪顺赔笑道："我们和官军见了一仗，衣服烧光了，不扒两身官皮，就得光着腚。"

疤脸汉子看看丁醒："他怎么不说话？"

汪顺道："他是哑巴，您有事就问我。"

疤脸汉子哼了一声："既然你说是海路英雄，那我问你，驶的什么船，拉的什么货，走的什么路，乘的什么风？"

汪顺毫不犹豫地回答道："驶的三保船，拉的太平货，走的富贵路，乘的诸葛风。"（三保船指的是郑和的航船。郑和原名马三保，曾率船队七下西洋，大小海盗皆闻风丧胆，后将诸多传说加于其身，以为神。）

"船头几块板？"

"船头八块板，八仙过海显神通。"

"板上几颗钉？"

"七十二颗钉，七十二路走西东。"

"船上哪块板是有钉无眼？"

"手里绕的线板。"

"有眼无钉？"

"背上背的纤板。"

"有钉有眼？"

"上岸走的跳板。"

疤脸汉子微微点头，神色松弛了一些。丁醒听不懂海寇间的行话，但也明白，汪顺对答如流，看来并无破绽，不愧是定海卫中少有的行家。

"这么说，你两个真的是海路英雄，绝不会是官军了？"疤脸汉子又问。

汪顺连忙点头："当然当然，所以我才说是一场误会，大家都是风里浪里混饭吃的，理应相互关照才是，您说呢？"

汪顺不愧是老兵油子，一脸的可怜相让丁醒都觉得他不是在演戏。

"相互关照，当然要关照，而且是好好关照，你们说是不是？"疤脸汉子抬头看着四周的岛民，大声说道。那些岛民一直没有说过话，此时听疤脸汉子这么说，立刻七嘴八舌地应声。

疤脸汉子把手一挥，身边的几个人跑进一个洞穴，从里面抬出一口大锅，在地上架起火堆来。

汪顺有些不解："这位英雄，能不能先松了绳子，绑得手麻了。"

疤脸汉子一阵冷笑："不急，等吃过了饭再做理会。"

汪顺一皱眉："英雄，您可真会开玩笑，手被绑着，怎么吃饭呀？"

"你猜错了，不是请你们吃饭，是我们要吃饭。"疤脸汉子解释说。

汪顺更加疑惑："贵处这个规矩倒是头一回见。可怎么只见锅，没有饭？"

疤脸汉子指了指他们两个："你们就是饭！"

丁醒心头大震，脱口而出："你们要吃人？"

疤脸汉子哈哈大笑："哑巴怎的也说话了？"

众岛民也随着哈哈大笑起来。

汪顺顾不得这些："大家都是一路人，犯不上自相残杀啊……"

疤脸汉子"呸"了一声："谁和你是一路人！"

丁醒暗叫糟糕，他放眼望去，众岛民虽然在笑，可眼神里都冒着凶光，好像看到杀父仇人一样。他这才想起，自己和汪顺刚被押来的时候，岛民眼中并无恨意，现在看来，这伙岛民绝不是海寇，或许还与海寇有仇。

想到这里，丁醒暗自跺脚，狠狠瞪了汪顺一眼，心说亏你想的馊主意，倒不如上来便坦坦荡荡承认身份，可能还有救。如今就算再辩解，人家也不相信了。

此时火堆已架起，熊熊烈火舔着锅底，锅里的水开始冒出细泡，不多时就要开锅了。

疤脸汉子朝着左右一使眼色，两名汉子手执牛耳尖刀，大步走到汪顺和丁醒面前，另有人用空海螺盛着水，撕开二人前胸的衣服，将凉水朝他们的心口窝上泼。

丁醒在家中读过书，其中有一本叫《水浒传》的，曾有一节，宋江被山大王拿住，要割心肝来做醒酒汤，在动手之前便要先泼凉水，以散了热血。他本来以为是作者杜撰，哪料想今天真的遇到，而且是着落在自己身上。

性命堪忧之际，丁醒知道绝不能坐以待毙，他打量着脚下的石头，急中生智，突然腿一软，瘫倒下去，身子滚下了石块，坐在地上。

围观众人更是一阵大笑，以为丁醒吓得魂不附体，软成烂泥了。

他们哪里知道，丁醒注意到石块上有条锋锐的边棱，才故意坐倒的。

汪顺也误解了丁醒，哭丧着脸说："丁将军，是我对不起你，我不该自作主张，如今……"

丁醒低声道："住嘴，拖住他们……"

汪顺眼光向下一瞥，立刻明白了，他突然大叫一声，向后便跑，跳过几块石头，朝人群稀疏的地方冲过去，看样子像是要逃。

岛民像看猴子一样，还有人故意挡在汪顺前方，好像一群猫困住了一只老鼠，先戏耍一番再下嘴。甚至还有小孩子也来凑趣，不时伸腿去绊汪顺，让他跑得踉踉跄跄，十分可笑。

汪顺这一跑，吸引了所有人的注意，丁醒手上加劲，很快就将草绳磨断了。此时一名拿刀的汉子跳到丁醒身前，一把揪住他的前胸衣服，向锅边拖去。

丁醒冷不丁地挥起一拳，打在对方的下巴上。剧烈的撞击令这汉子头昏目眩，没等他站稳，丁醒劈手将短刀抢过，飞起一脚踢中对方小腹，然后一个箭步，冲向那疤脸汉子。

这一套动作行云流水，只不过眨眼之间，丁醒就到了疤脸汉子面前。

他知道疤脸汉子是敌人首领，只要能将他抓住，就有希望逃出海岛。

疤脸汉子看着丁醒朝自己冲过来，居然并不起身，只是向后一伸手，早有人把一杆竹枪递到他掌中。疤脸汉子看准时机，一竹竿抡在丁醒刚刚踏定石块的脚踝上。

丁醒立脚不住，滚倒在地。众人围上前擒拿，丁醒挥舞着短刀，逼开众人，又冲向疤脸汉子。

77

可此时疤脸汉子身前早站了七八名大汉,手中挺着竹子削成的标枪,挡住去路。紧接着,丁醒身边亦有十余名敌人围上来,要再次将他活捉。

还有两名汉子从腰间拔出竹筒,看样子又是吹箭。

丁醒想逃,但又担心汪顺,抬眼看去,汪顺已经被人按在地上,他挣扎着望向丁醒,大叫道:"快跑,别管我,跑一个算一个……"

丁醒知道不可能救回汪顺了,只得掉头奔逃,试图逃出这座山谷。

可他初来乍到,不熟悉地形,岛上众人早有十数条汉子将所有出谷的去路封住,挺着竹枪等着他撞上来。

丁醒知道逃不脱,咬牙转身,打量一下四周,发足朝着最高的那座峰头跑去。这座山峰坡势较缓,半山腰上有个山洞,洞口没有人,可能是空的。

既然跑不出去,不如占领一个山洞,和敌人一对一交手,就算死,也能拼掉几个。临阵斗死,远比被人煮成肉汤强得多。

关中人好勇斗狠,丁醒的骨子里继承了老爹的拼劲与狠辣,此时迸发了出来。

打定了主意,丁醒脚下加快,朝着那山洞飞奔而去。

疤脸汉子发现了丁醒的意图,突然脸色一变,大叫道:"截住他,截住他,别让他进洞!"

丁醒听到这话,心中一荡,难道那个洞有出去的路不成?想到这里,他几乎手足并用,很快接近了山洞。

疤脸汉子带着一群人朝丁醒拼命追来,不时有人把手中的标枪掷了出去,"嗖""嗖"声响,有两根擦着丁醒的耳朵飞过,险些刺中丁醒，吓得他毛孔倒竖，如此被众人一追，丁醒跑得更快了。

奔跑了几十步，丁醒来到山洞外，向里一张，发现洞里黑漆漆的，洞口约一人多高，可以并排过三个人，他暗想：虽然洞口宽了点儿，但总比在外面被围攻的好。

由于无法得知里面有没有人埋伏，丁醒放慢了脚步，一手挺刀，一手摸了块石头，走进洞内。

洞中光线极暗，丁醒闭上眼睛适应了一下，再张眼看时，眼前是条窄窄的甬道，约有七八步，再向里便开阔了，应该是洞腹处。

丁醒走到甬道中央，凝目向前看去，令他失望的是，洞里甚是漆黑，没有一丝阳光射入，看来并没有出口。

既然出不去，只有拼命一搏了。

丁醒转过身面对洞口，手执短刀，准备迎战冲进来的岛民。

可令他不解的是，那些岛民虽然包围了洞口，却都离开十步以外，没有一个敢上前进洞。

丁醒心中纳闷，这些岛民看起来十分凶悍，难道就没有一个勇士敢进来厮杀？况且洞口可容数人进出，他们大可以一拥而入，用不着孤身犯险。

那疤脸汉子在外面说道："那假哑巴听着，给你两条路走，要么出来束手就擒，看在都是海路英雄的份上，我可以饶你一命，如果你不出来，我可要下令杀进去了，到时候将你乱刀剁成肉泥。"

丁醒不是小孩子，这种话岂能骗得到他？对方若是敢冲进来，自己早就成肉泥了。因此他心中冷笑，却不出声，将身子贴紧洞壁，以防岛民扔进来的标枪伤到自己。

疤脸汉子喊了几遍，见丁醒没有回应，便低声与几个年长的岛民商量着什么。丁醒听不清他们的议论,因而格外警惕。可谁知过了片刻,疤脸汉子居然招呼着众岛民散去了。

转瞬之间,洞外空无一人,丁醒小心地摸到洞口,向外望去,发现岛民们有的回洞,有的躺在树荫下休息,连看也不看这边。

至于汪顺,也被绑在树上,塞了嘴巴,看样子暂时不会有性命之忧。

怪事!他们难道忘了我这个大活人吗?

自从上了这座岛,丁醒遇到的怪事简直太多了,尤其眼前这帮岛民,他实在猜不出这些人的底细。不过丁醒认定,自己藏身的这个山洞,必有不凡之处。

现在出去就是死,倒不如向洞里探查一番,如果有出口可以逃出生天,再想办法搭救汪顺。

想到这里,丁醒小心地朝洞内摸去。

来到洞腹处,丁醒向里一探头,就听到有股怪声,他吓了一跳,以为有人埋伏,细听之下,才知道是泉水涌流之声。

丁醒来到定海后,时常和水手们了解海上岛屿的详情,当然知道很多岛屿上有泉眼,有的泉眼涌出的甚至还是热水,看来这座岛便是如此。

他的眼睛已经适应了洞内的环境,能依稀看清一些东西了。

离他不远处,洞腹内有一片池水,方圆约十几步,微微冒出热气来。

丁醒知道,这里的泉水不是海水,是可以喝的。

此时他已经口干舌燥,看到有水,便向小池跑去,他害怕洞内有埋伏,因此下脚极轻,几乎是悄无声息地摸到池边,将刀插在腰间，蹲下身，双手便去掬水。

就在他的手刚刚触到水面的瞬间，突然眼前一花，一条白生生的物件从水中升起，带着哗啦啦的水响，出现在自己眼前。

丁醒猝不及防，被吓得尖叫一声，一屁股坐在地上。溅起的水泼了他一脸。他以为水中有什么怪物，忙伸手抹去脸上的水渍，定睛一瞧，原来并非怪物，而是一个人。

洞内虽然光线昏暗，眼前这个人却几乎白得刺目。

这人一头乌黑的长发，沾了水贴在身上，无数水滴从发间滚落，好似珍珠落玉盘一般，流过雪白无瑕的身体。虽然看不到脸面，但从身形判断，这是一个女人。

第四章
贺新郎

就在丁醒跌倒的同时，那女人好像看到了最可笑的物事，忍不住拍手大笑起来："哈哈，好玩好玩，吓到你了吧？"

她的声音虽高但不尖，虽娇但不媚，让人听着很舒服。

丁醒以为她穿了件白袍，故意藏在水里，可抬眼看时才发现，这女孩子身上除了头发遮挡之处，并没有穿任何衣物。

幸好洞内昏暗，丁醒也没有看得太清楚，不然真的难以启齿。他下意识地捂住眼睛，嘴里道："姑娘，我没看见，什么也没看见。"

这话是万急之下脱口而出的，丁醒话刚出口，便骂自己蠢不可及。

你什么也没看见，为何一口叫出"姑娘"，而非"兄弟"？简直是不打自招。

幸好那女人好像并没有意识到这个，而是问道："刚才你一进洞，我就看见你了，鬼鬼祟祟的，一定不是好人。快说你是谁，怎么敢来这里？"

她虽是逼问，但语调之中满含一股娇憨之气，惹人怜爱。

丁醒转过身去，背对着女子，定了定心神："在下丁醒，定海卫军官，日前在海上与海寇激战失利，侥幸逃得性命，顺水漂流到岛上，我不知道洞里有人，实在无冒犯之意，且请恕罪。"

"你怎能跑进洞来？外面的人都瞎了眼吗，也不拦着？"女子语言之中满是气恨，但这气恨更像是撒娇一样，而且甚是自然，绝不是装出来的。

丁醒苦笑道："倒也不是他们瞎眼，是他们平白无故想要我性命，我误打误撞跑了进来。姑娘，你怎会独自一人在这里？"

那女子道："这个洞是女人沐浴用的，你倒是挺会选地方，不然的话，外面的人早冲进来把你捉了。"

丁醒蓦然想起一事："姑娘，在下与你们无冤无仇，常言道，多个朋友多条路，少个冤家少堵墙，如果你能帮我逃出去，在下必有重谢。"

那女子呵呵冷笑："你是定海卫的军官，你所说的重谢，是不是带兵来围剿我们？"

丁醒一愕："你们真是海寇？"

"你看呢？"女子反问。

丁醒摇头："我看不像。"

"哪里不像了？"女子不依不饶，非要问个清楚。

丁醒抓抓脑袋："要说哪里不像嘛……你们这群人有老有小，穿的是渔民的衣服，还没有武器，斩木为兵，削竹为矛，连把像样的刀也没有，海寇可不是这样的。"

83

女子道:"那我们是好人喽?"

丁醒不再理会这些:"姑娘,我只问你,能否帮在下脱身?"

"可以,我知道哪里能出去。"女子指指身后的山壁,"这个山洞后面有条山缝,虽然很窄,但人可以挤出去,出去之后,再走一段路就到了海边,你若想离开,我还可以借你一条船。"

丁醒大喜过望,不能转身,便向身后拱拱手:"如此便多谢姑娘了。事不宜迟,相烦带路。"

女子咯咯一笑:"再急也得等我把衣服穿上吧。"说着游向池边。

丁醒忙道:"正是正是,在下去洞口等候。"

只听身后又有水响,那女子已经走出池子:"不用了,你背着身就行。"

虽听她这样说,丁醒还是朝着洞外走了几步,洞内光线昏暗,几步之外便看不清楚,这样也可以使那女子安心。

不多时,就听那女子说:"行了,随我来吧。"

丁醒回身走回池边,抬眼看去,那女子果然已经穿戴整齐,俏生生地站在那里,端的是耀眼生花。

她头戴凤羽冠,镶珠嵌玉垂金帘,身穿描花云锦团丝紫袍,腰间围一根五色绣带,只是脚上无鞋,赤着一对羊脂般的玉足,真好像仙女临凡。

那女子约莫二十来岁,鼻梁很直很挺,眼窝稍有些深,显得那对眼睛深邃而幽雅。她的脸很白,几乎白得没有血色,但完全是健康的,没有病态的样子。

由于刚出水池,女子头上的水珠还在滴着,但滚到衣服上之后,好似露珠落荷花,根本沾不湿。看来她衣服的料子定然极其特殊。

丁醒顾不得看这些，事实上他只看了一眼，就移开了目光。此处昏暗，又是孤男寡女，自是应当有所避讳。

只是令他不解的是，海岛上的这些居民一个个破衣烂衫，蓬头垢面，好像逃难的灾民模样，可这位女子却穿戴华贵，宛若女神，看来地位很高。

丁醒知道很多外族部落的事情，那是他老爹亲口对他说的，比如草原上的蒙古人，还有南疆的蛮族，没想到海上也有此类情形出现。

顾不上多想，离着女子三四尺远，丁醒便站定脚，再次拱身抱拳："烦请姑娘带路。"

那女子莲步轻移，在前面走，丁醒跟在后面，小心地观察着四周，说到底，他也不完全相信这女子，害怕被骗。

二人绕过水池，走向山洞后方。那女子边走边问："你方才说，你是定海卫的军官，和海寇交战失利才到了这里，究竟是怎么回事？"

丁醒将昨夜海战的过程简单说了几句，却没有提飞龙一事，怕人家不相信，以为自己信口胡诌，然后问那女子："姑娘看似久居海岛之人，不知道是否听说过这股海寇？"

那女子道："海上流匪何止上百股，可我们住的岛子偏远，没有见过海寇盗匪是何等样子，也不曾听说得详细。"

"这也是实话。"丁醒随口应道。从岛子的地理位置来看，着实算得偏僻，而且岛民们隐藏于岛屿正中，外面很难发现。丁醒曾观察过，岛民生火为炊都在洞里，可能就是怕炊烟升起，被海寇发现。

想到这里，丁醒稍稍放了心，岛民虽然凶狠，但只要不是海寇，就不算是敌人。即使落到他们手里,也不是全无生机。

那女子笑道:"你带着几百人,居然败给了船小人少的海寇,看来你这个官儿,也是靠人情上来的吧?"

这话甚是直白,也带着些许不屑的嘲笑,换作别的官儿,心中定然恼怒。不过丁醒却有种熟悉的感觉,因为这话太像百晓娘的口吻,他想起于谦对自己的提拔之恩,笑道:"这话倒也不错。我是几个月前才从京城调来定海的。"

那女子道:"才来几个月就敢出海剿匪,你胆子倒不小。是想抢头功,露露脸吗?"

丁醒苦笑道:"抢什么功!上峰派遣,推辞不得,我也是硬着头皮撞天钟,豁出去了。可倒霉的是,功没抢上,却把脸面丢尽了。"

那女子回头瞧了瞧他:"要我说,这摆明了是上峰要把你填虎口。"

丁醒连忙摇手:"这是军营中的事,你不懂。哪个脑袋不是八斤半?上峰如果不喜欢我,找个理由上报兵部,将我调走便是,哪能拼着数百人的性命来害我一个?况且我打了败仗,上峰也得受牵连啊。"

此话也是实情,明军军法严格,一场大战下来,损兵折将的话,不光带队的军官要处罚,连主官也有责任,因此守边的将军大都谨小慎微,不求有功,但求无过。

那女子听了,也表示同意:"说得也对,我确实不太懂。"说完便不再问什么,继续带路。

山洞并不太大,说话间便接近了洞的后壁处,此处有一条短短的山洞,那女子伸手一指:"你看,出口就在这里。"

丁醒上前一看，对面山壁上果然有道两丈余高，一尺多宽的石缝，形成一个天然洞穴，还隐隐露出光亮，由于山洞转弯，遮住了外面透来的光线，因此他先前没有发现。

得了生路，丁醒不禁喜出望外。那女子道："我来带路，你只管跟着走。到了海边，我有小船在那里泊着，尽管放心离开。"

说罢，女子当先走进石缝中，丁醒跟上，走过了转弯处，便见到了出口。

丁醒身为军官，警惕性很高，他紧握着手中短刀，防备外面有人袭击。

可事实证明，他多虑了，山洞外面静悄悄的，没有人袭击他。

站在洞口，丁醒朝外望去，洞口位于半山腰处，两侧有茂密的树丛，脚下是条看似刚刚清理出来的山间小路，蜿蜒曲折地通向山下，远处海天混色，相交一线，只只白鸟翩舞飞翔，海风将鸣叫之声传到耳内。与之前阴暗逼仄的山洞相比，更觉天地之广阔。

丁醒深深呼吸，一吐胸中浑浊之气。

走出山洞，光线赫然一亮，阳光正照在脸上，丁醒有些不适应，闭着眼睛拱手道："承蒙搭救，还不知姑娘姓名。"

那女子一直走在前面，此时停下脚，向两侧扫了一眼，笑道："你马上就知道了！"

丁醒感觉有些不对劲，睁眼看时，就觉头上生风，没等抬头，一张渔网已经罩了下来，他想闪避，可脚下遍是野草石块，行动甚是不灵便，刚一抬脚，就差点跌摔在地。

等他稳住身子，那张渔网已经将他网在其中。紧接着网绳收紧，丁醒再也站立不住，一跤摔倒。

从两侧的树上跳下来四个女子，一个个粗手大脚，拧眉瞪眼，还在用力勒紧渔网，看样子是怕丁醒逃脱。

丁醒手中虽然有刀，可网绳太紧，把他的双臂死死缠在身侧，半点动转不得，此种情由，就算拿着长刀铁斧，也不可能割破网绳。

于是丁醒便成了一条落网之鱼，再也逃生不得。

几个女人看样子不是第一次以网捉人了，她们收紧网绳，猛地向上一抡，然后往下甩去。

"腾"的一下，丁醒被重重扔在地上，遍布石头的地面险些把他的腰骨摔断，丁醒不由自主地哼了一声，手中的刀子也从网眼之中甩飞出去。

就见其中一个女子把手中的绳子转了两遭，递给身边的人，然后上前拾起丁醒的刀子，一脚踩在丁醒前胸，隔着渔网一巴掌甩在丁醒脸上，骂道："哪里来的臭男人，敢闯我家岛主的禁地，看我不把你眼珠子抠出来。"

说着，她居然真的用那把明晃晃的短刀朝丁醒脸上探去，那咬牙切齿的神色令人胆寒，不像是做戏。

丁醒没有躲闪，也无法躲闪，只是暗骂自己愚钝，山洞中这女子应该是岛主的夫人，刚才和自己的对话，很可能就是给外面这四人报信，不然她们绝不会准备好渔网对付自己。

眼看着钩刀直直捅向自己的眼睛，丁醒心头气恨，眼睛眨也不眨地盯着岛主夫人。

拿钩刀的女子倒愣住了，猛地住了手，用钩刀拍了拍丁醒的脸，回头朝着同伴说道："这臭男人果然胆大包天，眼皮都不眨一下。"

此时那岛主夫人说话了："先不要动手，把他押到前面，我有话要问。"

四个女子得令,卷紧渔网将丁醒提起,扛在肩上,顺着一条小径,绕过这道山梁,又回到了之前的谷地。

虽然是女子,可从她们劲健的身形、如风的脚步来看,肯定是积年走山路干重活的。

那岛主夫人也在后面跟着,来到谷地之后,见到她的人都肃然直立,有的还躬身施礼,显得极为恭敬。

一时之间,整个谷地鸦雀无声。

丁醒四下一瞧,看到了绑在大树上的汪顺,嘴里被塞了东西,叫喊不出,只在那里望着丁醒,一脸的沮丧。

那疤脸汉子带着几条大汉走过来,朝着岛主夫人点头哈腰:"夫人,我就知道,这小子逃不出您的手心。"

岛主夫人阴沉着脸看看他:"任凭外人闯入禁地,看我怎么罚你!"

此时的岛主夫人像是变了一个样子,与方才在山洞时大不相同,变得甚是严厉,语气中也多了一种不怒自威之感。

"是、是,小人知道,甘愿受罚。"疤脸汉子低头垂手,大气也不敢喘,然后他凑近岛主夫人的耳朵,轻声说了几句话。

岛主夫人摆摆手:"处罚的事一会儿再说,把他放下来。"后面四个女子听了,也不解开渔网,"嗵"的一下,用脚踩住网绳,不让他乱动。

丁醒看起来像极了一条落网的大鱼。

有人拿过一条草垫,铺在丁醒对面的一块石头上,岛主夫人大马金刀地坐下来,又有几人抬过一块木墩,约有一尺来厚,放在她身前,算是桌子。

疤脸汉子献殷勤似的,将丁醒拖到桌边,手伸进渔网,捏住丁醒的脸朝上一抬,喝道:"老实点,我家岛主问你话,你要如实回答,敢撒一句谎,就把你煮成肉汤。"

丁醒情知必死,也不示弱:"好啊,你家岛主呢?出来亮亮相,我看看到底是怎样一个英雄好汉。"

周围的人听了,相互对视着,迸发出声色不一的大笑。丁醒瞟了一眼众人:"有什么好笑!"

疤脸汉子道:"老子教你一个乖,你眼前的便是我家岛主。"

丁醒愕然,瞪着坐在桌后的女子:"你是岛主?他们不是叫你夫人吗?"

女子好像从未见过丁醒这般愚钝的人,笑得花枝乱摇:"夫人就不能做岛主了吗?明白告诉你,我是鬼岛岛主,青竹夫人。"

青竹夫人?鬼岛?

丁醒反应过来:"这里便是鬼岛?"

他听汪顺说过,定海外海中有个神秘的岛子,就叫鬼岛,岛上的人神出鬼没,没人知道他们的底细,哪知道今天居然落到了他们手中。

青竹夫人不答,反问道:"你落在我手里,想死想活?"这话问得极为干脆。

丁醒在这两天当中,连遭剧变,早已把生死置之度外,冷笑道:"别玩猫戏老鼠的把戏了。老子的生死,还不是你说了算?"

"你们看哪,这个人居然不怕死!"青竹夫人望望四下的岛民,好像发现了什么不得了的事。而那些岛民也发出一阵阵哂笑,丁醒听来甚是奇怪,不知道这些人有什么毛病。

青竹夫人转回脸来,笑嘻嘻地对丁醒说:"要杀你,早就动手了,之所以你还活着,是我想问你件事。"

"有话快说,卖什么关子?"丁醒倒有些不耐烦了。

疤脸汉子扬起蒲扇大小的巴掌,要抽丁醒的脸,青竹夫人以目制止,疤脸汉子悻悻地收回了手。

青竹夫人继续发问:"你曾说自己是定海卫的军官,在海上遇到海寇,船被击沉,对不对?"

"是又怎样!"

"那好,我来问你,那股海寇所乘之船什么模样,你总不会连人家的船都没见到就被送下海喂鱼了吧?"青竹夫人道。

丁醒心中纳闷,这夫人关心海寇所乘之船,到底是何居心?不过他素来不愿扯谎,便照实说道:"那船虽不如我官军的福船宽大,但也小不到哪儿去,而且最醒目之处在于船帆,海寇船帆上描着条金龙。嘿嘿,敢用龙形饰物,当真无法无天!"

他说这话的意思在于,明朝对于器物装饰有严格规定,除了皇家,任何人不得用描金器具,更不要说用龙形图案了。

青竹夫人听得很仔细:"你可看清楚了?"

丁醒没好气地道:"老子遇到你之前,眼睛不瞎。"

青竹夫人看看四周岛民,丁醒发现,这些人的神色变得甚是复杂,但很明显,脸上的恨意消退了不少。

这群人好奇怪,汪顺说自己是海寇时,他们一变,此时自己说是军官,又是一变,真不知这些人心中在想些什么。丁醒暗自琢磨着。

青竹夫人的脸色也变了,变得笑意盈盈,居然站起身来,对着丁醒福了一礼，说道："丁将军，小女子事先不知您的身份，多有得罪冒犯之处，还请见谅。"

说着朝疤脸汉子丢个眼色，疤脸汉子的表情变得也快，满面堆笑，躬身上前连说"得罪"，手里短刀连挑，解开了渔网，放丁醒出来。

丁醒彻底蒙了，站起身来，活动了一下被勒麻的手脚，看向青竹夫人："你又要什么花招？"

青竹夫人看看左右，吩咐道："贵客到来，摆酒迎接！"

周围的岛民发出一声吆喝，男男女女齐声唱将起来。也不知唱的是哪里的方言俚语，丁醒一个字也听不懂。但见这些人在欢唱的同时，有的奔进山洞，有的钻入林中，还有的爬上树去，不知要干什么。

很快，这些人又纷纷出现，聚拢到青竹夫人身边。他们个个手中或是托着藤条编成的簸箕，或是捧着陶罐瓦坛，里面放着各种物品。

有鱼有酒，有瓜有果。丁醒久在京城，来定海不过几个月，哪里见识过海岛上的吃食，甚感好奇。

早有人又抬来几个木墩，摆在丁醒面前，余人抬着各类吃食酒水站在四周。

青竹夫人朝着丁醒一笑："丁将军，您是我岛上贵客，这些粗俗酒食，自然配不上您的身份。但我岛上也只有这些，还望将就用些。"

丁醒当然机灵得很，没问清楚之前，就算玉液琼浆摆在这里，也不能入口，因此他推辞道："无功不受禄，我先前来时，差点儿被你们煮着吃了，现在却又以贵宾相待，实在不明所以。还请先给在下一个解释。"

青竹夫人早料到他会有此一问,不慌不忙地回答:"其实简单得很。我的身份是鬼岛岛主,可这座岛子并非鬼岛。我与部众是被人赶到这里的。"

丁醒念头一转,脱口道:"是那股海寇?"

"不错。"青竹夫人眼睛里迸发出悲痛之色,"一夜之间,几十名部众被杀,所有财物全被霸占,逼得我们逃来这里,苟且偷生。"

说到这里,岛民们一个个沉默不语,有的女人、孩子还抹起了眼泪,看来青竹夫人所言不虚。

原来他们的敌人也是那股海寇,丁醒终于明白。正所谓敌人的敌人就是朋友,青竹夫人显然很明白这个道理。

丁醒这才对着青竹夫人一拱手:"既然你我有共同的敌人,那先前的事情,我就明白了。"

怪不得汪顺一说自己是海寇,以疤脸汉子为首的人便要杀之而后快,甚至还想烹煮而食,原来他们与海寇有着杀亲之仇,夺岛之恨。

在这一刹那,先前丁醒眼中这些凶神恶煞的人,立刻变得亲切起来。

可丁醒还在挂念一件事:"夫人,与我同来的那人是我的手下,现被你们捉了,还请将他放还。"

按理讲这个要求一提出来,对方立刻就会放人,但事实却大出丁醒意料,青竹夫人嘴边泛起一丝冷笑:"不行,放不得。"

丁醒一愣:"为什么放不得?"

青竹夫人道:"我刚才来时,有人向我禀报过,你那部下对我们撒谎,在我部族之中,这样的事情绝不可被原谅。按规矩,他会被割去舌头，熏瞎双眼。"

"这算什么规矩呀！说个谎何至于受如此酷刑？能不能破例一次？"丁醒急道。

青竹夫人毫不退让："祖上的规矩就是规矩，破例一次便不成规矩，一千年都不能变。"

丁醒很清楚自己势单力薄，在人家地盘上，什么军官武将都不好使，只得放软了声音："夫人，我替他求个情。其实对你们扯谎也是迫不得已，刚在岛上被捉了时，他猜测你们是海寇一伙，因此才这样说的。"

青竹夫人仍旧一脸僵硬："不行，撒谎就是撒谎，他必须受罚。"

丁醒知道海岛上的人性格孤僻，不易变通，心中有些着急："对你们扯谎是我的主意，另外我也是他的主官，要罚就罚我。"

"罚你？你想被割舌熏眼吗？"青竹夫人紧盯着他的脸。

丁醒想到，如果不是汪顺，自己的身子早就喂给鲨鱼了，此时他绝不能眼睁睁看着汪顺变瞎、变哑，于是把心一横："家有主管，事有主谋，一切罪责我来承担。"

青竹夫人突然咯咯一笑："在我们部族之中，代人受过也是可以的，不过并非是割舌熏眼。"

"那是什么？"丁醒问道。

这次青竹夫人没有开口，一边的疤脸汉子接话道："族中规矩，代人受过，须受三刀六洞之苦。"

丁醒跟鬼仙和百晓娘混迹得久了，知道这些江湖行话。他心中反倒轻松了些，毕竟刀子扎在身上，虽然疼痛，可远比断舌瞎眼轻得多了。于是他痛快地应道："好，我接着。"

"你可想好了，眼睛、舌头没了，还可以活，三刀下去，人命就没了。"青竹夫人轻描淡写地说了一句，眼神中满是不屑之意。

丁醒长吸一口气，脸上做出不在乎的神情，自己毕竟是军官，不能丢了脸面，冷冷地甩出一句："听天由命。"

青竹夫人突然一板脸，把手一伸，喝道："刀来！"

一直跟在她身后的粗壮女子从腰后一伸手，扯出一把刀子，将刀柄递到青竹夫人手中，青竹夫人握住，随手向身前的木墩掷下，"夺"的一声响，刀子钉在上面，刀身兀自颤动不已，阳光映在锋刃之上，闪亮刺目。

丁醒打量那把刀，见约有七八寸长，半寸来宽，刀尖虽看不见，但从入木的深度来看，定是极为锋利。

这么长的刀，无论刺在身体哪个部位，都会是一刀两洞。

丁醒反倒冷静下来，他绝不能在这个时候显出一丝慌乱之色，那样会被人看轻，就见他大马金刀地坐在石头上，对青竹夫人道："谁来动手？"

疤脸汉子上前一步，刚要说话，没想到青竹夫人一摆手："先等一等。"

她侧目瞧着丁醒："丁将军，请伸手。"

丁醒皱了皱眉，不知道她要干什么，但还是将左手伸到青竹夫人眼前，问道："何事？"

青竹夫人轻轻拉住他的手掌，放在眼前看了看，嘻嘻笑道："身为武将，手心细皮嫩肉的，倒像个女人一样。"

丁醒不爱听了，解释道："非也，昨夜泡了半夜的海水，老茧都泡软了……"

话刚出口，蓦地青竹夫人抓紧他的手向下一按，按到木墩之上，拔起刀子猛然扎了下去。

刀尖穿过青竹夫人的指缝，刺进丁醒的手掌心，将他的手钉在木墩之上，鲜血立刻涌了出来。

一连串的动作快如闪电，前一刻还在嬉笑调侃，在丁醒没反应过来的时候，刀已入肉。

青竹夫人看起来单纯可亲，天真活泼，心肠却极狠极辣，她不让部下执刀，原来是要自己动手，而且不让丁醒有所准备。

如此手段，不但能令丁醒突感剧痛，还能最大限度地冲击他的心理防线。

突如其来的钻心之痛令丁醒刹那间绷紧了身子，那声惨叫几乎到了嘴边，却被他硬生生地咽了回去，在喉咙间变成闷哼，终究没有喊出来。

丁醒的脸在一瞬间变得惨白，牙齿咬得咯咯响，出了一身冷汗。

向手上看去，刀身钉入一寸多深，牢牢地扎在木墩上，鲜血已经染红了木头纹理，慢慢地渗透洇开。

四周的岛民面不变色，见怪不怪似的，只有几个壮汉发现丁醒没有叫出来，眼神中流露出些许的佩服。

青竹夫人缓缓抽回自己的手，一边欣赏着丁醒的表情，一边掏出块白色丝巾，擦拭着溅到手上的血滴，居然还笑得出来，说道："丁将军果然是条硬汉子，不过，还有两刀呢。"

丁醒忍痛咬牙道："还是你来吗？"

"当然。"青竹夫人向后一伸手，又有一把同样的刀子递给她，青竹夫人将刀在丁醒眼前晃晃，有恐吓之意，眼神却异常妩媚："丁将军，我这人心软，不想要你命，所以才不让他人动手。接下来这一刀，就刺你右手吧。"

如此娇侬软语与她手上寒光迸发的刀，实在不相匹配。

丁醒左手被钉在木墩上，血流如注，动弹不得，听了此言，他咬牙抬起右手，先是看看青竹夫人，接着朝木墩上重重一拍，叉开五指："来吧！"

青竹夫人毫不手软，干脆利落地将刀锋刺进丁醒手背，同上一刀一样，丁醒双手都被钉在木墩上。

幸好这次丁醒有了准备，虽仍是手上剧痛，但哼也没哼一声，只是头上青筋直跳，比刚才要硬气得多。

青竹夫人接过第三把刀子，仍旧一脸笑意："丁将军，这第三刀，你说该刺哪儿呢？"

"随便！"丁醒咬着牙挤出两个字，他原本想摆出一副轻松的姿态，可手上传来的钻心痛苦，实在令他难以放松，就算勉强笑一笑，估计也是极为难看，倒不如干脆僵着脸。

青竹夫人熟练地舞动着手指，刀子在她掌上幻化出一道道精光，她一直在观察丁醒的神色，看到疼痛仿佛激发了丁醒的强横之气，便把刀子一停，顶在丁醒的心口上："我说过，你可能会死。"

丁醒长吸一口气，稳定一下剧烈的心跳，直视青竹夫人："少废话，三刀过后，你得放了我的人。"

"本岛主一言既出，驷马难追！"说完，青竹夫人猛地将手向前一送。

丁醒只觉得胸前微微一痛，低头看去，只见衣服外面只余刀柄，刀身仿佛完全刺进了自己心口，却丝毫感觉不到疼痛，也没有鲜血涌出。

这是怎么回事？丁醒疑惑地望向青竹夫人。青竹夫人笑着抽回手来，那把刀子离了丁醒身体，细看时，刀尖刀锋都没有了，她手中只剩一个刀柄。

青竹夫人握着刀柄向下一甩，铮的一下，刀锋又出现了。

原来这是一把可以缩回的刀，刀柄中空，刀身刺出之后，稍遇阻力，就会缩回刀柄之中，根本伤不了人。

"这……你……"丁醒刚要发问，就听岛民发出一阵欢呼之声，一个个高举双手，鼓掌嬉笑，兴高采烈的。

青竹夫人回头对那几名粗壮女子说："按族规，宴上贵之客。"

女子们听完，各有动作，其中两名女子从腰后各取出一个海螺，"呜呜"地吹了几声，另两名女子走到丁醒身侧，各取出一个贝壳，打开之后，里面是通体浑圆晶莹剔透的珠子。

二女把珠子放在木墩之上，以刀柄捣碎，又加入一些黏稠的胶，不知是什么东西制成，搅拌成糊状，轻轻敷在丁醒的手背上。

丁醒感觉到一股清凉，疼痛减轻了许多。两女子趁丁醒不备，同时抓住刀柄，猛地将刀子拔了下来。

钻心的疼痛令丁醒全身瞬间抽紧，又有血涌了出来，但遇到糊状珠胶，便凝固成血块，不再喷流。

丁醒明白，她们给自己涂抹的是一种止血生肌的药物。

刀子离肉之后，两名女子手脚甚是麻利，早取出白布，三下五除二，将丁醒的双手包裹起来。

听到青竹夫人说要宴请上贵之客，等海螺吹过之后，四周的人立刻行动，将吃食酒水摆上木墩，然后载歌载舞，自顾自地连唱带跳，好像过节一样热闹。

丁醒也算走南闯北的，他知道很多地方的风俗不同，因此见怪不怪，问青竹夫人："你最后一刀是什么意思？戏弄于我？"

青竹夫人眼中满是欣赏之色，回答道："我的族人最敬佩忠勇义烈的汉子，最讨厌满口谎言的小人。你为了救自己的部下，甘愿受苦，大家都看在眼里，所以这最后一刀，我是不能刺的。"

"那不是坏了你们的规矩吗？"丁醒语带嘲讽，"规矩就是规矩，一千年都不能变的。"

青竹夫人正色道："族中规矩有言，能身受两刀而不屈者，可免剩余一刀。所以我没有坏掉规矩。"

丁醒无奈地说："你们的规矩还真会变通。"

青竹夫人站起身，面向众人："很久没有遇到这样的好汉了，大家都来敬酒。"

丁醒一摆手："喝酒先不急。你我事先说好的，此时应放了我的部下。"

"当然，我说一是一，说二是二。"青竹夫人朝着疤脸汉子一点头，疤脸汉子便转身去了，不多时便将汪顺领了来。

此时汪顺已被松绑，身上没有受伤，只是脸上有几块青肿，应是掩护丁醒逃跑之时挨了几记老拳。

看到丁醒安然无恙，汪顺立刻高兴起来，他刚刚离得稍远，不知道这边发生了什么，还想顺口胡说："各位，现在知道是一场误会了吧。我们海路……"

"英雄"二字还没说出来，丁醒厉声截道："我们是定海卫的军官，这些人都是受海寇之祸的良民，别再对他们扯谎了。"

汪顺也很聪明，立刻明白过来，站直了身姿，拱手道："属下多嘴，请将军责罚。"

青竹夫人接过话头："我岛上容不得撒谎之人，你要谨记。眼下丁将军已经和我等化敌为友，如今备酒食与你们压惊，不必客气。"

丁醒一时不适应这种转变，不知道应该说些什么。汪顺嘴巴乖巧，但现在已经表明了身份，在丁醒没有让他说话的时候，是不能张嘴的。因此二人皆没有言语。

青竹夫人好像猜到了丁醒的心思，向疤脸汉子低声吩咐了几句，再朝丁醒莞尔："丁将军，我岛上之人好客，请不要拘束，自便就好。"说完带着四名女子转身离开，向谷地外走去。

丁醒看着青竹夫人的背影，不知又是什么规矩。忽见疤脸汉子走上前来，手中握着一杆火铳。

丁醒当然认得，那正是自己的家传火器。

疤脸汉子满面堆笑，将火铳捧到丁醒面前："丁将军，这是您的武器，还请收回。"

丁醒接过火铳，细细看了一回，发现没有损坏之处，这才放心地插回腰间。

疤脸汉子还了火铳，从身边人手中端过一个竹筒，竹筒里冒出酒香来。他弓着身子将竹筒递过去，以示尊重："丁将军，我叫屠节，是个粗人，以前有得罪的地方，请不要在意。这是鬼岛上特产的竹香酒，我就用它来给您赔罪了。"

丁醒当然不能不接，他心中明白，这伙人不正不邪，脾气乖戾，随时都有可能翻脸，眼下还是入乡随俗的好。因此他接过竹筒："屠节兄弟，我们也算不打不相识了。"

说完，他仰起头饮尽了筒中酒，回味了一下，感觉酒香之中带着新竹的清香，口味与众不同。

看他饮干了酒，屠节叫了一声："好！"谷地中即刻轰动起来，一个又一个的成年男子争先恐后地来给丁醒和汪顺敬酒，女人、孩子则连歌带舞，果然把他们当成上宾，二人知道岛民们不会再有谋害之心，也只得放开酒量，来者不拒。

一直喝到天晚，丁醒和汪顺看似有七八分醉了。丁醒这才感到竹香酒虽然好喝，却也有十足后劲，再喝几口后，二人便瘫软了身子，醉倒当场。

屠节招呼岛民背起二人，放进一个山洞之内，洞内有床有铺，安置好之后，岛民们这才散去。

等到没了旁人，汪顺突然朝着丁醒翻身便拜。看似喝醉的丁醒竟也连忙坐起，一把挽住汪顺："你这是做什么？"

汪顺哽咽着嗓子说："将军，刚才宴会时那些岛民对您非常敬佩，我打听过了，您为了救我活命，甘愿受三刀六洞之苦，您的手不要紧吧？"

丁醒连连摆手："没事，皮肉小伤而已，用不着谢我。"

"哪能不谢啊！要不是您仗义执言，我的小命就没了，您的救命之恩，我这辈子都忘不了。"

丁醒道："说起救命之恩，也是你救我在先啊！不然的话，我早就喂了鲨鱼啦。"

汪顺把丁醒扶上床铺，自己坐在地上："将军，自打你来了定海，弟兄们都看得清楚。很多军将克扣军饷，打骂士卒，可您对下面的人很是照顾，还经常用自己的俸禄接济那些困难的弟兄，私下里大家都夸您，都愿意跟着您。"

丁醒笑笑："不要提这些了，火烧眉毛，且顾眼下吧。虽然咱们逃了性命，可就算平安回到定海，也得掉层皮。二百来兄弟葬身海底，我对不起他们……"

汪顺安慰了一阵，二人觉得甚是疲乏，这才倒头睡去。

夜色降临海上，奇怪的是，所有岛民没有一个生火的，即使一团漆黑，摸索着走路，也不肯点个火把照亮。

大家回归自己的山洞，谷地之内安静了下来，海风吹过树丛竹林，呜呜作响，内中夹杂着海潮的起落之声，天地间一片祥和。

丁醒睡到半夜，被手上的伤口疼醒了，看来药力已经过去。他用手肘撑着铺面，慢慢坐起，身边的汪顺鼾声忽强忽弱，显然睡得正熟。

洞中一片漆黑，目不视物，唯有隐隐的月光映在洞口。丁醒手上疼痛，呆呆地坐在床上，想起百晓娘来。

她的一颦一笑，一怒一嗔，闪现在脑海中，令丁醒的心潭泛起一圈圈涟漪。

不知道她此时睡在哪里，是否正等着自己回去。

想到此，丁醒从贴身小衣中掏出一个油纸小包，慢慢打开，取出一张纸来。那是来定海之前百晓娘亲手所画，由鬼仙交给自己的。

画上那块望归石，字迹仍旧清晰。

来了定海之后，丁醒多次去过望归石边，幻想着见到百晓娘，可一直未能如愿。

如今看来，未见到百晓娘也好，省得她知道自己出海遇险，为自己担心。

正想着，突然听到山洞外响起了脚步声。丁醒心头一惊，连忙从腰间拔出火铳。虽然火铳之中没有火药铅弹，但可以当成铁棒来防身。

他不知道自己为何如此紧张，其实如果想害他性命，岛上之人也根本不必再开宴会来款待自己。

只能说，丁醒作为军将，始终保持着高度警惕。

由于手握得很紧，伤口再次传来剧痛，丁醒咬定牙关忍住，眼睛死盯着洞口。

脚步声停在洞外，紧接着传来一个女子的声音："丁将军，丁将军……"

第五章
相见欢

呼声不高,但因天地间甚是宁静,因此听得异常清楚。

害人的人不会事先出声惊动目标,丁醒稍稍放了心,便回答道:"我在这里,你是谁?"

洞外的人一听丁醒没睡,仿佛甚是高兴,又道:"我奉了岛主之命,来请丁将军。"

"请我?去哪里?"丁醒问了一句。

"自然是去岛主的住处,她有要事和您商量。"外面的女子答道。

丁醒早看出来,青竹夫人在这个族群中地位极高,可既然她叫"夫人",那就说明她还有丈夫,如今很可能是她的丈夫回了岛子,要见见自己。

海上有无数岛屿,生活着众多的部族,丁醒听说,其中一些部族仍保持着上古时代的风俗,那就是女人当家,眼下这个部族很可能就是如此。丁醒觉得,虽说族群之中青竹夫人是首领,但遇到大事，想必也会与自己的丈夫商量一二。

这个念头仅仅是刹那间的事情，丁醒慢慢下了藤床，把火铳插在腰间，走出洞去。

淡淡的月光之下有条人影，丁醒认出来，来人正是递刀给青竹夫人的女子，看来她是青竹夫人的近人。于是便拱拱手："姑娘，既然青竹夫人要见我，那就带路吧。"

那女子没有答话，转身在前领路。她手中没有火把，借着洒在谷地间的月光，走得异常轻快。没有穿鞋子的脚有时候踏中尖石，也似没事人一样，丁醒明白，这个部族的人长久生活在海岛之上，以海为生，用不着穿鞋。

丁醒努力跟上，一边走一边随口问道："你怎么知道我已经醒了？"

那姑娘一笑："因为药劲过了啊。毕竟是手上穿洞的伤，睡得再熟也得疼醒。我家夫人算准了时候，才让我来请你。"

丁醒看看四周那一个个黑漆漆的山洞，又问："姑娘，你们岛上的人为何不点火？照照路也是好的，免得跌跤。"

那女子回了一句："这件事，等见了夫人之后，她自然会与将军说知。我却不敢多嘴。"

"规矩还挺严……"丁醒嘀咕了一句。

两个人穿过谷地，绕过山梁，走进一小片竹林，丁醒发现，竹林中有一块平整之地，地上用竹木搭了一间简易的房子，房子四周的竹林间还搭了几个简单的竹棚，此时每个竹棚前都立着一个女子，正是青竹夫人身边的人。

"这片竹林也是禁地，男人不能进来的。你是第一个例外的人。"

带路的女子一边说，一边朝其他女子打了招呼，领着丁醒来到屋前，扬声说道："夫人，带来了。"

青竹夫人的声音从屋子里传出来："好，你们去睡觉吧。"

几名女子应了，各自钻进竹棚去休息了。丁醒心中不解，带路的女子说这里是男人禁地，难道青竹夫人的丈夫也不能进？

想着，他拱拱手："夫人，这么晚了，不知道有何大事，要请在下前来？"

"请进来说话。"青竹夫人打开竹板钉成的门，洒出一片柔和又昏黄的光，里面居然点着蜡烛，她做了一个"请"的手势。丁醒也正想会会青竹夫人的丈夫，便大步走了进去。

青竹夫人立刻关上了门，好像很在意光线照到外面。

丁醒环顾一下屋内的陈设，发现简单得很，只有一张竹床、一张竹桌、一把藤椅，桌上放着水坛，坛边有两个竹筒，应是水杯。

除此之外，别无他物，更不要说青竹夫人的所谓丈夫了。

丁醒一愣，转身问道："这里……就你一个人？"

青竹夫人走到他身边："当然啦，你以为还有谁？"

丁醒直来直去地回答："你的丈夫呢？"

青竹夫人莞尔道："人家从没成过亲，哪有什么丈夫？"

丁醒瞪大了双眼，一脸疑惑："你自称夫人，却没有丈夫？"

青竹夫人请他坐在藤椅上，自己则捧起水坛，给他倒了一竹筒清水，这才回答道："我们部族的习惯就是如此，要做族群首领，就不得成亲，一旦成了亲，就必须另选其他女子做首领。"

"却是为何？"丁醒甚是不解，"嫁了男人，就不能做首领，好怪的风俗。"

青竹夫人解释道："因为女人一旦嫁人，势必会受到男人的影响，慢慢在她做决定时，免不得有所牵绊。这个说来话长，丁将军了解一下便可，用不着深加询问。"

"也是，怪我多心了。"丁醒喝多了酒，此时感觉口渴得厉害，就端起竹筒深深喝了口水，甘甜的泉水混合了竹子的清香，甚是可口。丁醒几口饮干了，这才擦擦嘴巴："夫人，您找我来有何事？"

青竹夫人却突然变得拘谨起来。她坐在竹床上，指尖轻轻划着竹板，低头道："我刺了你两刀，现在还疼吗？"

"有点儿疼，不过不要紧，作为武官，这点儿小伤不算什么。"丁醒倒也不是吹嘘，他虽然没受过重伤，可平时在神机营摸爬滚打，又加之几次出生入死，自然有一股硬气在身。

青竹夫人盯着他的手："这类事情，原本该屠节来做，可我怕他刺不准，那样会伤了你的筋骨，很可能手会残废，便没让他动手，你不要怪我。现在你的手只是皮肉伤，过几天就会好起来。"

丁醒心想，原来这夫人亲自动刀，是怕别人下手没轻重，如此看来，她倒不是心狠手毒之辈。想到此，他心中感激，拱手为礼："如此，谢过夫人了。"

"其实刺你的时候，虽然我在笑，可第二刀的时候，我的手……抖了！"青竹夫人的声音也有些发颤，"现在想来，真的后怕，万一刺歪了，你会恨我。"

"为什么第一刀不抖？"丁醒有些奇怪。

"因为刺你之前，我心中对你还不怎么敬佩。"青竹夫人说，"类似的事情，岛上发生过很多次，我见过形形色色的人受刀之时的情形，有第一刀下去就哭天抹泪的，有疼晕吓晕的，还有面不改色、一声不吭的。"

丁醒想起自己受刀之时的神情，有些惭愧，感觉还是修为不到家，于是说道："那我的表现，一定也不值得夫人敬佩。"

"恰恰相反，你是最特殊的。"

丁醒甚是奇怪："怎么说？"

青竹夫人解释道："那些面不改色、一声不吭的，净是海寇与亡命之徒，目光就像受了伤的野兽。而你则不同，你先是痛彻心扉，忍不住要叫，但马上压下来，眼睛里却没有恼恨，因为你记挂着部下。我当时就看出来，你虽害怕，却没有退缩之意。"

丁醒没想到她观察得如此仔细，只得自嘲地笑了笑。

青竹夫人继续说："我最敬佩的，是为了别人甘受自己受不了的苦痛，那才是真的汉子。所以第二刀，我有点儿不敢刺了，生怕手一歪，给你……给你扎成残废。那样的话，我……"

丁醒感觉她有些异样，只道她是内心歉疚，也未在意："不必这般讲，我二人万幸流落到你的岛上，才得了性命，如果不是到了这里，难免渴死饿死，我应该感激夫人才是。夫人有何事只管明说。"

青竹夫人感觉到了自己的窘态，便正正身子，开口道："今晚请丁将军前来，是有一件大事与您相商。"

"请讲。"

青竹夫人突然站起身来，在烛光映照之下，轻轻巧巧地转了个身子，然后手抚香腮，眼波流转，问道："丁将军，你看看，我美不美？"

丁醒哪里会想到她突然问出这样的问题，不由一呆。他从小生长在关中，后到京师，所见到的女子大多是成亲后的妇人，那些未出阁的姑娘极少出门。因此从未听过这般直白的问话,就算是百晓娘这样的江湖中人,也不好意思说出口。

看来海上部族的女人与中原大不相同。

丁醒沉吟了一下,心中打好了底稿,这才说:"岛主自然是很美的,又何须问在下?"

青竹夫人异常欢喜,几步迈到藤椅前,把脸凑近丁醒:"那你喜不喜欢我?"

她这句话真的是石破天惊,丁醒再也坐不住了,忙站起来退了几步,离她远了一些,这才正色道:"夫人是一岛之主,这话有些轻佻了,在下不能回答。"

青竹夫人妩媚地一笑:"说话真酸,像个道学先生。你喜欢就是喜欢,不喜欢就是不喜欢,我要听你的心里话,不会生气的。"

"你我二人萍水相逢,认识还不到一天,夫人便问出这等话来,在下不知夫人到底是怎样想的!还请直说。"丁醒很有些不自在,目光溜向别处。

青竹夫人坐在藤椅上,眼睛盯着蜡烛,幽幽地叹口气:"你不要以为我是个轻贱女人。自做了鬼岛岛主,我便如进了竹笼,再也自在不得。我讨厌这样的日子,讨厌每天八个人伺候我,寸步不离。可没有办法,祖上的规矩是不能破的,在未成亲之前,无论如何我都得做下去。"

丁醒小心地问道:"岛主想嫁人,那有什么为难的?你部族中的好男子,任你挑一个便是。"

青竹夫人摇头:"部族中所有男人我都瞧不上,本打算当一辈子岛主的,可今天,偏偏遇到了你。"

她把目光盯在丁醒身上,好像欣赏着一件绝世孤品,眼神里的爱恋之情几乎要溢出来。

丁醒拍拍自己的脸,实则在悄悄抹去额角的冷汗:"在下相貌平平,夫人看中的,莫非是在下的军官职位?"

青竹夫人冷笑一声:"你就是京城来的钦差,我也不稀罕。我看中的是你的人,那两刀刺下去,我就知道,你是顶天立地的奇男子,为了一个部下都可以舍弃性命,那将来对老婆也一定会更体贴。"

丁醒只得干咳几声:"这个……不一样的……"

青竹夫人猛然站起来,走近几步:"只要你答应娶我,我就会永远跟着你,永远不变心。"

丁醒心头叫苦,连连摆手:"此事万万不可,我绝不能答应。"

青竹夫人脱口道:"为什么?难道我不美吗?难道你还恨我刺伤过你吗?"

丁醒轻轻摇头:"并非如此,之所以拒绝夫人的美意,原因很简单,那就是在下已经有未婚妻了。"

青竹夫人脸上反而轻松了不少,嘻嘻笑道:"你有未婚妻?她……她是个什么样的人?能不能对我说说,她比我美吗?"

丁醒道:"虽然不如夫人貌美,但在下与她几次出生入死,情投意合,实在无心再恋他人。请夫人原谅。"

"为什么要请我原谅,你又没得罪我。"青竹夫人笑道,"有未婚妻怎么了!我听说大明当官的都有好几个老婆呢,你这位将军当然更不能少了,这样才显得威风嘛!"

丁醒听得头都大了,结结巴巴地接不上话来。

青竹夫人继续说:"我又不和她争竞,既然她先认识你,那她来做姐姐，我做妹妹好了。而且就算你以后再娶小老婆，我也不会阻拦。"

丁醒知道海岛上的部族民风古朴，对于男女之事并不像大明那样视为大防，可青竹夫人这一番话，仍旧令他瞠目结舌。

要知道，丁家虽久居关中，却不是名门望族，靠着老爹多年的搏命拼杀才得了一个世袭武官的职位，因此丁家没有纳妾的先例，祖上几辈都是只有一位正妻，没有妾氏。

丁醒自打认识了百晓娘，早定了心思决不另娶，在他心目中，有百晓娘做妻子已是天大的福气。

因此丁醒始终在摇头，绝不肯答应青竹夫人的请求。

见丁醒毫不犹豫地拒绝自己，青竹夫人甚是不解。从懂事开始，她见过几次岛主嫁人，所有娶到岛主的男人都开心得要命。

自己的身材相貌远比前几任岛主要美，为何眼前这位将军看不上自己呢？

青竹夫人咬着嘴唇，却不死心，说道："你那位未婚妻，她此时在哪里？"

"还在定海卫，等我回去。"丁醒回答道。

青竹夫人转转眼珠；"既然没跟你一起出海，若她听说你的船被海寇击沉，以为你死了，便可能会离开定海，另寻别的男人。"

"你错了，谁说我没和他一起出海？"

没等丁醒说话，门外居然有人替他做了回答，这个声音虽然不如青竹夫人的嗓音软媚娇嫩，但在丁醒耳中，简直如天乐仙音一般动听。

他两步抢过去，猛地拉开了竹门，举目看去，百晓娘正俏生生地站在眼前。

只见她遍体黑衣,黑巾包头,一个小包背在身后,脸色却显得很苍白,不知道是劳累所致,还是因为受到了惊吓。

二人相隔数尺,四目相对,不约而同长长舒了口气。

"你没事就好!"二人同时脱口而出,然后便相视而笑。多日之思念,劫后之余生,尽在一笑之内。

青竹夫人也看到了百晓娘,她先是皱了皱眉头,接着抢在丁醒前面走出屋外,四下看了看,发现竹林中一片静寂,那几座竹棚中也悄无声息,不由得问了一句:"我的人呢?"

她很奇怪,竹屋的四面都有她的近侍,这些女人很是警醒,不可能听不到外人走近,可此时她们仍未发出任何声响,不知道是为什么。

话一出口,马上有人给了她答案。

"别慌,你的人都在,只不过睡得沉了一些。"随着说话声,竹屋侧面又踱出一人,同样一身黑衣,脸上罩着黑布,只不过说话的声音很奇特,半句男音,半句女音,尤其在暗夜之中,让人不寒而栗。

丁醒笑了,鬼仙的到来令他更是欣喜。这二位在江湖上呼风唤雨,手段高强,有他们在,自己将不再孤军奋战,孤立无援。

自打上了这座岛屿,丁醒第一次感觉到了安全。

"你就是他的未婚妻?"青竹夫人最关心的还是这个。

百晓娘没有回答,因为她看到了丁醒的双手,双手之上都缠着白布,白布上渗出血迹,显然是受伤了。

"你的手……伤得重不重?"百晓娘不理会青竹夫人,但这句话显然又侧面回答了她的问话。

丁醒故意抬起手,活动活动手指:"没事,一点儿皮外伤而已……"

话没说完,青竹夫人好死不死地插了一句:"我亲自下的手,刀尖避开了手上所有的筋脉,当然不会有事。"

此言一出,丁醒哭笑不得,暗想这位青竹夫人真是没在江湖上混过,说话都顺着城墙根走,笔直笔直的。自己本想糊弄过去算了,免得让百晓娘心生忌恨,可青竹夫人居然直接承认了是她下的手,以百晓娘的脾气,接下来有热闹瞧了。

果然,百晓娘的眼睛立刻瞪了起来:"是你下的手?"

青竹夫人一点儿没客气:"对呀,我喜欢他,怎么能让别人下手?"

这叫什么话!

在丁醒听来简直如同火上浇油,他心中暗自叫苦,看来两个女人非要掐一架不可了。他看向鬼仙,以目示意,希望鬼仙可以拦住百晓娘。可鬼仙却负手看天,眼前发生的一切,仿佛跟他全无干系。

不想百晓娘非但没发作,反而笑了:"这个规矩我知道,海上有个部落叫鬼岛族,族长都是未婚女子。如果族长看中了某个男人,想要出嫁,那个男人就要受双刀入肉之苦,以示二人感情刻骨铭心。"

丁醒大为疑惑,他看向青竹夫人,心中暗想,原来这才是鬼岛部族的规矩,白天受刀之时,这干人就没说实话,怪不得青竹夫人刺我两刀以后,那些族人立刻对我热情百倍,原来这竟是他们部族内的婚娶方式。

果然世界之大,无奇不有,丁醒有些同情鬼岛族的男人,娶个老婆还得挨两刀。

除此之外,丁醒也十分佩服百晓娘,果然是知天知地,海岛上部族的事情,她居然也如数家珍。

青竹夫人见对方说出自己部族的内情,也甚是奇怪,脱口问道:"我们族里的事,你怎么知道?"

"我不光知道这些,而且还知道,这个岛子不是鬼岛,你们是来避难的。"百晓娘不慌不忙地说。

青竹夫人更加不解:"你到底是谁?"猛然间她好像想到了什么,霍然转头看着丁醒:"你真的是定海卫的军官?不会是骗我的吧?"

丁醒心中一惊,他知道,青竹夫人对自己三人已经产生了怀疑。可没等他开口辩解,鬼仙在一边说话了:"鬼岛四周遍布激流暗礁,除了上面生活的部族,外人无法进入,要不然也不会称为鬼岛。可这座岛子看来却平常得很,因此断不是鬼岛。你们生活在岛屿正中,却没有举火为炊的痕迹,夜间连火把也不点一根,显然是怕被人发现。由此看来,你们虽是鬼岛部族,却是被赶出鬼岛,流落到这个岛上避难的。"

这一番推测,有理有据,令人无法不信服。

青竹夫人又想起了一事:"你们二位上得岛来,一直潜入我的住处,为什么一路上的暗哨都没有发出消息?"

鬼仙听了,竟随手掏出几根细竹筒,丢到地上,正是岛上人常用的吹箭。

青竹夫人当然认得,这些正是岛上暗哨们用的,不由得脸色一变,鬼仙晃晃手指:"不用担心,他们都活得好好的。只是睡个觉罢了。"

青竹夫人回看向丁醒:"你的朋友好手段啊。"

鬼仙继续道："能用海蜇和海胆的汁液做麻药，我听说过，可还是头一次见。"

青竹夫人不敢再小瞧他们。她心里清楚，竹屋周围的近侍也被对方无声无息地制服了，自己只是孤身一人，翻脸也讨不到便宜。

她虽然脾气直，可是不傻，想到这里，青竹夫人朝着百晓娘与鬼仙笑笑："既然是丁将军的朋友，那就进屋说话吧。"

鬼仙也觉得在外面说话不方便，于是当先进屋，百晓娘走到门前，轻轻挽了丁醒的手，一同走进去。

青竹夫人将门关起，扫了一眼并肩站立的百晓娘和丁醒，眼神中满是羡慕。丁醒感觉气氛尴尬，便岔开话头，问鬼仙道："你们如何寻来这里的？"

鬼仙进来便不客气，自顾倒水喝，然后才从头说起，自己如何暗中跟踪倭人，倭人如何暗算定海卫的军官，百晓娘如何救了自己，又如何算准丁醒有危险，等等，最后说道："我们一路行来，发现了破碎的官船，知道你遭遇了不幸。小娘们儿慌了手脚，以为你死了，可我明白你小子是个祸害，一脸的富贵相，不会才二十几岁就喂了鲨鱼。一番寻找下，我们找到了这个岛子，又在岸边发现了官家的小船，当时并不确定你是否就在这座岛上，因此决定上岛查看。如今看来，你真是命大呀，落在鬼岛族手里，居然还全须全尾的，不容易。"

百晓娘瞪了鬼仙一眼，嗔怪道："什么全须全尾，把人比蛐蛐？"虽是责怪，但她也听得出来，鬼仙这是心中高兴，口没遮拦。

丁醒听了，狠狠一跺脚，咬牙切齿地说："此次出海，连敌人的面貌都没瞧见，二百余兄弟就只剩下两个人。这仗输得太窝囊，按照大明军中律令，我这个将军是不可能当下去了。"

百晓娘安慰道："你本不习海战，刚来这里几个月就出海剿寇，输了也不能怪你。"

鬼仙却另有想法："你虽没坐过战船，可那些出海的军士无一不是老手，怎么败得这么快，这么惨？"

丁醒将晚间遇袭的经过说了，百晓娘面色沉重："果然是那股海寇，据说他们出现在海上以来，连战皆胜，抢掠了无数财宝，没想到连官军的大船也不是其对手。"

鬼仙听了，若有所思："你是说……天空出现飞龙……然后飞龙吐出火球，将两只巨舰炸个粉碎……"

丁醒觉得他声音有异，便问道："正是如此，你难道有什么想法？"

鬼仙摇头："眼下还没有，我只是想，这股海寇如果有飞龙护身，那就无人制服得了啦。"

丁醒摇头叹息，"我不相信那是真的龙，但又不能不相信自己的眼睛。它突然从云雾里钻出，翱翔于天空，船上所有人都看到了，它飞在空中，我们无法攻击，也无法招架。"

鬼仙不以为然："一股海寇而已，成不了什么气候。再说我朝不是实行海禁吗？海寇们不敢下船登陆，只往来海上，能抢到什么财宝金银？不如不去管他。"

丁醒连连摆手："话不能这么说，我朝虽从太祖年间便实行海禁，但到近些年已经松弛得多了。"

他所言确是实情，明朝自太祖朱元璋洪武年间起，为了防止海寇侵扰及内地人民走私，而实行海禁，寸板不能下海，律令异常严苛，连东南诸藩国也无法与明朝通商往来。

朱元璋之后，朱棣永乐年间派郑和下西洋，海外藩国才可以来明廷朝贡，海禁令稍有松弛。而沿海人民多是以海为生，慢慢也就胆大起来，常有渔船夜间出海，捕鱼捉虾。

随之而来的，便是走私之风日渐盛行，许多珍贵的海货都是通过暗中走私运进来的，像什么珍珠、珊瑚之类。由于内陆需求量很大，获利甚巨，重利之下，必有勇夫，往往引得很多沿海生民参与其中。运气好的甚至出几次海，就可以一两年不愁生计。

海上的船多了，货多了，海寇自然也就多了。

丁醒继续说道："更何况，这股海寇居然劫走了阿丹国使，此事肯定要惊动皇上，到时候龙颜大怒，必定下旨交由定海卫剿灭海寇，救出阿丹国使。"

百晓娘接道："所以，这场仗总归要你们来打。"

"只可惜，现在我连海寇在哪儿都不知道。贺兰大人本意是让我出海，搜寻海寇巢穴，他还叮嘱我尽量不要交战，没想到……"丁醒越说越懊恼，手越攥越紧，又有血从手心流了出来。

他们三个说得热闹，冷落了一旁的青竹夫人，青竹夫人静静地听着，一直没有插话，此时突然开口道："你们所说的海寇，我知道在哪里。"

此言一出，丁醒三人齐齐将目光瞄向她。

青竹夫人却不急着说下去，慢慢坐回床上。百晓娘瞟了她一眼，问道："你怎么知道，难道你与他们有往来？"

丁醒心头一闪念，脱口问道："你们躲到此处，难道也是拜这股海寇所赐？"

青竹夫人点头："猜得不错。我鬼岛部族正是吃了他们的暗算，才被迫流落到此。"

"你如何确定这股海寇便是击沉我官船的那伙？"丁醒不大相信。

青竹夫人眼中射出仇恨的光芒："因为那艘船的船帆上，绣着一条金龙。"

"果然是他们！"丁醒继续问，"请你详细说说，到底发生了什么。"

"那是一个多月前……"青竹夫人带着怨毒的语气，回忆起当时那一幕。

鬼岛之所以称为鬼岛，是因为岛屿在海中时隐时现，究其原因，无非是那一片海域气候异常，海底有暖流经过，冷暖交替之时，便有雾气出现。

由于雾气的遮蔽，鬼岛便时隐时现。海上渔民乘船远远经过，时常看不到岛子，但有时天朗气清，岛子便显现出来。

偶尔有看到岛子的渔民想要靠近，可船行不远，便会陷入激流当中，渔船很快就会倾没，人也被冲得无影无踪，多数无法生还。

这样一来二去，渔民中再也无人敢靠近鬼岛，经过几代人之后，鬼岛的位置便成了谜团，因它离航线较远，慢慢地也就无人再能发现。

岛上的部族就以鬼岛为名，族群源起于南宋末年，崖山之战后，南宋灭亡，沿海居民为了逃避战火与蒙元的屠杀，无奈出海寻求生路，一部分人来到了鬼岛，在付出很多条性命之后，才摸清了这片海域的底细，登上鬼岛定居下来，一直到今天。

鬼岛部族并非过着世外桃源的生活，必须依靠与大陆交易才能生存下来。他们的船平时泊于岛湾之内,每月往返大陆一次,用海货交换生活必需品,两百年来一直如此。

每月派往大陆交易货物的人必是经验丰富、见多识广,而最重要的是口风极严,绝不能说是鬼岛部族的人,更不能对外人透露丝毫鬼岛的信息。之所以如此谨慎,是因为鬼岛附近海域出产一种名贵的珍珠,圆润晶莹,几无杂质,一颗就可换得十几两银子。

珍珠生在海底,采集不易,因此鬼岛的人个个精熟水性,吸一口气,可以在水下潜游小半炷香的工夫。

由于多年久居海外,通婚不便,鬼岛族人便用珍珠高价从陆地居民中买来穷人家的女儿,这才一代代繁衍了下来。

那一天正是交易船只返回的日子,青竹夫人照例穿戴盛装,带着一些男女族人来到岛湾的沙滩上,准备船到卸货。

鬼岛居民一年中只有几次出海交易,因此把泊船回岛的日子当成节日。

青竹夫人算算时间,再有半顿饭工夫,就可以听到信号声了。

海面上云雾蒸腾,一团团水汽在身边飘过,又散去,苍穹之下一片混沌,几乎分不出哪里是天,哪里是海。对于这样的天气,大家习以为常,一个个抻长脖子,瞪圆双眼,眺望着远方。

不久,果然远处传来一阵低沉的角螺声,有船来了!青竹夫人身边的一个女子也吹起角螺,呼应对方。

没过一会儿,一条大船便从茫茫雾气中钻出,朝沙滩驶来。

大船越来越近,近得可以看到船头上的人影。众人朝船上的人挥手呼喊,船上的人也挥动手臂作为回应。

很快,大船便泊到了岛湾里,上面的人抛下铁锚,船便停了。

这条船甚是宽大，但并不高，为的是卸货方便。此时船上的人放下跳板，青竹夫人带着众人鱼贯上船，作为部族首领，她每次都要亲自验货。

但甫一上船，青竹夫人就有种异样的感觉，她发现这次出海易货的人有些不正常。这些人放下跳板后，便一个个垂手站立于甲板之上，也不上前回话，只是歪着头，瞪着眼，眼神看起来十分空洞，似乎盯着她看，又似乎没有在看。

"屠海，这次带回来多少货？"青竹夫人走到一个汉子面前，开口问话。那个叫屠海的男子恍若不闻，仍是站在那里一动不动，眼皮也不眨。

屠节走上前骂道："老三，岛主问你呢，快回话。"说着他抬手推了一下自己的兄弟。

屠海居然应手而倒，身子直挺挺地摔在甲板上，像是一段砍倒的树干，屠节吓了一跳。随后又听身边"扑通""扑通"几声响，又有几个出海的族人被碰倒，倒下的样子和屠海如出一辙，好似一具具没有生命的木俑。

这些人倒下之后，竟然仍旧保持着原来的姿态，看上去既可笑，又可怖。

"见了鬼了！"屠节将手指按在兄弟的脖子上，想探探脉搏，可刚按下去，他人就跳了起来，因为他感觉到兄弟的皮肉冷得像寒冰一般。

"怎么回事，他们是中了邪吗？"青竹夫人面带疑惑地问。

没等船上的人回过神来，哗啦啦一阵响动，就见甲板翻起，下层船舱中蹿出很多条人影，跳上船头。

这些人个子不高，身形瘦硬，全部黑衣罩体，黑布蒙头，只露出一对迸射着凶光的眼睛。

他们手中握着明晃晃的刀，这种刀不似中原兵器，刀身又窄又长，略呈弧形，刀柄比一般的长出一倍。

这群黑衣人甫一出现，便下了毒手，他们双手握刀，朝还在发愣的鬼岛族人杀了过去。

一名二十多岁的小伙子首当其冲，只觉寒光一闪，刀已到了眼前，他猝不及防，连叫也没叫一声，只来得及抬抬手，就被黑衣人手起一刀，连胳膊带脑袋，砍成三段。

血光乍现，泼洒于水雾之间，血腥之气骤然弥散开来。

船上的人立刻炸了窝。

屠节见一名黑衣人冲到青竹夫人身侧，举刀砍下，他手疾眼快，拔出腰间的破竹刀向上一迎，"铮"的一声响，破竹刀从中而断，上半截飞出老远，掉进海水里。

幸好这一阻，青竹夫人没有受伤，但吃惊非小，她后退几步，喝问："你们是谁？"

那些黑衣人并不说话，挥刀如风，只顾砍杀，他们像是地狱的恶魔，无论男女老少，下手毫不留情。眨眼之间，又有三四个男女死在船头。

屠节见对方来得凶猛，手中兵器又极是霸道，知道敌不过，便一把将青竹夫人推下水去，又对旁人大叫："下水，下水！"

鬼岛族人纷纷跳船，跃入水中。

黑衣人并不下水追杀，而是跳上滩头，有人吹起了尖锐的哨子。

青竹夫人带着族人从水中冒出头来，赫然发现水雾之内又钻出一条大船，船帆之上绘着一条张牙舞爪的金龙。

说到这里，百晓娘问了一句："之后呢？"

青竹夫人道："大船上跳下很多海寇，会同那些黑衣人杀上岛子，我们部族的人有一半被砍杀，另一半随我乘着小船逃生。结果海寇并不想放过我们，一定要赶尽杀绝，乘着小船在后紧追不放，我们使尽了手段，死了不少人，才摆脱了追杀，一路逃到这个岛上。"

"怪不得你们在岛上小心翼翼，连火也不敢点，原来是怕海寇发现。"丁醒一直紧皱的眉头舒展了一些，"海寇杀上鬼岛，没有放出那条金龙吗？"

青竹夫人摇头："我没见过什么会飞的金龙，也可能海寇觉得，对付我们用不着金龙出马吧。"

丁醒看向百晓娘："你见多识广，能晓得这条金龙是什么来头吗？"

百晓娘自嘲似的一笑："不要说知晓，听也没听过这样的事。"

鬼仙一直在凝神听青竹夫人说话，这时才问道："鬼岛很难进入，你所说的那些黑衣人是劫持了你的部族，跟随他们的船才能上岛。我想知道，那些被劫持的人后来怎么样了？"

青竹夫人叹了口气："他们一个个呆若木鸡，怎么叫也不应声，好像僵尸似的。因此我率部族离开鬼岛时，没能把他们带出来。"

"也就是说，这些人还在鬼岛上。"鬼仙道，"海寇在短时间之内不可能摸清四周海域的情况，因此每次出海打劫，都要把他们带上才能放心出入。"

青竹夫人哼了一声："鬼岛部族从未出过这样的叛逆，日后见到，我一定把他们浸猪笼。"

鬼仙打个哈欠:"岛主,我们在海上颠簸了一夜,骨头都快散了,能不能先安排个地方,让我们休息一晚,有什么话,明天再说不迟。"

青竹夫人看着丁醒:"急什么!你还没回答我的话呢。"

丁醒只得装傻:"什么话?"

"娶我的事啊!现在你的未婚妻也在,我们三个商量一下,先把事情定下来。"青竹夫人不依不饶,毕竟这才是自己心心念念的事,不能马虎。

丁醒的脸腾地红了,活了二十多年,没见过此等女子,百晓娘视她为情敌,她居然毫不在意,还请百晓娘参与定亲之事。

看着青竹夫人一脸认真,暗含兴奋的神色,丁醒实在不知道如何接话,只得尴尬地望向百晓娘,却见百晓娘正满含揶揄地瞧着自己。

丁醒清楚,百晓娘是要自己亲口回绝,于是顾不得其他,开口道:"这件事没得商量,我不会同意的,夫人貌若天仙,肯定能找到比丁某强百倍之人。"

青竹夫人听他说得恳切,心头沮丧无比,脸色甚是难看。

百晓娘马上接过话来:"妹子别急,丁醒就是这个脾气。"说着她走到青竹夫人跟前,挽着她的胳膊走到一边,低声耳语了几句,青竹夫人立刻转忧为喜,抓紧百晓娘的手腕连连摇晃着:"那就多谢姐姐了,你可一定要好好劝劝他。"

丁醒看得直皱眉,不知道百晓娘对青竹夫人说了什么。

鬼仙瞧着时机差不多了,便再次提出要休息,青竹夫人当即回答:"好,不过你要叫醒我的人,让她们带路。"

鬼仙起身走出屋去,不一会儿,扛来一个女子,靠放在椅子上,掏出一个小小的银筒,拔去塞子,里面是半截还燃着的熏香。鬼仙将熏香凑近女子的鼻孔,只不过眨眼工夫,那女子抽了几下鼻子,打个喷嚏,醒了过来。

她一睁眼,立刻看到了鬼仙和百晓娘两个陌生人,慌忙一个翻身跳了起来,伸手去腰间就要拔刀。

青竹夫人道:"不用怕,他们是自己人。"

那女子听了,垂下手臂,一声不响地站到墙边,脸上惊疑不定,很显然,她觉得自己没有尽到保护岛主之责,不知会受到何等处罚。

青竹夫人没有怪罪,只是吩咐她将三人带回丁醒所住的山洞。

丁醒还有话要问,刚要开口,就觉得百晓娘在轻轻踩自己的脚,于是他把嘴边的话咽了回去,只向青竹夫人拱拱手,三人便跟着那女子出了屋子。

青竹夫人没有送他们,始终透过窗缝看着丁醒的背影。

回山洞的路上,三个人因为有外人在身边,故此一直没有说话。那女子送他们到了洞外,向丁醒施礼之后离去。

丁醒刚要开口,百晓娘一把捂住他的嘴,看看四周无人,这才轻声说道:"我听那夫人说,你还有部下在此,赶紧叫他起来,我们离开这里。"

丁醒一惊:"有什么事发生吗?"

百晓娘道:"先不要问,我在岛外有船,上了船再说。"

丁醒连连点头,自打上岛以来,屡经变故,他一直迫切地想要离开此岛,但夜里与青竹夫人的一番谈话之后,再加上百晓娘与鬼仙的到来,竟然使他忘记了这个念头,要不是百晓娘提醒,还真想不起来。

丁醒进洞叫醒了汪顺,汪顺不知丁醒在如此深夜要做什么,丁醒强拉着他出洞,见到了百晓娘与鬼仙。

汪顺是个老江湖,虽然看不到鬼仙的样子,但百晓娘没有蒙脸。光看她注视丁醒的眼神,汪顺就明白了八九,心中不禁甚是佩服:女人为了情郎,可说是丧心病狂了,连如此隐蔽的岛子都能找到。

当下不用多说,由鬼仙带路,一行四人向山谷外走去。路上汪顺甚是担心,如此深夜,他们不辞而别,万一遇到部族内巡逻的人,如何解释?

鬼仙却只是笑笑,并不回答。

四个人一直走出山谷,经过来时的竹林,始终没见半个人影。

汪顺知道自己多虑了,丁醒当然清楚得很,鬼仙曾经扔出几根吹筒,看来这一路上的伏哨都被他们清理干净了。

鬼岛部族的人虽然机警,可手段比起江湖中的高手,还是差得太多。百晓娘和鬼仙是高手中的高手,对付他们如同老叟戏孩童,如果不是手下留情,这几个暗桩怎么死的都不知道。

四个人一路来到海边,借着星光,丁醒果然发现海上不远处泊着一只船,鬼仙吹了声口哨,那只船便摇了过来。

百晓娘道:"这是我雇的船,只管上去。"说着她当先下水,迎着船走去,丁醒等人紧随其后。快到船边时,船上扔下绳索,四人抓紧绳子,依次攀了上去。

鬼仙最后一个上得船头,百晓娘立刻吩咐船老大,放下风帆,尽快离岛。随着船老大的低声吆喝,船帆落下,刹那间便吃饱了风,木船快速驶向大海深处。丁醒这时才看到,船后面还缀着一只双桨小船,正是自己和汪顺划过来的。

船虽启动,可百晓娘没有放松警惕,站在船头眼望着一点点远离的岛子,看样子也怕对方追了来。

船上的气氛甚是凝重,众人大气也不敢喘,一句话也不敢说,由此看来,鬼仙和百晓娘在陆地上并不怕鬼岛族人,可在海上就不同了。

等到离岛子有二三里远近,百晓娘这才长出一口气:"不容易,总算逃出来了。"

丁醒这才问出胸中疑惑:"晓娘,我们为什么着急离岛?那夫人与鬼岛部众并不会加害我们。"

"你哪里晓得鬼岛的规矩?"百晓娘盯着夜色中越来越小的岛屿,"鬼岛部族历来都是未婚女人做族长,她一辈子不嫁人,就可以做一辈子族长,如果嫁了人,部众就必须另择他人。"

丁醒笑道:"这个我知道。你说过,族长如果看中了某个男人,想要出嫁,那个男人就要受双刀入肉之苦,以示二人感情刻骨铭心。"

"可还有件事你不知道。如果那男人不愿意娶族长,他的下场会很惨。"

百晓娘一直牵着他的手,此时突然加了几分力,丁醒没有防备,只觉手上一阵刺痛,不由得惨叫出声。

他只叫了半声,但如此寂静的深夜,所有人都听得清清楚楚。鬼仙笑得非常开心:"这下你知道,女人吃醋是何等恐怖了吧?"

丁醒不服气:"我可没见你怎么吃醋,刚才在竹屋里,你和青竹夫人说了什么,让她乖乖地送我们走?"

百晓娘道:"那夫人虽是精明,可在这方面没什么心机,我说很喜欢她的性子,一定劝你收了她,那夫人喜出望外,当然不会怀疑我们会趁夜逃走了。"

丁醒咂咂嘴，心中有些不忍："那夫人一片真诚，却被我们几句话骗得像孩子一般，我这心里……"

百晓娘白了他一眼："好好好，你光明正大，我满腹奸诈，满意了吧？"

丁醒连忙赔笑："我不是这个意思。"

百晓娘拉着丁醒的手，此时又心疼起来，恨恨地说："你的手没事便罢，若有个一差二错，我饶不了他们！"

海上风大，丁醒怕百晓娘着凉，便拉着她进了船舱，鬼仙向船老大叮嘱几句，也和汪顺跟进舱来。

丁醒问道："我们回定海卫吗？"

百晓娘点头："眼下除了定海卫，你还有别的地方可去吗？"

丁醒却皱紧眉头："我率人出海，全军覆没，孤身逃回，罪责非小。依军法不光要吃军棍，还得免职。"

百晓娘歪着头看他："怎么，不忍心丢掉你的官儿？"

丁醒叹息一声："丢官我不在乎，只是那些士兵都因我而死，我却连对手的样子都没看到，太过丢脸。"

说到这里，他好像想起了什么，一拍大腿："坏了，我们逃得太早了。"

汪顺一愣："将军，此话怎讲？"

丁醒道："听青竹夫人的意思，那伙海寇占据了鬼岛，如果她肯带路，找到海寇不算难事，我们实在应该探明了路径再走的。"

百晓娘却一脸轻松："你是担心这个呀，不必在意，我送给你两样东西。"

说着她弯下腰去，抠住脚下的一块木板，向上一抬，露出一个洞来。

丁醒知道，很多船的下层甲板都堆放着货物，此外还有暗格，放一些贵重物品，百晓娘掀开的应该就是暗格。

他不禁好奇，百晓娘要送什么给自己，于是他向前走出两步，探头朝下一看，便是一愣。

暗格之中居然躺着两个人。

这两个人看上去约莫二十多岁，满脸水锈色，身上的衣服与鬼岛部族无异，双手双脚都被绑住，嘴里也塞着布团。

他们都闭着眼，看样子是睡熟了。

"他们是……鬼岛部族的人？"丁醒抬头看着百晓娘，"你怎么给绑了？"

鬼仙接过话来："我们一上岛，就发现不对劲了，路上迷晕了这两个家伙，小娘们儿认出是鬼岛部的人，她怀疑鬼岛部就是那伙海寇，才把他们绑了过来。"

百晓娘道："原本只是为了讯问，后来听那夫人一番话，才知道击败你的海寇就把老巢安在鬼岛。有了这两个人，不愁找不到他们。"

丁醒高兴起来："太好了，这下子有望为死难的兄弟报仇了。"

汪顺初时听得满头雾水，此刻才明白过来："将军，只要能找到海寇老巢，您这一趟便是有功的，虽然失了船队，也能将功折罪。"

丁醒兴奋地拉住百晓娘的手，刚想说什么，就觉得手心一阵剧痛，脸上变了颜色。

百晓娘心疼起来，忙取出身边的伤药给丁醒重新包扎，这种江湖人所用的伤药极有疗效，丁醒感觉伤痛消失了大半。

等包扎好之后，丁醒这才问了百晓娘数月来的行踪，百晓娘简单说了几句，并没有告诉丁醒有人要暗中加害她，以免丁醒担心。

几个人闲话了一阵子，便各自睡去。

百晓娘雇的是快船，水手得力，第二天，船便驶过了丁醒前几日率战船避雨的地方，此时天色渐晚，一群海鸟在船后不远处高飞低翔，时不时向海面扎下，又鸣叫着飞起在空中。

再看那轮夕阳将海面染得通红，恹恹地便要坠下去。

船舱中，百晓娘正透过小窗出神地望着船后那群海岛，甚是入神。

那两个鬼岛部族的人早已清醒过来，丁醒对他们说要回去调兵，杀进鬼岛，剿灭海寇，两个人将信将疑，百晓娘骗他们说，已经见过了青竹夫人，青竹夫人同意由他们二人带路，引大军杀进鬼岛。

二人看丁醒等人不像是随口胡编，只得相信。百晓娘问起鬼岛位置，这两个人却说眼下大海茫茫，无法确定本船方位，只有看到了他们如今居住的岛子，才能确定位置。

丁醒知道这二人没说实话，显见得心中尚有疑惑，也难怪，如果真是征得了青竹夫人的同意，为何此时才放开人家？

当然，这两个也是聪明人，没有点破这一节，百晓娘也不便解释，丁醒觉得等回到定海卫，明确自己的身份之后，由贺兰明亲自下令，再给他们一些赏钱，那时便好说了。

正在这时，船老大探头进来，对百晓娘道："姑娘，前面有船来了。"

第六章
留客住

百晓娘生怕是海寇的船,忙问道:"什么船?"

船老大看她紧张的样子,笑道:"不用怕,看样子像是官船。"

丁醒一听,腾地站了起来:"官船?是普通官船还是战船?"

明军当中作战用的是福船,此外还有官员乘坐的官船,形制不同。

船老大摇头:"离得远看不清楚,不过从形制来推算,好像是福船。"

一听是福船,那不用问,肯定是定海卫派出来的,难道贺兰明不放心丁醒出海,另派援军前来接应?

丁醒三步并做两步,冲上船头,百晓娘等人也紧随而出,站在他身边,举目远眺。

果然,远处正有三艘大船迎头驶来,三艘船排成一线,前后相隔数十步远,正是作战船队出海的阵形。

汪顺眼神好，很快便看清楚了，连声说道："福船！果真是福船，定海卫的福船！"

丁醒松了口气："果然是贺兰大人派来接应的。"

汪顺却紧皱了眉头，低声嘀咕着："刚出海几天，怎么又有战船来？难道贺兰大人已经得知咱们战败的消息？就算翻天鹞子传信，也不会这么快呀。"

丁醒想了想，摇头道："不可能。我们前天夜间遭遇敌人，消息又没长翅膀，怎么可能这么快飞到定海卫？就算飞到定海卫，战船也不可能这么快便开到这里。依我看，贺兰大人很可能是不放心，这才派人马来接应的。"

汪顺道："真是这样就太好了，我们便用不着回去禀报，直接引战船去鬼岛便是。"

丁醒非常兴奋，吩咐船老大："迎上去。"

"等一等！"百晓娘阻止了他，"那几条船来路不明，在没有探知底细前，我们不能冒冒失失地上去。"

汪顺笑道："不必担心，小的看清楚了，确是福船，不是海寇。"他言语当中对百晓娘十分客气，任谁都看得出来，眼前这位姑娘肯定是日后的将军夫人。

丁醒知道江湖人生性谨慎，便问："你说怎么办？"

百晓娘看看四周海面，又看看远处驶近的福船，对船老大说："我们几个躲进舱里，你先应付几句，看是哪里来的船，船上主官是谁，再做理会。"

船老大点头，百晓娘等人转回舱中，贴近舷窗坐定，静静地等着。

过了将近一炷香的工夫，快船驶到了船队前，为首一条福船上早有人发现了快船船头的船老大，高声叫起来："那不是安记的盛老大吗？怎的来了这里？"

安记是定海卫的一个鱼行，远近知名，定海县中有两条街都是渔行的买卖，盛老大掌管着其中一条街，也算得上定海县有头有脸的人物，因此官兵们大多认识他。

盛老大眯起眼睛朝福船上看了看，这才向上拱手："原来是刘军头，失礼失礼。小人去东江岛接几位亲友回定海，不期在这里遇到了。敢问这次出海还是秦千户领军吗？上次他托我弄几篓鱼鲜，我船上正好有刚捞起的。"

福船上的刘军头答道："这次领军不是秦千户，是我们贺兰大人，秦千户镇守老家，没有出来。"

看来这位盛老大和定海卫的军官都很熟悉，要不然这样重要的信息，普通军头是绝不敢讲的。

一听"贺兰大人"四字，舱里的丁醒坐不住了，站起身三步并两步钻出船舱，站到盛老大身前，朝福船上的人招手叫道："我是丁醒，我是丁醒！贺兰大人在哪里？"

福船上的官兵陡然见到丁醒出得船舱，一个个都瞪大了双眼，相互对视，脸上露出不可思议的神情。

与盛老大对话的那位刘军头也像是吃了一惊，他自然想不到丁醒会在这条船上，连忙向下拱手："原来是丁参将，失礼失礼，请您稍候，我即刻去禀报贺兰大人。"

说罢，他三步并两步跑进船舱。

汪顺也钻出舱口，站到丁醒身后，举目向福船上瞧着。百晓娘和鬼仙没有出舱，躲在舱门内侧，百晓娘压低声音："你太莽撞了，眼下现身也不是什么好时机。"

丁醒没有回头，只是淡淡问了一句："为什么？"

"你率数百人出海，如今孤身逃回，是有罪的，这且不必说，最好的办法是单独面见贺兰，此时当着数百人的面，贺兰就算想宽宥你一些，表面上也不好做。"百晓娘自然知道明军军法，于是提醒丁醒。

丁醒苦笑："躲得了一时，避不了一世，早晚得向贺兰将军请罪。你和鬼仙乘船先回定海，把那两位鬼岛族人留下，到时候我自有话说。"

百晓娘哪里肯依，正要回嘴，那刘军头从船舷边探出头来高喊："丁参将，贺兰大人叫你上船回话。"

汪顺咂了咂嘴巴，小声说："连个请字都没有，看来是生气了，丁将军，你可得想好了怎么应对，贺兰大人发起脾气来，雷公也得惧三分呢。"

丁醒叹口气："还能怎么应对，惨败就是惨败，照实说吧……"

就听"哗啦"一声，福船上扔下一条软梯，丁醒吩咐盛老大把船停到软梯边，自己攀爬而上，可手刚一抓紧绳子，就感觉到一股剧痛，他的双手虽然不再流血，但并未痊愈。

汪顺看出来了，对上面叫道："放个筐下来，丁将军手上有伤。"

刘军头让人拿来了吊筐，放了下去，丁醒坐在其中，上面几个兵丁用力将他提了上去。

汪顺则抓紧绳梯，一步步爬上福船。

百晓娘与鬼仙没有露面，只是透过舷窗的空格向外望，不知怎的，百晓娘甚不踏实，心中慌得很，好像有什么祸事将要发生。

133

等接近船头，有人将丁醒和汪顺依次拉上来，丁醒站定身子，看着眼前的刘军头："快带我去见贺兰大人，我有紧急军情禀报。"

刘军头答应一声，带着二人走向船舱。可是刚走几步，汪顺突然"哇"的一声，吐出一口酸水，然后扑到船舷边上，看似要呕吐。

丁醒连忙上前，拍了几下他的背，问道："怎么了？是不是吃坏了肚子？"

刘军头在后面笑道："老汪，你这出海的积年，今天怎么晕起船来？"

汪顺不说话，只是背起手朝着刘军头晃晃，头脸依旧向着船下的海面，连声作呕，丁醒又拍了他几下，却听汪顺用极低的声音说道："小心点儿，船上有些不对头。"

丁醒这才明白汪顺的用意，他抚了抚自己胸口，假意朝天深呼吸，暗中扫了一眼船上的官兵。

那些官兵一个也没有吭声，只是静静地肃立，一脸木然地盯着他，不知道在想些什么。丁醒伸出手，轻轻捏了捏汪顺的手臂，以示明白他的意思。

于是汪顺不再作呕，二人随着刘军头，走进了船舱。刘军头没有资格进舱，自回船头。

贺兰明果然在舱中，他坐在桌案后，高大的身躯将身下的靠背椅遮得严严实实。此时渐要消歇的日光从窗格之中照进来，落在他的侧脸上，却照不到他另一半脸，看上去呈现出一种阴晴不定的神色。

丁醒上前施礼，汪顺则跪在丁醒身后，不敢抬头。

贺兰明打量了二人几眼，脸色一沉："听刘军头说，你好像是搭载了一条渔船来的。丁参将,我给了你二百余士兵,两条福船,如今都在哪里?"

丁醒极为尴尬:"末将无能,船与士兵尽皆……尽皆……"

不等他说完,贺兰明重重一拍桌案:"尽皆喂鱼了是不是!"

丁醒低下了头,这位上锋虽然语出粗敝,但也属实情,无法反驳,他只好再次施礼:"末将遭遇海寇,未能战胜,请将军治罪。"

贺兰明冷冷地问道:"海寇有多少人,多少条船?你是如何作战的?"

"只有一条船,人数嘛,应该有一百余人。"丁醒见过那条龙头大船,以体量猜测人数,大致不差。

贺兰明又问:"你有两条船,二百余名训练有素的将士,为何败得如此惨痛?"

丁醒便将海上遇险之事讲了,尤其说到天空出现的那条巨龙,所有部下都是亲眼所见,绝无虚假,巨龙从空中喷下火珠,无法抵御,这才有此惨败。

他并未说出鬼岛之事,也没提青竹夫人,以免节外生枝。

说完了,丁醒便让汪顺作证,贺兰明问了一遍,汪顺又做了些补充,与丁醒所说一致。

贺兰明神色仍旧阴冷,语气也未有丝毫缓和:"如此说来,你的惨败不是无能,也非大意,而是对方有神龙相助了?"

丁醒沉吟了一下:"不是什么神龙,是……是恶龙。末将委实没见过此等异事。"

贺兰明的语调柔和了一些:"那你着急回来见我,为的就是通报此次惨败的经历?"

135

丁醒这才抬起头："不，末将已经知道这伙海寇的藏身之地，这才急着回禀，那条恶龙虽然厉害，可只要加派兵力，上岛进剿，一定可以将他们一网打尽。"

这段话说完，贺兰明赫然瞪大了双眼，死死盯着丁醒，丁醒不知他是何用意，但自觉问心无愧，也不怕他看。

二人就这样对视了片刻，贺兰明突然大笑，捶案而起，将手一招："让他们进来。"

丁醒与汪顺皆是一愣，心想还要带谁进来？因此一齐回头向舱门瞧着，眨眼之间，只听舱外响起脚步声，紧接着走进两个人。

看到这二人，丁醒与汪顺都大为吃惊。

他们不是别个，正是跟随丁醒出海，又在风雨之夜做了逃兵的杨大个和苗小六。谁也未曾想到，居然在此处见到他们，更不知道这二人何时来见贺兰明的。

杨大个和苗小六上前给贺兰明施礼，跪在那里不动。贺兰明看着丁醒："认得他们二人吗？"

丁醒当然认得，在未曾出海时他就与所有的士兵见过面，汪顺给他一一做过介绍，而且这二人连夜出逃，给丁醒的印象太深了。

"将军，这二人乃悉逃兵，末将本想回到卫所之后再禀报的，谁想您已经捉住了他们。"丁醒表面上松了口气，但内心知道，此事没那么简单，必须小心谨慎地回答。

"乃悉逃兵？"贺兰明冷笑一声，"丁参将，你虽是京中调来的，见过大世面，可撒谎的本领实在不够高明。这二人不是逃兵，是专程来向本将密报重大军情的。"

丁醒心中咯噔一下："密报军情？他二人本是普通水手，如何通晓重大军情？"

贺兰明猛地一拍桌子："丁醒，本将原以为你出身神机营，忠君报国，没想到鬼迷心窍，居然勾结海寇，图谋不轨。杨、苗二人发现你与海寇密通消息，这才连夜逃走，果然，你兵多船多，遇到海寇居然全无还手之力，极为可疑。如今你的部下全部遇难，而你却全身而返，更加不可思议。"

原来贺兰明怀疑上了丁醒的身份，就差直接说出他是内奸了。

丁醒大惊，刚要分辩，贺兰明不容他开口，提高了声音："杨、苗二人告诉我，你在葬送两条福船、二百余名士兵之后，必然回来报我，说找到了海寇的老巢，让我率兵进剿。嘿嘿，果然不出所料，你偏偏就说了这句话，足以证明，你此行就是来诓骗本将，以便将我引入陷阱，是也不是？"

此番连珠炮似的发问诘责，令一向头脑清醒的丁醒也有些发晕，他一时不知如何对答，涨得满脸通红，猛然回头看向身侧跪着的杨大个与苗小六。

这二人毫不惧怕，翻起眼睛斜视着丁醒，杨大个面现憨傻，而苗小六的眼神之中泛出一丝阴鸷之色，似是嘲讽，又似是得意。

"他们在构陷我……"此时丁醒心中雪亮。他终于明白，那个风雨之夜，杨、苗二人不是做了逃兵，而是做了内奸，一定是他们将官兵的情况报知了海寇，然后又得知自己没死，早早来向贺兰明诬告自己。

情急之下，他只有高叫冤枉，自己逃生本是侥幸，绝没有勾结海寇，不要听信两个逃兵的一面之词，贺兰明听了他的话，也似有些拿不定主意，看看左右的军将。

几名与丁醒有过交往的军官上前劝说，提醒贺兰明，丁醒是兵部派来的，也就是于谦的意思，最好要慎重处理。贺兰明看看这些人，微微点头："你等所言不无道理，来人，先将丁醒与汪顺押下去，好生看管，等我破了海寇，救出来使，再行处置。"

求情的军官之中，有个叫李宾的千户与丁醒关系较好，贺兰明便吩咐李宾将丁醒二人押到他掌管的福船之上，严加看管，也算卖了一个人情。

有士兵上前，用绳子将丁醒和汪顺捆住，丁醒没在意这些，但他听到贺兰明的话，却不禁一惊，连忙问道："将军，你要破贼，能找到贼巢吗？如果在大海之上遭遇，他们有恶龙相助……"

贺兰明一摆手，打断了他的话，以免他惑乱军心："本将军自然能找到贼巢，不劳你操心。押下去！"

丁醒还要继续相劝，但李宾看着贺兰明阴鸷的脸色，知道再说下去很可能会激怒贺兰明，连忙拉起丁醒和汪顺，由几个卫兵押送走出舱外，要将他们带到后面的福船上。

丁醒边走边问："李兄，贺兰将军不听我的，一旦遇到海寇，只怕凶多吉少啊，你一定要……"

李宾压低声音说："杨大个和苗小六已经探知了贼巢所在，贺兰将军很相信他们。毕竟你也清楚，这二人在定海卫当兵已经七八年了，而你……"

他的话不用说完，丁醒自然明白其中意思，在军中非常在意资历，一个老兵说的话，甚至远比新上任的主官得人心。这也是为什么军官非常看重老兵的道理。

但丁醒听了这话，心中如烟燎火焚一般急，他自然知道杨苗二人有问题,由他们来引路,才是真的灭顶之灾。于是他不顾一切地回头大叫:"贺兰将军,你万万不能相信这两个人,他们是叛逆,是海寇收买的内奸,要引你走向绝路!"

此时他已经到了舱外,这几声大叫传得老远。身边一个贺兰明的心腹卫兵大怒:"你鬼叫什么!贺兰大人要不是看在兵部的份上,早教你皮开肉绽了。还不闭嘴!"

但是已经晚了,丁醒的叫声不光船上的士兵听到了,海船当中的百晓娘也听到了。

她本来就担心丁醒的安危,一直注意着福船上的动静,丁醒上去之后,久久没有回音,而且福船也没有继续前行,她就知道,丁醒正在向贺兰明禀报事情,至于结果如何,她无法得知。

当丁醒的叫声传入耳中之时,百晓娘心头剧震,不知道出了什么事,但从语音声调来看,肯定不会是好事。她再也无法冷静,一个箭步跳出船舱,站到了船头,向福船上望去。

鬼仙也坐不住了,紧随其后出了舱,与百晓娘并肩而立。

福船比他们乘坐的海船要高出很多,目光无法视及甲板,船上的士兵却可以清清楚楚地看到他们。

百晓娘倒也罢了,那个方才答话的刘军头一眼看到鬼仙,立时瞪大了双眼,忙不迭地用手指着:"是他,是他,这里有倭人!"

他的嗓门很大,脱口大叫之下,整条船都听到了,士兵们个个训练有素,一听"倭人"二字,全都动作起来,有的拔刀,有的摘箭,火铳兵从背上取下火铳,对准了下面的鬼仙等人。

百晓娘心知不妙,自己倒也罢了,鬼仙这个样子,怎么看也不像是正经人,于是她转头瞪了鬼仙一眼:"你出来干什么,快回去!"

139

没等鬼仙回答，贺兰明已经听到刘军头的叫喊，立刻带着一众军将抢出船舱，冲到船头，另有几个士兵心思缜密，直接从李宾手中将丁醒和汪顺拉了过来，按在船舷上，上半身露出舷外，用刀压住二人的脖子。

士兵们都看得清楚，丁醒藏身的船上居然出现了倭人，因此下手也不再顾忌。

贺兰明大步走到船舷边，向下一瞧，正与鬼仙对上脸，他转脸问刘军头："杜将军死的那夜，你们追捕的便是此人吗？"

他所说的正是被烧死的杜国冲，那夜鬼仙没有阻住倭寇杀人，却被当成倭寇追捕，想来带队的正是这位刘军头。

果然，刘军头连忙说道："正是他，虽然那天夜间黑暗，但此人身形高矮、穿着打扮小人看得一清二楚，绝不会有错。"

贺兰明瞧了瞧身边的丁醒，冷笑一声："丁参将，这下你没话可说了吧？"

丁醒自然不知道杜国冲死于倭人之手的事，只是大叫："他是末将的朋友，从京城就一直跟来，断不是倭寇，请将军明察！"

贺兰明一摆手："铁证如山，尚有何说！来人！"

四周数十名士兵齐齐吆喝一声，弓箭手拉开弓弦，火铳兵点起燃香，对准了下面的人。

百晓娘刚想让盛老大将船驶远一点儿，但已经来不及了，只要他们有异动，必定会招致福船上的官兵开火射击。

盛老大和几个水手哪见过这种阵势，吓得目瞪口呆，跪在船头一个劲地摆手："别误会，别误会，我们是好人……"

刘军头此时也不认什么老相识了，厉声喝道："好人？好人船上怎么会有倭寇？怪不得我们在定海接连几天都搜不到凶手，却是你把他们送来了海上！"

贺兰明不理会他们，冲着鬼仙和百晓娘喝道："兀那婆娘，还有那倭贼，想活命的话，乖乖爬上来，要不然送你们喂鱼！"

他手下几名亲兵也随声叫道："快顺梯子爬上来，慢得一步，老子就放箭了！"

面对着满船的火铳、弓箭，鬼仙与百晓娘对视一眼，心中明白，如今百口莫辩，唯一的活路便是上船去束手就擒，但真要上了船，必被当成倭寇严加审问，绝不会有什么好结果。

如此一来，不光自己遭殃，连丁醒也会被定成勾连倭人之罪，那时便再无反口的机会。

此时太阳已被海水吞没，天光暗了下来，只是没有全黑。福船上升起了灯笼，还有不少士兵点起了火把，黑黝黝的海面上反着光亮。

丁醒也是一脸焦急，却无计可施，因为他心中所想与百晓娘一样。

进退无路！

仅仅是一闪念间，百晓娘打定了主意，她用手指在鬼仙的手背上划了几下，鬼仙轻咳两声，以示明白。

百晓娘对贺兰明叫道："贺兰将军，在上船之前，我想问丁将军一句话。"

贺兰明斜了一眼丁醒："你想问什么？快说，不要耍花样。"

百晓娘看向丁醒："丁将军，你听我的话吗？"

丁醒毫不迟疑："当然听。"

"那好。"百晓娘特意顿了一顿,然后大喊一声,"跳!"

丁醒果然没有半点儿犹豫,他本来半个身子就突出于舷外,此时听到那一声喊,他猛力探身,同时右脚一起,将身后按住自己的士兵踢开,整个身子便翻出船舷,滚落下海。

"扑通"一声,丁醒身子落水,溅起老大的浪花。

紧接着又是"扑通"一声,汪顺竟然也跳了下来,原本按住他的士兵愣住了,丁醒通敌之事尚未完全确定,为何汪顺也跟着跳海?

汪顺是军中老油条,早知自己和丁醒是一条绳上的蚂蚱,不逃的话,贺兰明会着重审问自己。

定海卫的官兵与海寇倭贼结仇甚深,如果认定他与之勾结,想好死都难,因此不管三七二十一,先争了活命再说。

丁醒和汪顺跳下海后,百晓娘与鬼仙也翻身钻进海中。

贺兰明见四人相继跳海,先是一愣,紧接着哈哈大笑。他这一笑,身边的军将和士兵也哄笑起来。

谁都清楚,茫茫大海,对方只有一只海船,根本逃不出福船的追捕,要想逃走,除非丁醒等人长出翅膀变成海鸟。

刘军头哈着腰问贺兰明:"将军,要不要小人带几个兄弟下去,擒他们上来?"

贺兰明摇了摇手:"不行,倭人素有阴毒手段,你等下海,恐有失手。再说天也黑了,我们要夜袭贼巢,不能在这里耽搁太久。"

他冷眼看了看下面的鬼仙与百晓娘:"连船带人,一并烧了。"

军令即下,士兵们更不怠慢,纷纷换过箭矢。明朝水军作战时,大多备有火箭,这种箭的箭头是特制的,箭头下包裹着油布,浸有油脂,方便燃烧。

李宾一见贺兰明要下狠手，心中大惊，慌忙拦住："将军，事情没有查明之前，最好还是留活的，况且丁醒是兵部派来的人，万一有个差错，您一没口供，二没人证物证，怎么向上面交代？"

此番话非常有道理，换作别人，必定会有所顾忌，贺兰明却转头瞪着他，嘴里大骂："要证据？刘军头所率兄弟就是证据，杜国冲全家被烧成焦炭的尸体就是证据！你是不是瞎了，倭人不就在眼前吗！"

他抬手将李宾推到一边，大声喝令手下士兵，准备放箭。他没有下令用火铳，可能是提防被海寇听到枪声，有了准备。

此时百晓娘和鬼仙已经游到了丁醒和汪顺身边，割断了二人手上的绳子，幸好来定海卫这几个月中，他们都学会了游水，不然直接会沉底喂鱼。

四个人浮上海面，却没有上盛老大的船，只是用手攀着船舷，观看福船上的动静。

丁醒低声问百晓娘："跳下来又怎样？难道还有办法逃走吗？"

百晓娘不回答，只是道："别急，看看再说。"

然后对船头喊道："盛老大，你们也下来，这船逃不掉！"

"下海？那不是更没法逃了吗？"盛老大很清楚，今日之事自己万万脱不开干系，眼下最重要的是先跑了再说，因此他吩咐水手立刻张满船帆，转动舵杆，快速脱离福船。

可他的船刚刚驶出一丈多远，就见福船之上扔下来几个坛子，落在船板上摔得粉碎，冒出一股刺鼻的气味，原来里面装的尽是火油。

火油流得满船都是，紧接着福船之上冒起点点火花，如下了一阵火雨般，几十支火箭射了下来，钉在船篷和船帆上，还有的火箭射中船板，引燃了火油，眨眼之间，整条船便熊熊燃烧起来，成了一团火球。

盛老大和几名水手见势不妙，从舱中冲出来便欲跳船，哪知刚一露面，就被迎面的箭矢射中，惨叫着倒在船头，身子立刻被大火吞没。

舱中还有两名鬼岛族人，这二人甚是机警，并未急着跳船，眼看船舱烧起来才破壁而出，直接翻进海里，避过了箭矢。

丁醒四人虽未中箭，但船已经烧了起来，无法靠近，只得游开。

由于有火油助燃，大火烧得极其猛烈，未过半盏茶的工夫，整条船就烧得七七八八，剩下的几片船底碎木浮在海面上，也被焰火燎得焦黑不堪。

此时天色完全暗了下来，大火熄灭之后，四周一片漆黑，巨大的福船只能隐隐约约看到个轮廓，上面的人如果不是点着火把，根本看不清楚，更不要说从福船上看海里的人。

刘军头向贺兰明禀报："大人，船已烧尽，可倭寇不知死活，要不要再搜寻一次？"

贺兰明朝海里瞧了瞧："他们没中箭，一定还活着，如此黑夜，搜寻不易，不要下海了。"

刘军头一愣："大人，就这么放过他们？"

贺兰明冷笑："今日船上不是刚宰了两口猪吗？猪血还收在木盆里，给我倒下海去。"

一听这话，刘军头立刻明白了，吩咐手下人去找猪血。

李宾心中不寒而栗，眼下丁醒等人所处的境地绝对是死地，四周无船,也没有可供漂浮的木料,人用不了多久就会力竭,沉入海中淹死。

而贺兰明更是狠辣,居然向海中倾倒猪血,那是在吸引四周的鲨鱼。虽然盛老大等几人中箭身亡,但箭头箭杆会堵死伤口,血流量很小,加上大火烧灼,可能引不来鲨鱼,但大盆的猪血倒在海里,方圆几十里内的鲨鱼都会疯狂赶来。

那个时候,这片海域外的一切活物,都将沦为鲨鱼的口中食。

无论如何,丁醒等人算是死定了。

李宾急得直搓手,如果丁醒不跳海,也许能保住性命,而眼下,他也爱莫能助,只得眼望大海,连连叹息而已。

眨眼间,两大盆猪血倾进海中,海面上立刻泛起强烈的血腥味。

天色更黑了,贺兰明不再理会海中的丁醒等人,吩咐灭了火把,只余几盏风灯,以便福船之间相互照应,不会走散,然后他下令船队满涨风帆,驶向黑沉沉的大海。

不一刻,三艘福船便远远开走,连灯光也看不到了,现场只剩下断板残木、几具死尸与漂浮在水面之上的腥臭血污。

再说丁醒等人,他们已经陷入死地,断无生存之理。丁醒闻到海面上的血腥味,苦苦地一笑,双脚踩着水,搂紧了身边的百晓娘:"想不到,我们会窝窝囊囊地死在这里。"

百晓娘却毫不沮丧,亦不害怕,反而笑着说:"谁说我们会死?我怎么觉得风调雨顺,国泰民安呢!现在大家手拉着手,别被海浪冲散了。"

汪顺一边拉住鬼仙,一边带着哭音说道:"姑娘啊,眼下这等境遇,纵使不被淹死,也得被几百条鲨鱼给啃光了,你还有闲心说笑话？"

"小娘们儿没说笑话，告诉你死不了，就是死不了，要不然干吗让你跳海？"鬼仙搭腔了，他望着远处的海面，"怎么还不来，现在就看他们跑不跑得过鲨鱼了。"

丁醒一愣："他们？你在说谁？"

百晓娘解释道："就是一直跟在我们后面的人。"

听了这话，汪顺大为不解，他是老水手了，一天以来，也没发现有人跟在后面，鬼仙与百晓娘如何能确定？

不管如何，希望总比绝望好。

正在眺望之时，就听不远处的水面上传来细微的破水之声，好像有无数飞梭在穿行。汪顺脸色大变："坏了，鲨鱼！"

夜色无光，海面黑漆漆的看不见任何物事，但就是这种睁眼瞎的境况，才更显得无比恐怖。

就在这千钧一发之际，突然几个人感觉脚下好像踏到了什么东西，紧接着整个身子便向上浮了起来。

"哗啦"一声，他们像是被一只无形的大手提起，浮出海面，随着波浪荡了几荡。

汪顺用手向下一摸，原来是竹筏。这可真是怪了，海里怎么会突然升起竹筏来？而且正好将他们托出水面。

来的不光这一只竹筏，随着"哗哗"声响，又有七八只竹筏在海中浮起，每只竹筏上都站起一个人，手中抄起竹桨，划起水来。

就在这时，一只鲨鱼的背鳍从筏边掠过，汪顺惊得连忙抓紧了竹节，以免落水成为饵食。

好险！汪顺的心颤成一团，再慢片刻，自己就要被鲨鱼的利齿撕破了。

几只竹筏并到了一起,就听有人低声说道:"你们几个分散开,不要乘在一只筏上。"

虽然看不清楚相貌,但听得出来,说话的正是青竹夫人。

原来百晓娘说的尾随者,竟是鬼岛族人。

丁醒心中疑惑之余,不由得暗自赞叹,能在海上行驶竹筏,跟得上帆船还不被发现,鬼岛族人果然有手段。

纵使有万分不解,丁醒也不敢在此时说话,夜间的寂静大海之上,声音会飘出很远,若是被贺兰明的人听到了,便是灭顶之灾。

那两个落水的鬼岛族人并非第一次乘竹筏,因而轻车熟路地跳上另外的竹筏,接过扔来的竹桨,划动起来。

丁醒四人分别乘上一只竹筏,青竹夫人领头,划桨如飞,眨眼间便驶出了八九里路。

此时夜色茫茫,福船上发出的灯光早已消失不见,看来相隔得很远了,青竹夫人这才放慢桨速,对身后竹筏上的丁醒嘻嘻一笑,说道:"要不是我,你得喂鲨鱼,要记住你可欠了我一条命。"

"不光是我,我们四个人都欠你一条命。"丁醒不得不承认。青竹夫人哼了一声:"那你要怎么感谢我?"

丁醒看了看身后的百晓娘,没有回答。这种话头,最好还是由百晓娘来接。

但是百晓娘竟不吭声,反倒歪着头看他。

汪顺突然问了一句:"夫人,你们是什么时候跟上来的,我怎么没发现?难不成你们是海底的人鱼?"

作为积年的老手,居然没有发现这么多竹筏跟着自己的船,这对汪顺来说算是极大侮辱，因此必须要问清楚。

青竹夫人并不吭声，汪顺筏子上的一个族人回答："你们昨夜刚走，夫人就得知了消息，立刻率我们赶了来。我们的竹排没有帆，又隐在水下，你当然看不到。"

"隐在水下？"汪顺惊奇了，"怎么个隐法？"

那族人解释说："竹排上系有绳子，绳子捆住一块石头，石头沉在水下，竹排便被拉下去一些，控制在水面下，最多可以下沉两三尺深，要上浮的时候，只要割断绳子就行了。我们抓着竹排，顺着海流跟着你们，甚至都不用浪费体力。"

汪顺连连叹服："天下居然有这等本事，行了几十年船，今日算是开眼了。"

他哪里知道，鬼岛部族以海为生，以船为伴，多年来对这片海域的洋流了如指掌，更兼鬼岛四周激流众多，因此使用竹筏得心应手，自然不是他这种水手能比的。

丁醒心里也很佩服，但又有些疑惑，如此隐蔽的竹筏，百晓娘是如何发觉的？

没等他问出口，鬼仙说话了："鬼岛部族的浮排之术虽然高明，但也并非无迹可寻。"

"是吗？你是怎么发现的？"青竹夫人不禁问道。

"海鸟。"百晓娘解释说，"虽然竹排在水下，可人不能不换气，必须时常浮上来呼吸。如此一来，便会被海鸟误认成浮游物或是大鱼。而跟着大鱼，常常可以捕捉到惊散的小鱼，因此竹排的上方便聚集了不少海鸟。"

汪顺这才明白："怪不得，我们的船后总有海鸟。可单凭海鸟就可以判断出是鬼岛部族的人吗?"

百晓娘笑笑:"海鸟落下后总是发出惊鸣,向上疾飞,是因为有人在驱赶它们,而鱼是不会这么做的。"

青竹夫人回头望了她一眼:"姐姐真是冰雪聪明,日后你要想学,我可以教你。"

丁醒心中暗叹,自己一伙人连夜逃出鬼岛,连招呼也没打,明显是没拿人家当朋友,已经很失礼了,可青竹夫人的语气当中没有任何敌意,难道是爱屋及乌?

他不敢再想下去,因为不知道接下来将如何报答人家。

青竹夫人却像是心情极好的样子,又问百晓娘:"姐姐,你从没来过海上,怎么对我们了解得这么多?你还知道些什么?"

百晓娘拧着衣服上的水,随口答道:"也只是略知一二,比如你们生活在岛上已有两百年,历代岛主都是女子,还会选出九位长者作为辅助,拿手的技艺是捕捞珊瑚与珍珠,用来换取生活用具,此外还有一种从苗人那里学来的祖传画技,用特殊颜料画出的画,只会在晚上暗无天光之时才可以看到。"

此话一出,不光青竹夫人,连他手下的人也都震惊了,几乎同时脱口道:"这你也知道?"

其实百晓娘也是推测而已,刘虎臣家中的那幅画,可以肯定是倭寇所为,而倭寇不久前又占据了鬼岛,这种画技一定是从鬼岛族人那里学来的。

青竹夫人心里清楚,这种画技是岛上的不传之秘,只有每年年关祭祀祖先的时候才由族中长者画出来,以供跪拜,万万想不到百晓娘一个外人,对此也了如指掌,一时惊人天人。

众人不再说什么，加快了划桨速度。

就这样，一行人在海上划行了将近一天，又回到了那座海岛。

一上岸，青竹夫人对手下吩咐几句之后，对丁醒说："我得去洗澡了，你们先休息，我让人给你们送吃的。"

几名鬼岛族人将他们领到原来休息的山洞，又送了一些吃食，便不再管他们。看得出来，这些族人并不像青竹夫人那般热情，毕竟是不辞而别，还抓走了人家两个族人，能送吃送喝、安排休息已经仁至义尽了。

此时天色又黑了，四个人坐在洞口，面面相觑，各有心事。

百晓娘看着丁醒的脸，突然咯咯笑了起来："你一定在想，要怎么才能报答人家的救命之恩。"

"不，我在想，贺兰将军他们这一去肯定凶多吉少。"丁醒显得很是沮丧，"都怪我，没有劝住他。那两个逃兵一定与海寇有所勾结。"

汪顺在旁劝解："怎么能怪我们？是他偏听偏信，连我的话也不放在耳里，真是良言难劝该死鬼。"

鬼仙阴阳怪气地道："死了也好，你们身上的罪名就洗清了。等回到定海卫，你就是最大的官了。"

丁醒不高兴了："什么叫死了也好？那可是几百兄弟、几百条命啊。他们的家人可还在盼着他们回去呢。"

百晓娘柔声道："那你想怎么办？"

"我要去找贺兰将军，不能让他们全军覆没，葬身鱼腹。"丁醒说得斩钉截铁。

"如果他们此时已经全军覆没了呢?"百晓娘问。

丁醒想了想:"几百人马,总不可能一个都活不下来吧。就算救得一个,也不枉走这一遭。"

"人家要杀你,你反而去救他,真是感天动地。"鬼仙略带嘲讽地说。

"去去去,你懂得什么!"百晓娘知道丁醒的脾气,认准的事情是不容易劝住的,便顺着他说道,"就算要去,可怎么去呢?我雇的船已经没了,乘竹筏吗?我们可没这个本事。"

丁醒想来想去,叹息一声:"如今只能求鬼岛的人帮忙了。"

"确切地说,是求那位青竹夫人。"百晓娘笑着说。

丁醒连连摇头:"话是这么说,可你想想,咱们拐了人家的族人偷偷逃跑,结果又被人家给救了回来,今天上岛后众人的态度你也看到了,我怎么张这个口?"

"那好办。"百晓娘抬手拍了一下鬼仙的肩膀:"你去说。"

鬼仙怪叫一声:"凭什么是我?"

百晓娘也不客气:"这种求人的事,我们丁参将怎么好张口?他的面子往哪里放?"

鬼仙更加不服:"我也是要面子的人呀!"

"得了,你那张脸面,反正也没人爱看。你去不去?"百晓娘步步紧逼。

鬼仙下巴一扬:"谁出的主意谁去!我又不想救什么贺兰将军。"说着他双手向脑后一抱,躺倒在地,打起哈欠,还伸了个懒腰。

丁醒忙道:"不要争了,还是我去吧。"说着就要站起来,百晓娘伸手拉住他,暗中捏了他一把,继续对鬼仙道:"丁醒可办不来这事,他脑筋不灵光,比你差远了。"

鬼仙把头摇得像拨浪鼓:"不听不听,王八念经。"

百晓娘见劝说无效,冷哼一声:"你不去是吧?好,那我去,我就对青竹夫人说,你是倭寇,混进来打探消息的……"

一听这句话,鬼仙腾地蹦了起来:"你疯了?鬼岛族人最恨倭寇,这是要我的命啊。"

"你怕什么?可以否认啊。"百晓娘一脸认真。

鬼仙双手一摊:"否认管用吗?那两个被抓的鬼岛族人想必听到官军的话了,因为有丁醒的面子,所以不敢对青竹夫人讲。如果你再肯定我是倭寇,他们必定将我抓起来。"

百晓娘双手一叉,倚着洞壁:"那你是不要命啊,还是不要脸啊?"

鬼仙拔腿就向外走,边走边说:"跟你在一起,我算是倒了八辈子的霉!"

看着鬼仙走远,丁醒有些不放心:"他能说动青竹夫人吗?"

百晓娘伸了个懒腰:"你就等着好消息吧。"说完闭上眼睛要睡觉,丁醒知道这帮江湖人鬼点子极多,很可能会用什么特殊的手段,自己想也想不到,因此不再多想,也倚着洞壁,打个哈欠,准备休息。

百晓娘眼睛闭起,嘴巴不闲着:"你觉得,贺兰明能在那条飞龙的袭击下活下来吗?"

"谁说得准啊!"丁醒语气中充满了担心,"事在人为,走一步看一步吧。"

汪顺缩在一边,插话道:"就算救出贺兰将军,可怎么打败那条飞龙和龙船呢？难道这世上真的有龙不成？"

百晓娘紧了紧衣襟："老汪，你长年行于海上，自然清楚，茫茫瀚海，奇异之事最多。也许那不是龙，而是飞鱼之类的东西。只要将之略做改装，就可以看起来像龙。"

丁醒坐直身子："飞鱼？鱼也能飞？"

汪顺道："对，有种鱼是可以飞，不过飞得很低，多说离水面四五尺。不过姑娘的话也有道理，谁知道深海当中，会有什么奇禽异兽。"

"看来要想剿灭这股海寇，就必须先宰了那条飞龙！"丁醒摸着腰间的火铳，但他知道，就算火铳可以发射，但威力不大，不可能击落飞龙。

莫说火铳，连大炮也没有丝毫用处。飞龙在天，大炮却无法对空射击，因此无论怎么看，他们都没有一丝胜算。

百晓娘却没有多少担忧之色："不管是鱼还是龙，消灭起来并不太难。"

一听这话，丁醒来了精神："你倒说说，怎么个不太难？"

"在天上打不过，那就去地上或海里打啊。它不会总在天上飞着吧。"

百晓娘一语点醒梦中人，丁醒忽地站了起来，连连搓手："对呀，我这脑袋真的不灵光，飞龙是海寇所养，必有下落之时，而且它休息之所必定在鬼岛，我们可以潜上岛去，先结果了它。"

汪顺还有疑虑："那条飞龙吐出的火珠是什么东西呢？我活了几十年，不要说见，听也没听过。"

丁醒此时有了信心，说话也硬气了许多："不管什么东西，咱

153

们把龙头砍下来,看它还怎么喷火!"

三人商议一阵,拿定了主意,正准备休息时,鬼仙回到了山洞,后面跟着那位青竹夫人。

青竹夫人是独自来的,没有旁人跟随。

丁醒站了起来,小声问鬼仙:"怎么样?"

鬼仙不答,朝着身后努努嘴,青竹夫人快步走到丁醒跟前,轻轻拉起他的双手,仔细地观察。

鬼岛部族的伤药虽好,毕竟还需要时间才能痊愈。说实话,自从泡了海水,丁醒的伤口又在阵阵剧痛。

光线太暗了,青竹夫人看不真切,她将丁醒拉进洞内,从怀中掏出半根蜡烛,鬼仙用火折子点燃了,黄幽幽的光照亮了山洞。

青竹夫人将蜡烛交给汪顺,自己轻轻解下丁醒手上的包布,看了看伤口,从腰间猛然拔出一把短刀。

"你要干什么?"百晓娘走上前来质问道。

"我要把碎肉、烂肉刮掉,才能换药。"青竹夫人解释说,"姐姐你看,将军的手快被泡烂了。"

百晓娘心中恼怒,暗想那还不是拜你所赐。她本想顶上一句:谁是你姐姐!但想了想,又压下了火,毕竟这是在人家的岛上,如果青竹夫人翻脸,自己这四个人可占不到便宜。

江湖人最讲究的便是不吃眼前亏,这一点,百晓娘清楚得很,于是她并没有反驳对方。

青竹夫人拿出几个小药瓶子,让鬼仙拿着:"一会儿见了鲜血,就立刻抹上去。"又看看丁醒:"将军,你忍着点儿疼。"

丁醒应了一声,他久在军中,知道一旦伤口溃烂,可不是闹着玩的。于是他摊平双手，等着青竹夫人下刀。

眼看刀锋就要割下，百晓娘从腰间的布囊中掏出一把精致的木梳，让丁醒塞到嘴里咬紧，可以避免叫喊。

丁醒依言将梳子的柄咬住，一股发香味钻进鼻子里，令他感觉痛楚都减轻了不少。

青竹夫人担心地瞧了丁醒一眼，咬了咬牙，一刀割了下去。

刀锋异常锋利，所到之处烂肉尽除，很快丁醒的手上便流出了鲜血。鬼仙手疾眼快，立刻将药瓶中的膏药抹到伤口上。

一阵清凉的感觉，令丁醒长舒一口气。

青竹夫人动作很快，早用随身的布条给丁醒包扎了起来。

直到双手都包好后，丁醒这才松口吐出木梳，交还给百晓娘，自己则轻轻抹了一把头上的细汗。

虽不是刮骨疗毒，但毕竟是在手上割肉，还是非常疼的。丁醒心中感激百晓娘，如果不是咬紧了梳子，自己怕是真的要呻吟出声。

"好了，五天之内不要浸水，便会痊愈。"青竹夫人也松了口气，收起刀子。

经过这一番折腾，丁醒几乎要虚脱，全身软绵绵的，躺在地上不住地深呼吸，鬼仙将药瓶还给青竹夫人，低声对丁醒说："你有什么事情，只管对夫人讲吧。"

百晓娘霍然抬头，瞪了一眼鬼仙，心想你这家伙去了一趟，就只是把人家请了来？

鬼仙明白百晓娘的意思，耸耸肩膀做出无辜的样子："没办法，我刚提到丁醒的伤口，谁料人家早准备好了，一路小跑就过来了，我在后面追都追不上，哪有机会说事情。"

丁醒听他说得不假,便开口道:"我是想……"

突然一只冰冷的手按在他的嘴上,不让他说下去,百晓娘叮嘱道:"你太累了,不要说话。"

丁醒感觉到,百晓娘的手心里全是汗水。

青竹夫人看到他们三人的神色,知道有事,便问百晓娘:"姐姐,有什么事尽管说,是要我送你们回家吗?"

"我们不回家,我们要去鬼岛。"百晓娘道。

第七章
忆故人

青竹夫人一愣:"去鬼岛做什么?"

百晓娘道:"那天在海上,你也看到了,三艘福船上载的尽是定海卫官兵,主官也在上面,他们要去鬼岛剿杀海寇,不过按丁醒所说,对方有飞龙相助,可以在空中喷火,只怕讨不到好处。因此我们想去探听一下。"

青竹夫人在百晓娘的脸上扫了一眼,最后看向丁醒,确认他们说的并非假话,这才露出兴奋的神色:"好啊,我也去。"

丁醒几人没想到人家这么容易便答应了,百晓娘还有些不敢相信,追了一句:"你要亲自带我们上鬼岛?"

"鬼岛四周的海流非常复杂,别人带你们去,我哪儿放心!"青竹夫人解释道。

百晓娘转转眼珠,决定把话先挑明:"这趟可是玩命的活儿,你有什么条件可以先提出来,我们不会白使唤人的。"

这句话倒把青竹夫人问住了，她茫然地望了望百晓娘："条件？没条件。"

　　"你说的是真的？"丁醒有点儿意外，事实上，他非常害怕青竹夫人趁机以嫁给自己做条件，哪知人家根本没提这事儿。

　　青竹夫人不解地盯着他："真的，确实没条件！"

　　百晓娘赶忙问道："你不是骗我们？"

　　青竹夫人小嘴一噘："鬼岛族不喜欢说假话的人，况且对自己喜欢的人提条件，那叫喜欢吗？那叫利用。我才不会这样做。"

　　看着她天真的样子，丁醒等人同时在心里叹了一句：好个单纯的女人！

　　青竹夫人看着他们怪异的脸色，自己反倒疑惑起来："你们怎么了？不同意我去吗？"

　　丁醒只得讪笑："当然不是，我们……恭敬不如从命。"

　　鬼仙也连忙附和道："那就一言为定，一切听夫人的安排。"

　　"你们好好休息，明天黄昏时动身，在此之前，我会准备好所有的东西。"青竹夫人留下这句话便转身离去。

　　鬼仙与汪顺进了山洞，倒头睡下，丁醒陪着百晓娘睡在洞口，百晓娘踢了踢丁醒，轻笑道："你以为她会提出什么条件？"

　　丁醒反问："你说呢？"

　　"我在问你。"

　　"你这么聪明，应该猜得到。"

　　"如果人家真的提出来了，你怎么办？答不答应？"

　　"当然不答应。"丁醒没有丝毫迟疑，"知道为什么不答应吗？"

　　百晓娘的脸有些发烧，低声道："不知道……"

"临阵招亲，是坏了军法，要杀头的。"丁醒朝着自己的脖子划了一下，吐了吐舌头，此时他放松了一些，连手上的疼痛也感觉不到了。

百晓娘又踢了他一脚，这次劲头大了些："原来你是怕死，我还以为……"

丁醒鬼鬼地一笑："你以为什么？"

"去你的，不说了，累了！"百晓娘把头缩进臂弯里，身子却在轻轻颤动，好像笑得非常开心。

丁醒看向夜空，一片漆黑，不见星月，正如他的心情一般。

虽然与百晓娘调笑，但丁醒心里满怀着极大的不安，他知道，明天夜里必将非常惊险，自己这干人能不能活着回来，尚在未定之天。

先不说闯过激流乱礁，就算上了岛，又不知将面对什么局面。

第二天一整天，丁醒等人都在休息，以恢复体力。青竹夫人也没露面，只见鬼岛部族的人们来往忙碌，他们并不怎么说话，但看得出来，希望又一次浮现在他们的脸上。

毕竟这个岛子又小又穷，将近二百来人住在这里，能混个饱肚已经不错了，鬼岛族人显然都希望早日回到故居。

借着休息的间隙，百晓娘向丁醒和汪顺详细说明了鬼岛部族的来历。

正如先前青竹夫人所说，这伙人大约是南宋末年，为了躲避战火才逃到海上的，至于他们的祖籍已经无法考证，甚至连他们自己也不清楚了，亦有可能这些人不是一个地方出来的，而是作为流民汇聚一处，来到鬼岛才有了安身之所。

在近两百年的繁衍中，鬼岛部族吸纳了很多海外野人、部落，并与之通婚，而他们的习俗也随之改变，变得不像中原人，唯有语言与文字流传下来，与中原无二。

至于首领如何确定，鬼岛族人亦有自己的规矩，之所以让女人做首领，一是他们大多崇信海神娘娘，二是由于没有家室的女人不会像男人那般有私心，一旦让男人做了首领，难免会出现家族传世的情况，这是鬼岛族人不允许的。

因此他们的传续方式更像是上古时期的母系氏族与近古时期的禅让。

鬼岛部族由于长年在海岛生活，以海为生，因此熟悉大海各种情况，他们甚至可以独自在海上凭着一根木头漂流数十天而不死。饿了吃生鱼海虾，渴了喝雨水，没有雨水甚至可以在早上舔吸凝结的雾气补水。

那天丁醒等人见识到的浮排之术，只不过是鬼岛部族的小把戏而已。

下午的时候，丁醒感觉精力充沛，便想去帮忙，做些力所能及的活计，却又被百晓娘劝阻。百晓娘告诉他，鬼岛部族有很多秘技，并不示人，他们干活的时候很讨厌有外人在场，丁醒只得作罢。

眼看那轮红日西沉，海面上渐渐升起一层薄雾，这时屠节来到山洞，请他们出山到海边去。四人便跟着屠节，走出了这道山谷。

到得海边，青竹夫人已经候在此处，身边还围着七八个精壮族人，背上都缠着一个包裹，不知包的是什么。

见了丁醒，青竹夫人先是取出两条鱼皮做成的手套，给丁醒戴上，手腕处用鱼线扎紧，免得伤口沾水再次恶化。然后吩咐那些族人把脚下的竹排一齐推向海中，众人看到，竹排像是新扎好的，每个竹排上都放着一块石头，每根竹子都被麻绳藤蔓绑得结结实实，浑如一体。

青竹夫人登上其中一个竹排，抄起了竹桨，丁醒等人也各自上了一个竹排，鬼岛族人将之撑离海边，驶向大海深处。

虽然不是第一次坐竹排了，可丁醒还是有些担心，回头见小岛已经离得很远了，顺口说了句："海上不会起浪吧？"

他的担心不无道理，小小竹排当然无法和福船相比，只要稍起些浪，就会把人甩到海里。

屠节呵呵一笑："丁将军放心好了，最近两天都是微风，就算有浪，也得三天之后了。"

丁醒自然相信他的话，百晓娘说过，鬼岛族人不光会测断海流，更能知晓海上的天气。

青竹夫人在前面领路，此时回过头瞪了一眼屠节，轻声叱道："别说话！"

屠节吓得马上闭了嘴。丁醒心里明白，海上有风时，说话声可能传得很远，因此也不好再开口，只在心中默默祷告。

众人划行了一阵，突然发现海面上漂浮着一些东西。丁醒看着这些东西从竹排边漂过，心头便是一凛。

他发现其中有不少碎裂的木板，还有烧得七七八八的旗帜，甚至一些浸透了血的破衣服。

丁醒随手捞起一片碎布，立刻辨别出来，正是定海卫官兵身上穿的。

看来贺兰明率领的船队也遭遇了一样的下场。这附近不久前曾经有过一场惨烈的海战。

他看看身边的汪顺,汪顺轻轻叹了口气,二人心中想的一样,贺兰明必定也是全军覆没。

丁醒心急如焚,却无计可施,只能催促青竹夫人快一点儿划。青竹夫人对他的话倒很在意,加快了手上划桨的速度。

天色很快就黑下来,一弯弦月升起在半空,点点繁星显露出来,微弱的星月之光洒在海面上,不时有小鱼跳出海面,映着月光一闪,又钻进海中。四周寂静无声,只有海风微抚,听来仿佛春风过檐,轻纱掠草。

青竹夫人划着竹桨,看了看天上的星星,突然转了个弯儿,七只竹排在平静的海面上行驶,居然变得非常迅捷,汪顺把手伸进水里探了探,发现他们正在一股洋流之上,看来鬼岛族人对这附近的海况果然烂熟于胸。

他估算了一下,从下海到现在,竹排已经在海上行驶了一个多时辰。他抬头四望,虽然天上洒下朦胧的月光,可海上升起的薄雾笼罩了整个海面,半里以外根本看不到任何景物。

竹排又划了一阵子,青竹夫人把手一晃,挥桨再次改变了方向,汪顺又一次把手伸进海里,发现已经离开了洋流,看来离鬼岛很近了。

果然,青竹夫人慢慢停了手,长长地吸了一口气,好像在闻什么味道,然后又把桨伸到水下转了几圈,才向后面的人说道:"停排,穿水靠。"

丁醒等人不明白什么意思,就见那八个鬼岛族人从背上解下包裹,抖开之后,里面是一套奇形怪状的衣服。

汪顺兴奋起来，低声对丁醒道："丁将军，这是鬼岛族人的水靠，从前只是听说，今天可算见着了。"

丁醒来定海的时间不长，没人给他讲过鬼岛族人的事情，他看着汪顺："什么是鬼岛族的水靠？"

汪顺用最快的语速给他做了解释，鬼岛族人以海为生，潜海钻波是家常便饭，为了身体保暖，提高游速，很多年前便用鱼皮、海蛟皮、鲨鱼皮等制作成整套的衣服，如同一个皮套子，完全把人包在其中，只露出头、脚和双手。

这种水靠是鱼皮缝制，而缝合用的线是用鱼鳔混合海蛇皮绞成的，非常结实耐水，穿上它，在海中如同游鱼穿梭，来往如飞，而且身子不湿。

水靠加上浮排之术，使得鬼岛族人在海中随意上下，如鬼似魅，这也是鬼岛部族名称的由来。

这次来的人共有十四个，八个鬼岛族人正好带了十四套水靠，每人分了一套穿起。丁醒拿过来闻了闻，隐隐还有一股鱼腥味，幸好他已经习惯了。

穿水靠很简单，它就像一个带四只脚的麻袋，钻进去之后，把束口处的渔线勒紧，整个水靠就会紧紧贴在身上。

看所有人都穿戴整齐了，青竹夫人吩咐一声："抛石。"然后向丁醒看了一眼，终于忍不住提醒了一声："手抓紧了，千万别松开。"

七只竹排上的石头都被丢下水去，丁醒觉得脚下一沉，海水顷刻间没了膝盖。他只得翻身入水，紧紧抓住竹排，以免被冲走。

其他人也是一样，如此一来，海面上立刻消失了他们的踪影。

屠节拿出四根细细的竹筒，每根约莫一尺来长，分给丁醒四人，告诉他们咬在嘴里,潜水的时候把竹筒伸出水面,可以呼吸。

丁醒嘴上无法说话,但心中感激,青竹夫人想得甚是周到。

此时此刻,丁醒才真正见识了鬼岛族人的本事,那些族人身处水下,双脚像踩着风火轮,推着竹排向前行驶,海面上则看不到半点痕迹,谁能想到,一行十几个人如同水鬼一般,在水面之下行进。

鬼岛族人吸一口气,在水下游动的时间比常人要多两三倍,丁醒来定海之后苦练水性,如今憋住气可以在水下数到七十。如今他发现,鬼岛族人至少可以数到二百。

穿着鱼皮,潜着水,此时的他们与鱼几乎没有什么两样。丁醒第一次见识到了岛民生活的奇妙。

竹排在水下潜行,不多时就遇到了一股乱流,青竹夫人带着众人时左时右,不时避过海下的暗礁。有时逆流而上,有时顺流漂荡,丁醒更加佩服,因为身在海上,根本看不到四周,他也不知道青竹夫人是如何联系身后的竹排,如何发令,让他们始终紧跟自己的。

约莫过了小半个时辰,青竹夫人突然双腿一沉,身子变成跪立,双手一振,直直地升出海面。

鬼岛部族的人也随着她冒出头来,吊着的石头也被提上来,竹排露出水面。

青竹夫人长长出了口气,低声说道:"好啦,我们进来了。"

丁醒抹了一把头上的海水,定睛观瞧,只见这里是一个涵洞,半截被海水淹没,洞顶离水面不到五尺,大家不能直立,只好半弯着腰身。

"这里就是鬼岛了吗?"百晓娘压低声音问。

"对,这是鬼岛的后山。"屠节接过话头,"前山有海寇的暗桩,戒备森严，不能潜入，我们只能先到此处，再想办法进岛。"

"敌人在这里会有防备吗？"丁醒很不放心。

青竹夫人四下看了看，又侧耳倾听了一会儿，松了口气："没有人看守，这条水道很隐秘，只要我们的人不说，海寇不可能知道。"

"如何进岛？"丁醒问。

屠节指了指前面："向前几十步，侧面有一条向上的孔道，可以出去，外面就是鬼岛后山，我们叫它背阳坡。"

丁醒记在心里，爬上竹排，向青竹夫人拱了拱手："多谢夫人相送，还请在此等候，我们这就去鬼岛上打探。"

青竹夫人划着竹排，来到侧面的孔道前停住。丁醒看了看，孔道外射进微光，原来这是山腹的一道裂隙，出口约有四五尺，足够二人并行。

他脱下水靠，交给竹排上的鬼岛族人，随后一个箭步跳上孔道。然而他刚刚脚踏实地，身边就多了一个人，居然是青竹夫人，她也脱去水靠，跳了上来。

"夫人，你这是……"丁醒话未说完，青竹夫人截道："你没到过鬼岛，不明路径，我来带路，如此才能躲过贼寇。"

丁醒一想也是，自己四人初上鬼岛，两眼一抹黑，有青竹夫人做向导最好。

青竹夫人吩咐屠节率人在这里等着，她带着丁醒等人钻出孔道，外面正是一个草坡，五人慢慢朝坡上走去。

丁醒与汪顺、百晓娘三人手中紧握刀柄，鬼仙则带了一根吹箭，只有青竹夫人手无寸铁。她在前面引路，玲珑有致的身形仿佛在空中飘浮着，既轻盈又洒脱，月光下看来别有一番韵味。

五人上了背阳坡，青竹夫人伏低身子，仔细朝前看去。在众人眼前是一带竹林，静悄悄全无声息，但多年的军旅生涯让丁醒感觉到，前面必定潜藏着危险。

果然，鬼仙凑上前来，在青竹夫人耳边轻声说道："林子边上有暗桩。"

青竹夫人并不回答，伸手入怀，掏出一个东西，猛然挥向半空。丁醒在后面吓得脸上变色，心想她是要投石问路吗？那样必定暴露了行踪。

哪知青竹夫人扔出的那东西居然会飞，在空中双翅一展，掠过草尖，然后发出"呱"的一声鸣叫。

随着这声鸟鸣，竹林边上赫然站起一条人影，手中刀光闪动，显然是暗哨。

这暗哨被鸟儿惊动，下意识地跳起，然后四下看了看，确认并无其他动静，这才松了口气。

紧接着，后面林子中有人说话："老三，有动静吗？"

暗哨把刀收在肘后，坐回地面，嘴里说着："没有，只是一只夜鸟。他妈的，这岛子果然是鬼岛，连鸟叫也像是鬼叫。"

青竹夫人听得清楚，原来这里并非只有一个暗哨，而是林外一个，林中还有一个，就算有人潜入，也绝不可能把两个暗哨同时干掉。

丁醒心中暗自警惕，这样的暗哨布置很像军中规矩，看来这帮海寇真不能小觑。

既然知道了暗哨的位置，接下来要做的就是绕过他们。青竹夫人对鬼岛的一草一木都甚是熟悉，带着众人绕了一段路，沿着小山的腰线前行，不一会儿就摸到了岛子的中心位置。

大家发现，鬼岛的防卫外紧内松，来到这里之后，警卫就少了很多。丁醒将身子掩在一块大石后面，举目朝前看去。

眼前是一大片空地，建有不少竹楼竹屋，每间屋子都亮着灯光，不时传出阵阵喧嚣之声，听起来应该是在喝酒，兴高采烈的。楼屋外还插着很多火把，照亮了整个寨子。

这里以前住的应是鬼岛族人，海寇占领后，并没有进行破坏，而是鸠占鹊巢，成了自己的住所。

寨子的最北方矗立着一座二层高的竹楼，修得较为讲究，也是整个寨子最高的建筑，竹楼坐北朝南，门前站着两个凶神恶煞的大汉，手中抱着鬼头刀。

丁醒指了指竹楼，低声问青竹夫人："那里可是首领居住的地方？"

青竹夫人点头："那是我的居所，以前我就住在竹楼里。"

丁醒看看竹楼四外："从后面可以接近，我们去探探。"

他刚要动身，却被百晓娘拉住，丁醒回头看向她，百晓娘轻轻摇头："我们五个人在一起行动目标太大，很容易被发现。我看不如分兵几路，这样更为方便。"

丁醒低头沉吟了一下："好，就听你的。老汪，你和青竹夫人一路，去找关押使臣的地方；我和百晓娘一路，探听贼首的行动；鬼仙你自己一路，在岛上转转，看能不能发现那条恶龙。"

到底是军将出身，安排得甚是合理，大家依计而行，丁醒又叮嘱道："任何一路，无论是否有了发现，都不要妄动，先回到这里等候，大家会齐了再一同商议。"

于是三路人马分头行动起来。

丁醒看着另三人消失在黑暗之中，这才一拉百晓娘的手，二人绕了一个圈子，来到竹楼的背面，将身子隐入草丛之中，慢慢接近。

百晓娘的江湖经验远在丁醒之上，行动之间没有任何声息，仿佛一只猎豹，丁醒身子健壮，更注意脚下，不要踩响石块。

不多时，二人便摸到了竹楼底层的后面，因为四壁都是竹子排扎而成，到处都是缝隙，因此观察楼内很方便。

丁醒眯起眼睛，透过竹子向里张望。

他第一眼就看到了贺兰明。

此次冒险来到鬼岛，探知贺兰明的消息便是其中很重要的一件事，但丁醒没想到这么容易就找到了他。

丁醒在未进岛时便想过，贺兰明全军覆没，就算不死，也多半被海寇生擒，而作为阶下囚的他，待遇必定好不到哪里去。

然而此时贺兰明的境况令丁醒大为疑惑，他居然四平八稳地坐在一张宽大的藤椅上，身上的穿着还是将军服色，干干净净，整整齐齐，甚至没有半点儿被水浸泡的痕迹。

竹楼内点着几支鱼油大蜡，把整个屋子照得通亮，就见贺兰明端然正坐，脸上极为平静，似乎还带有一点儿兴奋。身处贼窝，居然好像回了家一样，实在令人费解。

竹楼中只有他一个人，没有海寇看管，看来这伙海寇对他极为放心，也可能因为整个岛子都是海寇的天下，不怕他逃走。

丁醒转头看看百晓娘，百晓娘也皱着眉头，显然她也看到了贺兰明，心中想的也和丁醒一样。

他们没有轻举妄动，作为经历过大风大浪的人来说，现在要做的是静观其变。

此时只听竹楼台阶上传来脚步声,从杂乱的声音中可以判断,来人至少有三个。

果然,竹楼门一开,三个人鱼贯而入。

丁醒看着这三个人,又是心头剧震,因为为首的两个他居然认识。

当先走进来的,便是在京城南北茶楼出现过的那位言五爷。

丁醒不止一次见过他,印象中这位言五爷应有花甲之年,行动不便,上楼还要仆人搀扶,但此时的言五爷步履矫健,神采飞扬,哪里像是一个垂垂老朽之人?

跟在言五爷之后的,丁醒也认识,居然是碧霞观中的定尘。此时他穿的不再是道袍,换了一身劲装,形体劲健,走路带风。

最后进来的人身材瘦小,脸上蒙着黑布,黑布上绣着一朵盛开的金色菊花,露出一双毒蛇似的眼睛。他头上戴顶尖尖的帽子,样式奇特,不像是中原人,腰间则插着一把刀,丁醒一眼就看出来,那是倭刀,此人应是个倭寇。

三人进得门来,走在最后的倭人回手关上了竹门,站在那里,双手抱胸一动不动。

贺兰明看到言五爷进来,立刻起身迎上去,撸起了袖子,丁醒以为他要动手,谁料贺兰明居然单膝跪了下去。

向海寇下跪,真是没骨气,看来贺兰明是投降了。

丁醒心中正在鄙夷,没想到贺兰明脱口而出的一句话,令他彻底震惊了。

"小侄见过叔父。"

不光丁醒,连百晓娘也瞪大了双眼,他们万万没想到,眼前这位定海守将，居然与海寇是亲戚。

言五爷哈哈大笑着扶起贺兰明，拍拍他的肩膀："侄儿不必多礼，坐下说话。"

看着二人的亲热劲儿，丁醒不再有任何怀疑，他心里清楚，这叔侄二人必定有极大的秘密。

贺兰明站立不动，等着言五爷先坐，他才挺直身子坐回藤椅上。

言五爷坐在贺兰明对面，定尘立于身后，三人满面春风，好像有什么喜事一般。

言五爷先问："侄儿，昨日我出海办事，没有亲自去接你，这一路可安稳？"

贺兰明道："多谢叔父记挂，一路安稳得很。我那两船心腹都来了岛上，听候叔父调用。"

"其余定海官兵呢？有没有人漏网？"言五爷还有点儿不放心。

身后的定尘接过话头："回禀恩主，我和三郎唤出神龙，击沉了后面那条福船，落海没死的官兵，全部被我们射杀了，无一人逃走，这一仗顺利得很，我方无人伤亡。"

他顿了顿，又补充道："这也多亏了贺兰将军调度有方，他不下令，那条船上的主将不敢发炮，因此大获全胜。"

贺兰明接着补充："还有那个丁醒，我派他率兵出海，特意吩咐大个和小六前来报信。本来以为他已经一命呜呼，没想到这次居然在路上撞到了他。幸好他身边跟着鬼仙，我便以勾结东瀛人的罪名，要杀了他，不想这厮狗急跳墙，居然想跳海逃生。这会儿想必已经被鲨鱼啃得只剩骨头啦。"

丁醒在外面静静听着，心头暗自冷笑：没想到吧，爷爷还好端端地活着呢!

就见言五爷满面喜色:"好,丁醒一死,解了我的心头大恨,侄儿,如今的定海卫局面如何?"

贺兰明看了看门边的倭人:"已经完全控制住了,三郎派去的人袭杀了刘虎臣和杜国冲,这次我带出来的李宾等人也全喂了鱼,如今定海卫由我的心腹部将坐镇,手下官兵也全是我的人,尽可无忧。"

"很好!"言五爷抚掌称赞,"兵贵神速,事不宜迟,我们依计而行。"

贺兰明微微愣了一下:"叔父,您的意思是,我即刻给朝廷上书?"

言五爷点头:"对,尽快上书,使臣被劫的消息估计已经报到京城了,于谦做事雷厉风行,你若上书晚了,他会大举派兵来,一旦入驻定海卫,那就糟了。"

"叔父所虑极是,我这就上书,飞报京城。"贺兰明答应着。

言五爷又叮嘱道:"一定要在奏书上言明,使臣想先去南京,拜祭朱元璋。如此一来,朝廷必会命你沿途护送,如此便大事可成。"

贺兰明连连点头:"小侄不会忘,叔父放心。"

言五爷拉住贺兰明的手,言语中颇有些动情的意味:"叔父让你改名换姓投入军中,为的就是今日。我没有儿子,一旦大事成功,这几千里江山早晚就是你的。勉之勉之!"

贺兰明眼中含泪,再次跪到地上:"叔父,我自小没了双亲,是您把我拉扯大,恩如父母。投入军中之后,又是您上下打点,我才能独镇一隅。您放心,侄儿辅佐您成就大事,刀丛枪林,绝不回头！"

说完,叔侄二人居然抱头痛哭起来。

竹楼外的丁醒当然没有被他们的亲情感染,相反,他的满腔怒火几乎要冲破天灵。这对逆臣贼子,看样子又有惊天图谋。但究竟如何谋划,尚未可知。于是他耐着性子听了下去。

叔侄两个哭了几声,抹干眼泪坐回原位,贺兰明到底是军将,未思胜,先思败,便问道:"叔父此计划甚是周详,可小侄还是有点儿不太安心。"

言五爷呵呵一笑:"我明白,你是担心我们统率的人不多,可能拿不下南京城,一旦失败如何逃生。"

贺兰明亦不隐瞒:"南京重地,四周守军不少,单凭我们这千把人马,就算拿下南京,也很难坚守下去。"

"这个你就放心好了。"言五爷甚为自信,"我已经和也先约定了日期,定在下月初十同时发作。到那天,也先会大举南下佯攻,吸引朝廷的注意。宣府大同那边离北京很近,而南京却离北京很远。我们拿下南京,消息要过十天才能传到北京,那个时候,明朝大军早就向着宣府和大同开进了,也许连南京周边的军队也要调走,这可是最佳的时机呀。"

贺兰明扳着手指计算:"下月初十,距今天尚有三十五天,我上书朝廷,一来一往大概需要二十天,剩余的十天,我们要由定海赶到南京,富富有余。"

言五爷摆摆手:"不,我们不由定海启程。"

贺兰明一愣,刚要说什么,定尘出言解释:"恩主早已算得清清楚楚,我们如果到了定海,三郎的人或许会引起麻烦,你应该知道,朝廷在各个边镇都设有暗探,如果他们发现护送使臣的队伍中有东瀛人,那就糟了。"

"而且你手下的那些官兵,万一有人贪图富贵,出卖了我们,便前功尽弃了,因此我们必须谨慎。所有人留在岛上,等候朝廷回文。这段时间,我们还要广揽海上英雄,扩充实力。"言五爷补充说。

贺兰明这才明白,连声答应:"还是叔父想得周全。那我在上书中说明,在海岛之上静候朝廷谕令,只要谕令一至,我便立刻启程前往南京。"

他说完这些话,微有沉吟,言五爷看了出来:"你好像还是在担心万一失败怎么办。"

"是啊,叔父也知道,如今于谦当朝主政,他可不是好对付的。"

言五爷冷笑道:"没有三把神砂,也不敢倒反西岐。实话说吧,万一此次失败,也完全不必担心被明军围歼。我有神龙护佑,朝廷就算有百艘战船,能奈我何?就算占不住南京城,我们也可以乘船一路东去,回到海上继续做我们的逍遥快活王。你要知道,自从郑和七下西洋之后,那些大船拆的拆,毁的毁,长江水面再无厉害的战船,哪里挡得住我们。"

定尘也说:"如今我们可进可退,进可夺取大明江山,退可据海岛称王称霸,何乐不为?况且,恩主已经派了不少人潜入南京,到时候里应外合,攻下南京不成问题。"

"只赚不赔的买卖,如何不做?"言五爷言罢大笑,内心的喜悦毫不掩饰。

听了这话,贺兰明脸上的阴云一扫而光:"说得是,我没什么可疑虑的了,这就给朝廷上书。"

言五爷起身拉住贺兰明的手:"纸笔都在楼上准备好了,随我来。"

说着,三人顺着楼梯上了二楼,楼下只剩下那个叫三郎的倭人。

看到这里,丁醒觉得不用再冒险窥视了,对方的计划自己已经知道大半,甚至连他们动身的时间都很清楚,于是朝着百晓娘轻轻摆手,二人屏息静气,慢慢朝后退去。

哪知他们刚一落脚,不小心踩倒了一株小指粗细的灌木,"咔"的一声发出微响。

就见屋子里的三郎猛然侧目朝这里看过来,幸好竹墙排得细密,双方相隔又远,三郎无法看清外面,但从他的反应来看,显然起了疑心。

丁醒心头大惊,他万万没料到这倭人的耳朵比狗还灵,情急之下不敢拔腿奔跑,只好与百晓娘趴下身子,隐藏在花木草丛后面。

三郎在转头的瞬间,已经拔出倭刀,身子如同猎豹一般冲了过来。

而就在此时,丁醒与百晓娘身后掠过一条黑影,黑影一扬手,将一样东西扔在竹墙根下。

"砉"的一声,雪亮的倭刀从竹缝间刺了出来,刺入地面,紧接着响起"滋滋"的嘶叫声。

倭刀慢慢顺着竹子间的缝隙向上扬起,借着楼内透出的亮光,丁醒定睛细看,微弯的倭刀此时正挑着一只穿山甲。那只穿山甲在刀尖上不住地扭动,发出轻微的嘶叫。

三郎看似松了口气,慢慢收回倭刀,穿山甲被竹子挡住,掉在地上不动了。三郎将脸凑近竹缝,又向外张了几眼,这才插刀回鞘,慢慢走回原位。

只是眨眼之间,丁醒觉得背上的衣服都湿透了。他回头看去,只见黑暗的草丛间伏着一人,也在看向他。

鬼仙。

这家伙不是去探查恶龙了吗,怎么跟在自己后面?

丁醒暗中庆幸,如果不是鬼仙扔出穿山甲,打消了倭人的疑虑,自己与百晓娘很可能逃不过搜索。毕竟只要从楼里冲出来,便会立即发现他们。

鬼仙朝丁醒招招手,三个人一寸寸地朝后退去,直到退出两丈远,这才慢慢起身,回到集结的位置。

"你们好大的胆子。"鬼仙低声说,"屋子里有倭寇,你们也敢接近。"

丁醒尚自不服气:"倭寇怎么了,不是人吗?怕他何来!"

鬼仙教训道:"你哪知道!有些倭寇自小便在黑暗寂静的密室中苦练,耳目之灵敏远超常人。"

丁醒吐吐舌头:"原来如此,幸好你赶来了,不然……"

话未说完,就见竹楼门一开,言五爷等人走了出来,看样子是送贺兰明去休息,所有人都站到空地上。

鬼仙的身子陡然抽紧了。在这一刹那,他的灵魂仿佛飞出了躯壳,完全带走了他的呼吸和心跳。

百晓娘觉察到了异样,诧异地望向鬼仙,此时鬼仙的样子也吓了她一跳。鬼仙虽然蒙着脸,但眼睛露在外面,眼神却好像见了鬼一样。

在百晓娘的心中,鬼仙就和活鬼差不多,什么都见过,世上几乎没有可以令他魂飞天外的东西。

然而此时,她不得不相信,世上万事都不能轻易下结论。

鬼仙的神色明明白白昭示着,他见到了最恐怖的物事。

会是什么呢?

百晓娘顺着鬼仙的目光望去,那里只有竹楼外的几个人,其中三个中原人,一个东瀛人,并无异样的东西。

突地,百晓娘心中一震——东瀛人!

她想起鬼仙曾经的身世,这家伙是从倭寇窝里逃出来的。

难道他认得那个叫三郎的倭人?

方才三郎在竹楼里,鬼仙隔着竹子间的缝隙,看不到三郎的全貌,现在二人之间无遮无挡,鬼仙应该看得十分清楚。

想到这里,百晓娘用手肘轻轻碰了碰鬼仙,在他耳边问:"见到熟人了?"

这一声唤,终于把鬼仙从噩梦中拉了出来,他狠狠眨了两下眼皮:"说对了。熟人,太熟悉了。"

"那个倭人,你来北京之前,难道就在他的船上?"

鬼仙目光如血:"是,我爹就是被他杀的,而我的手也是拜他所赐。"说着,他提起右手,晃荡着仅有的两根手指。

丁醒也听清楚了,他怕鬼仙冲动,一把按住:"既然仇家在这里,那就好办了,找机会宰了他。"

鬼仙长吸几口气,平定心中的怒涛,头脑也清醒起来:"今天不行,贺兰看样子和那伙海寇相谈甚欢,怎么回事?"

他来得晚,没有听到贺兰明和言五爷之间的对话。于是丁醒简单地介绍了一番,鬼仙听罢,轻声冷笑:"原来他也不是好鸟。"

此时贺兰明和言五爷等人已经分头去休息了,空场之中只有火把的光在突突跳动着。

只听身侧有草叶响,转头一瞧,青竹夫人带着汪顺回来了。

众人聚在一处,丁醒问汪顺可曾找到使节,汪顺点头:"找到了,青竹夫人带着我去了地牢,就是一个地穴,是鬼岛部族惩治犯错族人用的,外面有众多倭人看守,极难接近,刚才他们向里面送饭送水。我观察了一下饭量,至少不下三四个人。"

丁醒放心了:"使节没有遇害,这是最好的,看来他们不是想让人假扮使节,而是要胁迫使节一道去南京。"

汪顺一愣:"南京?什么南京?"

"回去再说。"丁醒不再解释,对青竹夫人示意回去。鬼仙却道:"你们先走,我去探探那条恶龙。"

"你一个人?"丁醒不太放心。百晓娘安慰他:"不会出事的,我们先回吧。"

丁醒怕鬼仙不认得回去的路,又叮嘱了两句,鬼仙指指自己的脑袋:"无论多复杂的路,只要走过一遍,我就忘不了。"

说着,鬼仙闪进了黑暗之中。

丁醒一行人由青竹夫人领着,又悄悄回到了涵洞。青竹夫人派族人监视四周,自己则和丁醒他们商议对策,她劈头就问:"找到你的主官了吗?"

"找到了,只是没想到,他和海寇、倭贼居然是一伙的。"丁醒压制着心头的愤怒。

青竹夫人哼了一声:"我早就说过,他能派你出海,明摆着是要害你。"

丁醒皱眉不语，他原本设想先救出贺兰明，然后请朝廷调兵，围攻鬼岛，可如今事情的变化远超他的想象。贺兰明居然勾连海寇，要进攻南京。

他虽然不相信这股海寇能攻取南京，但在见到言五爷的那一刻起，丁醒立时明白了，春节时的天雷案很可能是此人主使，由此可以想见，此人智计一流，工于谋划，谁知道他有没有布下后招？

如今自己手下无兵无船，更不能回定海。贺兰明说得清楚，如今定海是他的心腹在镇守，回去就是找死。

况且，就算自己同时给朝廷上书，也没有人家快。更麻烦的是，贺兰明很可能会在上书中诬陷自己，朝廷就算有心追查，时间也耽搁了，只怕派来的人还未到定海，贺兰明已经杀进南京了。

看着丁醒沉默不语，脸色难看之极，青竹夫人安慰道："不要紧，只要好好活着，就有办法翻身。"

百晓娘也说："不必如此沮丧，以前是你在明，海寇在暗，现在是海寇在明，我们在暗，至少咱们还有一项优势。"

众人在竹排上等了将近半个时辰，鬼仙终于回来了，看他走路的样子很奇特，怀中似是抱着什么重物。

丁醒上前，鬼仙将怀里的东西递给了他，丁醒一接之下，双臂便是一沉，那物件用百变天衣包着，甚是沉重。他用手一摸，圆滚滚的，心中赫然一惊，低声问："鬼仙，你割了颗人头回来？那样会打草惊蛇的。"

鬼仙坐上竹排，微微喘了口气："我能那么冒失吗？你仔细瞧瞧这东西。"

丁醒知道百变天衣不能水洗，因此便小心地抱在怀中，慢慢解开。百晓娘打亮火折子凑上来,却被鬼仙拦在几尺以外。

"小心,别用明火靠近那东西。"

袍子解开,露出里面的东西,丁醒借着微弱的火光定睛细看,立刻认了出来,那是一颗火雷。

去年除夕之夜,他们与雷恪联手侦办天雷案时,就缴获过无数这样的火雷,不想此时又看到了它。

怀抱着火雷,又联想到言五爷,丁醒确定,言五爷和定尘就是制造火雷的幕后之人。当时只擒杀了一个夏侯鹰,满以为他便是元凶巨恶,没想到罪魁祸首已经逃到这里,而且还带来了要命的火雷。

丁醒又仔细看了看,发现这颗火雷既没有水渍,也没有灰尘,像是刚刚铸造而成的。

百晓娘当然也认了出来,脱口说道:"天雷!鬼仙,你从哪里弄来的?"

"从一个很大的洞里,其中堆放了几百枚这东西。周遭还有炼制火药的炉灶,我趁着没人看守,偷拿了一个。放心,没有人会注意到。"鬼仙一边说,一边拿回百变天衣,塞到怀中。

"怪不得这股海寇装备的大炮威力巨大,原来有这个东西。"丁醒想起来时兵部透露给他的消息。

青竹夫人没有见过火雷,凑上前瞧了几眼,疑惑地问道:"这是炮弹吗?怎么外面还露着绳子?"

她指的是引线,虽然鬼岛部族长年生活在海上,也和小股海寇见过仗,可这样的炮弹确实不曾遇到过。

丁醒解释道:"这种炮弹不是实心铁疙瘩,而是中空的,里面塞满炸药,射出之后会炸裂开来,连石头都能炸成粉末。"

青竹夫人吐吐舌头："这么厉害，怪不得连官军也奈何他们不得。"

"那条恶龙呢，有没有发现？"丁醒最关心的还是这个，转头问鬼仙。

鬼仙摇头："整个岛子几乎都转遍了，也没有见到，我想它可能被养在海里，出海的时候才会带上吧。"

丁醒沉思片刻，对青竹夫人说："我们回去吧，免得天亮了走不脱。"

青竹夫人依言，带领着众人划起竹排出了涵洞，原路返回。

天光大亮时，他们回到了海岛，上岸之后，青竹夫人将众人请到竹林当中，那里有一片空地，场中放有竹桌竹椅。

大家先换过了干衣服，不多时，便有族人送上饭来，丁醒看了看，尽是些烤熟的鱼鲜，没有米肉，看来他们的存粮已经很少了。

众人落座之后，青竹夫人开门见山说了起来："只能请你们凑合用些烤鱼了，因为我们逃出鬼岛时抢出来的食物已经吃光了，酒也没有了。"

面对着救过命的恩人，丁醒他们当然不会计较这些，每人用竹签叉了条鱼，吃了起来。丁醒一边吃一边想，岛上应该有一百多名鬼岛族人，数天前欢迎自己的那场宴会，应该用光了他们的酒肉，这些人倒也实诚，不会藏私。

其实他想错了，鬼岛部族靠山吃山，靠海吃海，鱼鲜才是他们的主食。多年以来，鬼岛无数次遭遇超强的台风，经常一刮就是数天甚至十几天，岛上存粮本就不多，这样的气候，存多了也会潮湿发霉，因此遇到这种情况，他们就躲进山洞，烤鱼为食，长久以来早就习惯了。

鬼岛族人捕鱼本领极高,只要靠着海,他们就饿不死。

青竹夫人也在吃鱼,不过她用的是筷子,吃完鱼的一面后,又将鱼翻转过来,吃另一面。

汪顺见了,不禁有些奇怪,脱口问道:"夫人,您吃鱼怎么能翻呢?"

丁醒虽然来的日子不多,但也有好几个月了,他当然听汪顺讲过,海边的人吃鱼是绝不会把鱼翻过来的,因为那象征着翻船,海上讨生活的人,最图吉利,船翻了可要倒大霉,所以这条规矩每个渔民都晓得,且严格遵守。

作为鬼岛族人的首领,青竹夫人如何不懂得这些?因此丁醒也甚是不解。

没等青竹夫人开口,屠节先说了:"鬼岛族没有这样的习俗,因为我们不怕翻船。"

别人翻了船会死,鬼岛族人翻了船就当是回家,汪顺耸耸肩膀,这应该是他听过最有气魄的解释了。

吃完烤鱼,青竹夫人让屠节带他们去休息。四个人先后洗完澡,饱饱地睡了一觉,等再醒来时,天色又是黄昏。

丁醒见百晓娘等人犹在熟睡,便没有叫醒他们,独自出了山洞,来到山头上,坐上一块青石。

放眼望去,但见无边的海涛之上,一轮残阳如血,无数以海岛为栖息地的海鸟正在海面上鸣叫着,翱翔着,有的笔直扎入海水,有的则如蜻蜓点水般掠过水面,抓起一条小鱼。

百鸟嬉戏,万象自由,本可以令人心旷神怡,物我皆忘。丁醒却心潮翻涌，脑海中一片茫然。

他感觉自己身处一座前后都已经断落的长桥，无法进，更无法退。

回定海卫？那里已经被贺兰明的人完全控制，去了便是送死。

回朝廷报急？就算日夜兼程赶回，可朝廷信得过自己吗？

言五爷曾亲口说过，他为了贺兰明出任定海守将，多方打点。朝廷中肯定有他们的后台，到时候诬陷自己一个罪名，就算于谦信任自己，也不能只凭自己的一面之词，就去阻止使臣前往南京拜祭太祖。

可如果派人调查，更是不知要多少时间，那个时候，贺兰明怕是早已率人攻占南京。

现在最好的办法就是救回使臣，可汪顺也说了，关押之处戒备森严，而且正由倭人看守。

丁醒见识过倭寇的厉害，光靠着自己四个人，连接近地穴都困难，更不要说救人了。

可如果自己没有丝毫动作，任由贺兰明他们去取南京，他无论如何咽不下这口气。尤其是言五爷，天雷一案漏掉的大鱼就在眼前，岂能放过。

他亲眼见过言五爷这些人的手段，天雷案中，两个村子几百号人在他们眼中就像一群蝼蚁。而那帮倭寇更甚，丁醒听过他们的事，深知这是一群没有人性的畜生。

一旦南京被攻占，那里的百姓必将遭受惨烈的抢劫与杀戮。

刹那间，他仿佛看到满城的烈焰，听到震耳的惨号与呼叫。

"你怎么了？为何出得一头汗？"

一只柔软的手搭在他的肩上,百晓娘的声音从身边响起。

丁醒回过神来,轻轻握住百晓娘的手:"我突然感觉,自己真的非常失败。"他并非发牢骚,事实上,从来定海到今天,丁醒从未感到过喜悦,先是刘虎臣的死令他焦头烂额,无从着手,接着便是整装出海全军覆没,再到如今被贺兰明算计,险死还生。

最令他发狂的是,明明知道了对方的企图,却毫无应对之策。

"我该怎么办?"丁醒叹息着问出了心头的疑惑。

百晓娘并未做出回答,只是浅浅一笑:"这个,要问你自己才对。"

"我们曾经遇到过比眼下更危急的局面,可我从来没有丧失过信心,今天不知是怎么了,自己好像悬在空中一样,完全使不出劲来。"丁醒一拳砸在石头上,手震得生疼。

百晓娘继续劝慰:"那是因为以前在京城,你的身后有于大人,有朝廷,还有很多士兵、衙差听你号令。可今天不同了,我们孤悬海岛,势单力薄,叫天不应,叫地不灵。正所谓形势比人强,你也不要太过自责。毕竟有些事情,不是人力所能为的。"

她顿了顿,又道:"如今贺兰明的人加上那股海寇,又有倭人助阵,兵强马壮,而且从谈话中可以知道,为了今天,他们已经准备了很久,又岂是我们一抬手就能解决的?"

丁醒转头看着她,眼中似是欣慰,又似是期许:"事到如今,你有什么办法没有?"

百晓娘抿着嘴角,有些犹豫,但还是开口道:"我和鬼仙商议过,有上中下三策,本来没想好要不要对你说,现在看你如此彷徨无计,我也就不隐瞒了。"

"说吧,是哪三策?"丁醒问。

"下策最易，上策最难，我先说下策。"百晓娘道，"这一策便是从此隐姓埋名，远离朝堂的是是非非，找个安静的地方过日子。朝廷方面会认为你死了，不再记得你。"

丁醒一听便连连摇头："这是逃兵，我绝不做这样的事。"

百晓娘也料到他会一口拒绝，接着说："中策便是你带着汪顺，亲去京城告变。但是路途遥远，你没有官凭，无法使用驿站，等到了京城，说明了情由，贺兰明只怕早已攻下南京。或者是你们直接去南京，但南京留守的官员不可能信你的话，他们只听朝廷的诏令，去了也没有用。"

"不错，这一点我也想到了，那上策呢？"丁醒急切地想要知道。

百晓娘握紧丁醒的手臂："我说过，上策最难，也最险，你应该猜得到。"

丁醒慢慢瞪圆了眼睛："你是说，趁着贺兰明他们还在鬼岛，灭了他们，救出国使！"

百晓娘没说话，算是默认。

丁醒苦笑："这条上策，好像说成送死更合适。"

"那你会选哪一条呢？"百晓娘歪着头看他。丁醒沉默不语，说实话，百晓娘这条上策，他压根就没考虑过。以自己这几个人去攻击数百人，他还没有疯。

丁醒不怕死，之所以没有回答，是因为心中想着另一件事。

百晓娘将头轻轻靠在他的肩上："我知道，你既想为国除奸，又怕我出事，若不让我跟你去，又未免小瞧了我。因此难以决定，是不是？"

丁醒被她猜中心事，不知如何回答，只是干咳两声。

"其实,我哪里想让你去送死,说到底,我们还是有胜算的。"百晓娘的声音突然变得坚定。

"胜算?在哪里?"丁醒听了,精神为之一振。

第八章
夜行船

百晓娘看看身下的谷底:"就是那些人。我观察过,他们有很多青壮年,不下百余人,这些人长年占据海岛,性情彪悍,只要能说服他们,就是一支不错的军队。"

丁醒却还是摇头:"就算他们听我号令去与海寇搏杀,又如何敌得过那条恶龙?你没见过,可能无法想象,它高飞空中,无论箭矢还是火铳,都对其毫无作用。只要它飞到你头上,便是船毁人亡。不要说这些人,前次我率领数百精兵,船坚炮利,照样全军覆没。"

"那条龙,确实是个大麻烦……"百晓娘也不能否认。

话音方落,就听身后有人接口:"麻烦是不小,但并非完全无法破解。"

二人不用回头,就知道是鬼仙上来了。丁醒随口问他:"此话怎讲?"

鬼仙不答,走到丁醒另一侧,先是伸了个懒腰,长长呼吸了几口冷冽的海风，晃晃脑袋，好像刚睡醒一样。

百晓娘拾起块小石子，甩到鬼仙屁股上："问你话呢，卖什么关子。"

鬼仙这才回头，可能是怕有纱巾蒙脸，话音会不太清楚，因此他做出了少有的动作，把黑纱掀了起来，用那张半是青春半是老朽的脸对着二人："关于那条恶龙，我倒有个想法。这个想法，是发现那倭人之后才有的。"

丁醒来了兴趣，忙问："什么想法？"

"那条恶龙也许并不存在！"鬼仙声音不大，但好像弹珠落盘一般清晰。

丁醒心中大感不解："不存在？那我的福船是被什么击沉的？"

"自然是火炮了。"鬼仙解释说，"你也知道，这股海寇船上有威力巨大的火炮。"

丁醒连连摇头："俗话说耳听为虚，眼见为实，我与我的上百弟兄可都是清清楚楚地看到了那条龙，怎能说不存在？"

鬼仙坐了下来，用手揪着地上石缝里的草："眼见为实，却也不一定。"

说着，他把左手一摊，掌心处摊着几棵草棍，然后握紧，两个拳头碰了碰，再伸开左手时，里面的草棍不见了，反倒出现在右手手心里。

丁醒皱着眉头瞧他变戏法，甚是不解："什么意思？"

"意思是说，将你的船击沉的，也许并不是龙嘴里吐出的火珠，而是对面船头的大炮。"鬼仙解释道。

丁醒连连摇头："怎么可能？我可是亲眼见到那火珠落下，砸穿甲板产生爆炸的。"

百晓娘眼神闪动："你是说，天上的恶龙与火珠是那伙倭人搞的鬼？"

鬼仙嘿嘿一笑："还是小娘们儿机灵，一猜就中。"

百晓娘眼神闪动，努力思考着："东瀛倭人……有些擅长忍术，号称忍者，而忍术净是些见不得光的把戏。具体我不太清楚，鬼仙，你在他们船上住过，一定熟悉这些手段了？"

鬼仙抛去草棍，对着即将沉下海面的夕阳伸出双手，凝视着仅剩的七根手指，面纱顺势落下，看不到他的表情如何，但他的声音之中则充满了愤恨："我当然熟悉。如果不是这样，也活不到今天。"

丁醒追问："那你就讲一讲，恶龙与火珠是什么把戏？"

鬼仙就用那半阴半阳的语调，将他所知道的忍术细细讲解出来。

东瀛忍术最早是一种格斗术，后经演变成为一种暗杀之术。修习忍术之人称为忍者，在人前往往以黑纱罩面，不露真容，彰显其神秘恐怖。在外人看来，他们如同魔鬼一般，往往在不可能的情况下取人性命。

在中国南北朝时期，东瀛忍者就已经出现，这些人一般长于剑术，辅之暗器，身法灵活柔韧，很难对付。由于他们出身多是底层贫民，无产无业，甚至无家无后，因此行事毫无顾忌，出手狠辣之极。

忍术在东瀛分布很广，流派也不相同，较为出名的有武藏、信浓、伊贺、甲贺等地区，此外还有一些不出名但手段奇特阴毒的流派。

东瀛人分布在几座海岛之上，海岛地形逼仄狭隘，这群忍者也尽可能在小处下功夫，他们甚至可以将身子缩小至原来的三分之一，藏在不可能藏人的地方，展开突然袭击。

忍者极少与人正面相斗，一般是凭借四周的障碍物隐身，让人防不胜防。

丁醒听完，不由问道："你在鬼岛上看到的倭人，也是忍者吧？"

"是，这家伙叫黑井三郎，他们那一族叫黑井忍者，来自东瀛最北边的岛屿。多年以前，他们在与别派忍者争夺地盘时失败了，无法立足，只好乘船逃来海上，到了我大明的外海。我之所以一眼就认出他，是因为他戴的面纱上绣有金色菊花，这是黑井一族最显著的标志。"

"原来是一伙无家可归的孤魂野鬼，照理讲，败军之将能厉害到哪里去？"丁醒明显有点儿不服气。

鬼仙语气加重："败军亦是哀军，不要觉得失败者就一定不厉害，我听过他们的事，这些人失败不是因为手段不如人，而是他们这个流派的人太少。之所以人少，是因为黑井一族的忍术太过难练，往往都是千里挑一。"

丁醒很认同鬼仙所说，他久在军中当然很清楚，就算对手有几百个巨无霸那样的猛士，也敌不住数千名训练有素的普通士兵。

百晓娘向丁醒说了鬼仙年轻时的遭遇，丁醒这才知道鬼仙为何变成不男不女的样子。怪不得见到黑井三郎时，鬼仙像是见了鬼一样。

鬼仙继续说道："黑井一族的忍术流传不广，就是在东瀛也很少为人所知。这些忍者很多身负异能，他们的手段匪夷所思，我与他们相处几年，也只不过知其大概。之前多次救过你性命的那件天衣，便是从他们手里偷来的。这件袍子黑井忍者极为看重，应该是他们族群的传世之宝，不知用什么材料做成的，天下只此一件。"

丁醒忽地想起一件事来:"定海卫的守将刘虎臣无故自杀,我在鬼岛听贺兰明说,就是他们搞的鬼。"

"不错,刘虎臣是被他们下了毒,那种毒药叫鬼汁。黑井一族的居住地有一种树,木质极轻,材质又很硬,称作鬼杖树,据说野鬼常居其上,每到霜降之日,树皮上便会分泌一层汁液,含有剧毒,且有迷幻效能,非常罕见。黑井忍者将其收集,做成毒药。"鬼仙侃侃而谈。

丁醒恍然大悟:"难怪刘虎臣死前行为诡异,原来是中了这种毒。想来定是贺兰明与他饮酒之时做了手脚,他是主将,谁会怀疑到他的身上?"

说到这里,他心有余悸:"幸好贺兰明没有拿那东西害我。"

鬼仙摇头:"鬼汁无法溶在酒中,味道又很苦,应该用的是其他手段。"

丁醒这才想起来:"刘虎臣死前曾经沾染风寒,吃了几天的汤剂才好。"

百晓娘道:"那便是了。鬼汁掺进汤药内,便喝不出异样了。"

"还有那位姓杜的将军,是死于黑井忍者的鬼火之术。"鬼仙道,"这种火是黑井忍者用松油制成的,配上火药、火油、棉絮,由竹筒发射,如同火箭一样,无论粘到什么物件,都会烧个罄尽才罢。"

鬼仙说到这里,声音微有发颤,仿佛心有余悸。

丁醒日前才从贺兰明口中得知杜国冲的死,却不知用的是这种手段。

"那条恶龙呢?你说它并不存在,难道也是黑井一族的忍术吗?"丁醒问出最关心的一句话。

鬼仙长吸一口气，稳定一下心绪，这才开口："不错，照我估计，这应该是黑井忍者所修习的一种忍术，叫鬼幻之术。"

百晓娘插话问："什么叫估计？你没见过？"

"没见过。我在倭人船上时，只听他们不止一次地讲过，鬼幻术是最难修习的一种忍术，一个人根本做不来，要很多人合力施展。据说施展之时，风云变色，天昏地暗，在此种境界之下，四周的人会看到幻象。黑井忍者会制作一些手掌大小的物件，或狼或虎，抛上抛下之时，别人就会看到活狼活虎张牙舞爪，和真的一样。"

丁醒连连咋舌："这不成了呼风唤雨、撒豆成兵吗？区区倭寇，能有这般手段？"

鬼仙不屑地啐了一口："这种忍术只是用来唬人的，造不成任何杀伤。黑井忍者修习鬼幻之术，多半是迷人眼目，好趁机偷袭。我猜想，你们当时全部的注意力都在那条恶龙身上，而忘记了海寇船上的火炮。等到炮弹落下之时，也只认为是从龙嘴里吐出来的。"

丁醒回忆着当时的场景："你说得……也有道理。当时我们确实都在仰头看天，至于对方的船，因为相距尚远，便没有人理会了。"

百晓娘补充道："用天雷做炮弹比一般的实心炮弹轻很多，射程自然也远了很多。"

"所以在鬼岛我寻了很久，也没有发现那条恶龙，也许，它就藏在黑井三郎的袖子里呢。"鬼仙自嘲似的一笑。

百晓娘松了口气："如此说来，那条恶龙根本不必在乎。"

"快二十年了！"鬼仙仰天而笑，"我以为再也没有机会给爹报仇，不想老天还是很关照我，还让这个黑井三郎活着。"

丁醒心头一动，看着百晓娘和鬼仙："你俩……是不是早就想决战一场了？"

百晓娘对他毫不隐瞒："也只是看到那倭人以后，我们才商量好了，但统兵打仗这事儿还得靠你。现在是逃走，是上京，还是决战，由你定。"

丁醒轻轻摇头："我不怕死，但也不想送死。就靠我们三个想打赢这场仗，除非人家站在那里不动，任我们砍。"

"谁说只有我们三个？"百晓娘向下一指，"不是还有鬼岛部族吗？"

丁醒头摇得更厉害："照我看，鬼岛族的人已经被打怕了，哪里肯随我们与海寇火拼？况且就算拼命，我们人数没有人家多，武器更不要提，根本不会有胜算。"

百晓娘道："可是鬼岛族人也有自己拿手的绝技，不试一试怎么知道能不能赢？"

丁醒突地想起一事，一拍大腿："不好，我已经说过贺兰明他们要去打南京，青竹夫人应该也听到了。她不是傻瓜，很容易就能想到，海寇一走，鬼岛族人可以轻轻松松地回家，怎么可能为我们去拼命？"

百晓娘莞尔道："这个嘛，我有办法劝服青竹夫人。你只要听我的，下定拼命的决心就行。"

说完，百晓娘伸出一只手，鬼仙把那只完好的手压上去，二人都瞧着丁醒。丁醒不再犹豫，三只手掌紧紧地贴在了一起。

青竹夫人坐在自己的竹屋内，正对着一面镜子呆坐，镜边竖着半截细蜡，烛光映出了镜中红颜。

这副脸庞,比花解语,比玉生香,却只能独守空闺,孤芳自赏。她抽去鱼骨磨成的发簪,泻下一头瀑水般的青丝,带起微风抚动了烛影,细腻的身姿在竹墙上婆娑摇曳着,更显出长夜的冷寂。

鬼岛族人不读诗书,不唱愁情,但心底里的苦闷总是真实而幽深,无法排遣,尤其作为岛主。青竹夫人不明白,祖先为何要定下这样一个看似极不合理的族规,让孤独的女人掌管整个部族。

前任岛主一生未嫁,也许是看不上部族里的男人,也许是始终没有等到她心仪的情郎。

海上的日子孤寂而漫长,她也不知道日后自己会不会也像前任岛主一样,总是一个人呆呆地坐在海边的巨石之上,眺望远方。

呆坐片刻,青竹夫人站起身走向竹床,准备就寝,不料此时,屋外响起侍女的声音:"夫人,丁将军求见。"

闻听此言,青竹夫人轻轻"啊"了一声,立刻转回身看向竹门,似是要奔过去,可眨眼间又硬生生止住身形,回了一句:"请他进来。"

门被轻轻推开,丁醒当先走了进来,身后跟着百晓娘。青竹夫人见到百晓娘并没有感觉到惊讶,满含热情地说道:"你们快请坐。"

说着她坐到竹椅上,示意二人坐上床,问道:"这么晚了,你们还不休息,找我一定有事情。"

百晓娘的回答倒也干脆:"向你辞行。"

"你们要走?"青竹夫人瞪起那对圆溜溜的大眼睛看向丁醒,"怎么如此着急,是不是有什么变故?"

"是有一点儿,不过与你们没有关系。"百晓娘淡淡地回应。

她越是这样说,青竹夫人越是不放心:"你可以说一说,我看看是否帮得上忙。"

丁醒接过话头:"现在事态很严重,我们要做的事情也很危险,请恕在下不能明言。"

听他这样说,青竹夫人不高兴了,嗔道:"你还是信不过我,看不起我。"

丁醒心头暗笑,看来百晓娘的计划有望成功,先是用激将法成功引起了对方的注意与好奇心,接下来的话就好说了。

百晓娘立刻用温柔的声音安抚她:"不要多想,你多次救过丁醒的命,他绝不会看不起你。事实上,不让你知道内情,也是为你着想。"

青竹夫人转转眼珠,问丁醒:"告诉我,你们要去哪里?还是鬼岛吗?"

丁醒干咳两声,将贺兰明等人近期要进攻南京的事情说了,然后双手一摊:"再有一个多月他们就要离开鬼岛,前往南京,到时你们部族就可以敲锣打鼓地回家了。"

"为什么要告诉我这些?"青竹夫人反问。

丁醒道:"你救过我两次,我也应该有所回报才是。况且这也算不得回报,只是觉得对于你们部族是件大好事,提前告诉你而已。"

听他说得如此中肯,青竹夫人眨着眼,像是信了。她的心情好了许多,居然对着丁醒撒起娇来:"事情若是这样,我可真要代表全族谢谢你,这次鬼岛真没白去。不过像你说的,我救过你两次,所以你还是欠着我的人情。"

"当然,这个人情我希望能有机会还上。只是……"丁醒欲言又止,眼睛望向窗外。

青竹夫人脸上的笑容消失了，眼睛眨也不眨地盯着他，好像在思考丁醒的话，突然问道："海寇要去攻打南京，你去做什么？"

"这伙海寇杀了我无数部下，如果不能为他们报仇，我枉活于人世。"丁醒说得斩钉截铁。

"报仇？你要去剿灭海寇？"青竹夫人一脸的不可思议。

丁醒也不隐瞒："就算无法剿灭他们，可作为大明军将，我至少要阻止这伙叛贼，绝不让他们进攻南京。"

青竹夫人一脸诧异："就凭你们两……对了，还有你那个部下，再加上半人半鬼的家伙，四个人就想阻止几百人？你要想清楚啊。"很明显，她在担心丁醒。

百晓娘倒是没在意，随口道："无论多少人，去南京都得靠船，我们已经商议好，把他们的船毁掉，让叛贼动弹不得。只不过，如此一来又欠了你的人情，叛贼无法离岛，你们也就暂时回不去。"

青竹夫人听明白了，不由得连连摇头："你们未免小看了鬼岛。说实话，这百余年里，已经不知道有过多少海寇想要攻占鬼岛，可无一得逞。因为不但岛外的激流险滩极多，岛内的地形也十分复杂。我早就知道，那伙海寇的船都泊在岛内的口袋湾里，口袋湾形如其名，只有一个进出口，口子不过两丈多宽，大船无法并行。而且口子上面有人防卫，就是怕我们的人报复，摸进去烧船，所以我们上次去才会走秘密水道。"

丁醒和百晓娘听得非常仔细。

青竹夫人顿了顿，继续说："鬼岛的人都无法潜进口袋湾，你们去了更是白白丧命，一无所获。我劝二位还是打消这个念头吧。"

百晓娘一脸的不以为然："你们无法得手，那是手段低劣。鬼仙与我都是老江湖，自有惊人技艺，就不劳你操心了，只需派条筏子送我们登上鬼岛就行。"

青竹夫人见她不像夸口的样子，便问："就算你们得了手，烧了船，接下来还要怎样？"

丁醒回答："只要他们短期之内离不开鬼岛，我就有足够的时间上报朝廷，派兵来围剿。"

青竹夫人眼光闪动，内心飞速旋转着念头，最后她坚定地摇摇头："不行，我不能送你们去鬼岛。"

"为什么？"丁醒脱口问道。

青竹夫人没有回答，她虽说生性天真执拗，可并不傻，早已分析明白，丁醒四人前去烧船有两种结果：或被海寇发现，必死无疑；或成功烧掉船只，逃离鬼岛回去搬兵。可如此一来，朝廷就会知道海寇要进攻南京，派兵来剿杀，而海寇自然会打消去南京的念头。

从事实来看，明廷想剿灭海寇几乎是不可能的。岛上树多林密，就算烧了大船，也很快可以造出小船，逃离官军的围剿。

只要海寇不死绝，他们一定还会霸占鬼岛。那个时候，鬼岛部族就真的无家可归了。

因此现在最好的办法就是阻止丁醒，不让他上岛，安静地等一段日子，待海寇离开再重返故乡，这才是上上之选。

还有一个原因，就是她爱上了丁醒，哪能亲手将他送入绝境？

青竹夫人闭口不答，百晓娘却似完全看穿了她的心思，微然一笑："你在想什么，我很清楚。不过还是要提醒你一句，别以为海寇离开之后就不会再回来，事实上，他们一定会回来的。"

"当真？"青竹夫人很是不信，看着丁醒。

丁醒点点头："当真。你想想看，就凭区区几百名海寇，可能占领南京城吗？南京城是我朝首座都城，四周人马云集，朝令夕至，海寇一旦作乱，定会招来无数官军围捕，他们只能退回海上，把鬼岛作为久居之所，而且遭逢惨败必然恼羞成怒，那个时候，你们的下场只有一个，就是被斩尽杀绝。"

其实他与百晓娘绕了很大的弯子，最后落笔在于这句话。可这句话不能一开始就提出来，必须先给青竹夫人一些希望，再把这个希望打碎，如此一来，他们才能占据谈话的上风。

接下来，就是青竹夫人转而求他们了。

果然，青竹夫人显得彷徨无措，她低着头，搓着手，在屋子里来回走动，嘴里不住地低语着，虽然听不清楚说的是什么，但显然心情很是焦虑。

作为部族首领，她很清楚自己的实力无法击败海寇，尤其是那伙凶神恶煞一般的倭人，只能盼着人家自己离开。但听丁醒一番话，很显然，海寇已经把鬼岛作为大本营，要常驻于此。

无论如何，自己部族经营了两百年的鬼岛，不能在自己手上丢失，那样的话，她无法面对族人，甚至死了也得不到安息。事实上，被赶出鬼岛的这些天里，她已经清楚地感觉到族人日渐不满的眼神。

失了故土，生活诸多不便，目前只能以捕鱼为食，但上百人要吃饱肚子可不容易，她也等不起了。更不要说很多族人死在海寇手里，如果她这个首领只想着苟且偷生，不去报仇的话，很快就会失去民心，族人将不再奉她为主。

看着青竹夫人六神无主的样子，丁醒知道，最后一招该出手了，那就是，再次带给她新的希望。

"先不要急，定定神。"丁醒的话提醒了青竹夫人，她还得在外人面前保持首领的尊严与威信，于是她终于坐回床头，脸上阴晴不定。

丁醒和百晓娘谁也不说话，三个人就默默地对坐，现在考验的是耐心。

百晓娘心机灵巧，见多识广，和三教九流的各色人等都打过交道，青竹夫人虽是首领，可久居海岛，平素接触的除了族人便是些渔商，交谈方面远不是百晓娘的对手。

短短一番话，丁醒他们已反客为主，把难题甩给了青竹夫人。

终于，青竹夫人忍不住了，而且，她好像也回过味来了，用一种复杂的眼神瞧着丁醒："你来找我，不仅仅是要我送你去鬼岛烧船吧？有什么话就直说，海上的人最讨厌言不由衷，虚情假意。"

听她说这话，丁醒知道该实言相告了，不然会引起她更多的猜忌与误会，因此不再绕弯子："实不相瞒，我们两个此来，是送你一份大礼。前些天蒙你两次相救，无以为报，因此我心中立誓，定帮你夺回鬼岛。"

"怎样夺？"青竹夫人最关心这个，"我想听听你的办法。"

"办法只有一个，在海寇启程前往南京之前，剿灭他们。"丁醒说得斩钉截铁。

青竹夫人却为难了："说得轻巧，我们要是打得过，还跑来这里做什么！而你……也是他们的手下败将，连兵都没有。"

百晓娘接过话头："鬼岛族人难道不想报仇吗？"

"当然想！"青竹夫人正色道，"可我作为首领，不想让他们去送死。人活着，就有机会，但人若没了，纵使夺了岛又有何用？"

"想报仇的人就是兵,而且是哀兵,有句话叫作哀兵必胜。这几天以来,我听到很多族人的谈论,他们很想回家。"丁醒站了起来,给青竹夫人鼓劲。

青竹夫人面露难色:"可我们没有武器,就算得到武器,也比不上对方的战力,那些倭人很难对付。你没有与他们交战过,我可是亲眼得见。"

她显得心有余悸:"我们族人当中最强壮的男子,手执竹刀对上一个倭贼,那倭贼只用了一刀,就把他的竹刀连同脖子一起砍断了。这样的对手,你让我们怎么打?如今岛上连竹刀也没有几把。"

"武器的事,我来想办法。"百晓娘用不容置疑的语气说,"你只要答应说服族人,跟随我们去打海寇、夺鬼岛就行。"

青竹夫人打量着二人,眼神流转当中,依稀透露出怀疑与忧虑,她慢慢起身踱到门前,轻轻拉开竹门,看着眼前这座黑漆漆的荒岛,她侧耳细听,风海与竹涛声夹杂在一处,刮过嶙峋的乱石、幽寂的山谷,显得无比陌生。

她知道,前面谷底的洞穴之中所居住的族人,一定也在窃窃私语,发泄着不满的情绪。

多日以来,由于没有米面肉类,他们只能烤鱼肉、摘野果,这样的日子一长,男人也会体弱。不光这些,海岛上风冷,水汽大,没有烈酒的话,很多人会得关节痛的毛病,如今在岛上已经有所显现。青竹夫人很清楚,他们拖不起。

决定吧,不再犹豫!是死是活,总要拼一下的。海岛上居住的人,骨子里从不缺乏冒险一搏的勇气。

青竹夫人霍然回身:"好,就按你们的主意。明天我会召集所有族人，商议夺岛之事，最晚中午以前就会商定。"

丁醒双掌一击："好，明日我等你的决定。"

青竹夫人瞪着那对俏丽的大眼睛看着二人，突然问道："你们说要走，只是骗我的吧？让我全族与海寇火拼才是你们真实的目的。"

她果然不是傻瓜，很快便想明白了，但丁醒一脸正色地回答："错，战场是军人的戏台，我是必须要去的。夫人，如果明天你不能说服你的族人，也不打紧，记得把我们送上鬼岛就是了。"

话至于此，不用再多说了，百晓娘拉着丁醒告辞出门，青竹夫人站在门边，呆呆地目送他们远去。直到看不到他们的背影，青竹夫人还是舍不得挪动脚步，仿佛在回味着丁醒方才的话。

等走出一段路，丁醒这才问百晓娘："说起武器，确实是个大难处，难不成我们要到福船沉没的海底去捞？就算鬼岛的人有手段，可终究不是鱼，海底乌漆墨黑的，估计什么也捞不到。"

百晓娘莞尔道："用不着那么麻烦，有我和鬼仙在，会有办法的，你放心就是。"

丁醒还是摇头："我知道你和鬼仙都有手段，可巧妇难为无米之炊，眼下这座穷岛没钱没矿，无法炼铁，锄头也打不出来，别说兵器了。"

百晓娘歪头看着他，一脸笑意："你不信？我们可以打个赌。用不了三天就会有兵器在手，而且远比刀枪剑棍要厉害。"

看她如此胸有成竹的样子，丁醒没有赌，他相信了。

回到住宿的山洞，汪顺已经睡熟，打起了鼾，鬼仙则直挺挺地坐在洞口，抬眼望天，也不知在想些什么。

一见二人回来，鬼仙便问："说服青竹夫人了吗？"

百晓娘把与青竹夫人商定的事讲了，鬼仙这才伸个懒腰："我猜那夫人定可以号召所有的人，跟咱们一起去拼杀。早点儿睡吧，以后有的忙了。"

丁醒有些担忧："这可是送死的事，常言说，好死不如歹活，鬼岛的人能不能和咱们一起去拼命，我可没把握。"

"话是不错。"百晓娘接口，"可你不知道鬼岛族人的由来和脾性。他们视鬼岛为圣地，哪怕拼光所有人的命，也必须夺回来。因为他们相信，死在鬼岛上灵魂才能安稳，若是死在外面，就成孤魂野鬼了，需要派出特别的招魂船才能把魂带回来。"

"不光如此。"鬼仙接口道，"岛上还有他们多年以来聚集的珠宝奇货，就这样拱手送人，谁也不会甘心。况且不少族人死在倭贼之手，还有人被抓去，不能不管的。"

丁醒来到定海之后，也听说了一些海岛居民的奇特习俗，鬼仙所说更有道理，因此他心头稍安。

百晓娘却还不放心，嘱咐丁醒："就算人家答应和我们一起去夺岛，可总不能白做，鬼岛族人常年以物易物维持生活，不给足了好处，只怕说不通。"

丁醒沉吟着："你放心，我会考虑这件事，给他们足够的好处。"

夜色渐深，三人都感到了困倦，百晓娘分派了明天的事务，她让丁醒带着汪顺盯着青竹夫人，只要她与部族商定了，就如此这般。自己则和鬼仙谋划打造兵器的事情。

筹划已定，大家这才各自睡去。

天亮以后，按照预先的安排，丁醒带着汪顺去了山谷，等候青竹夫人的消息。他们进了谷地，有族人见到，分给二人一些鱼干做早饭。丁醒道了谢，一边嚼一边四下张望，却没有发现青竹夫人，也没有看到屠节。

想必他们已经凑在一起商议了。

丁醒知道这事情急不得，自己越急，越会让人看出心底的不安。于是他悠然自得地和汪顺倚着石头，东一嘴西一嘴地闲聊。

汪顺低声说道："将军，我已经数过了，整个岛上约有一百七八十号人，除了老小妇孺，成年男子只有七八十个。数量不够啊。常言说，一个跳蚤顶不起床单，就算倾巢出动，也不够人家塞牙缝的。"

丁醒轻轻叹息道："就算人数再多几倍，也没多大用处。眼下只能癞蛤蟆垫桌脚，鼓着肚子干了。不过也用不着太过灰心，百晓娘和鬼仙说不定能变出花样来。"

"别的我倒不怕，就是那条龙……"汪顺恨恨地说，"好好的神物，怎么会庇佑海寇？想不清楚。"

丁醒拍拍他的肩膀："不要担心，鬼仙会有办法。"然后又凑近些盯住汪顺的眼睛，郑重地叮嘱道："老汪，这次能不能翻盘，全看鬼岛族的人了，我们一定要稳住，不能让人家看出咱们是虚张声势。"

汪顺连连点头："将军放心，拉大旗做虎皮的事儿，咱又不是没干过。"

快到中午时分，青竹夫人带着屠节还有几位年长的族人，由一个山洞中鱼贯而出，看到丁醒之后，一行人走上前来。

丁醒也站起身，对着青竹夫人一拱手："夫人。"

只有这两个字,丁醒接下来便闭口不言,他盘算得很清楚,如果自己一上来便打听结果,便暴露了急切的心情,从而让对方起疑,认为丁醒很依靠他们。那样一来,主动权就被人家夺走了。

他越表现得镇定自若,好整以暇,便越是给对方一个暗示:我反正是要拼命的,你们来不来随意。

如此,甚至可以激起鬼岛部族的愤慨之心,以为丁醒在轻视他们,或许能达到更好的效果。

不过青竹夫人也是经过大场面的,她没有回答丁醒,身后的屠节说话了:"丁将军,我们已经决定同您一道和海寇拼死一战,夺回祖岛,也为将军死难的兄弟们报仇。不过有些事情还是很难办,您务必得帮忙。"

"请讲。"丁醒早知道他有此一说。

屠节便不客气:"首先,我们人少,不知道丁将军能不能调来些兵将;还有,我等族人手上没有兵器,总不能拿着竹竿子和海寇拼命吧;最后,也是最重要的一点,我们能不能打胜,如何打胜,请丁将军交个底。"

丁醒很清楚,屠节不可能考虑得如此周全,这一定是青竹夫人授意的。此时此刻,他只要有一丝的犹豫,对方的决心很可能会改变。

青竹夫人接话了:"你不要怪我多事,毕竟人命关天,我再怎么喜欢你,也不能拿全族人的性命做赌注。既然要打,总得让我们知道打法。"

丁醒感觉到她语气中满是诚恳,便也说了实话:"先讲最重要的,我们这次一定能打胜,一定能帮你们夺回故岛。至于用什么方法,那是军事机密,我现在不能透露。说到调兵,目下不可能,定海卫已经全是贺兰明的心腹，那些不打算背叛大明的军将士兵，都已经被他除掉。"

一听没有援军，屠节与那几名长者脸色便是一变，青竹夫人仍旧不动声色。

丁醒继续说道："至于兵器，你们不用担心，我的两位江湖朋友已经在办这件事，十天之内，你们就会拿到。"

其实他也不清楚百晓娘与鬼仙什么时候能变出兵器来，只是先给对方一颗定心丸。

屠节转转眼珠，又问："丁将军，此战虽说是帮我们夺岛，可也是帮你剿匪、救回国使，是助你立功之举。如果击败了海寇，我们能得到什么好处？"

这话定是商议过的，青竹夫人不好直接说出来，便由屠节来问。

关于这一点，丁醒早有打算，他伸出两根手指："我本不是定海卫官职最高的军将，以前需要受贺兰明节制号令，但如今他已经背叛大明，乱臣贼子人人得而诛之，以后定海卫便是我做主。因此我可以给出两个承诺。"

"什么样的承诺？"屠节追问。

"第一，如果我们取胜了，在报捷的奏书上，我会将你们的功劳写进去，让朝廷大大奖赏你们。你们久居海岛，生活不易，我会奏请朝廷，有愿意回大陆定居的，朝廷按人头批予田宅。第二，有愿意投军者，我还可以择青壮年编入水师，为官身，吃官俸。不知夫人还有何要求，我可以代为奏陈。"

丁醒的这两条承诺，正说在鬼岛族人的心坎上。别看这些人平时总说故土难离，其实在海岛上住，任谁也是受苦的命。那鬼地方不产粮食,不产布匹,得常年有人去大陆采买一切生活用品,而所用的钱则是海底捞来的珍珠,还有特产的珊瑚等贵重物品。

可这些贵重物品在鬼岛族人手里,却无法卖出高价,大陆上的人吃准了他们的难处,我可以不要你的珍珠、珊瑚,可你必须得买粮食、布匹、盐巴、生活用具,因此吃亏的往往是鬼岛族人。

说到底,鬼岛族人也不傻,但他们在海岛住了几百年,陆地上没有一寸土地是他们的,上岸定居根本不可能。

丁醒来到定海卫有段日子了,自然也听过这些事情。因此他一开口,就给出了对于鬼岛族人来说极为优厚的条件。

土地和官身!

丁醒很清楚,这两个条件一定能让鬼岛族人大为高兴。更重要的是,他断定如果此战成功,朝廷必定会答应他的奏请。

事实上,他替朝廷安排的奖赏手段非常高明,朝廷甚至不用出一文钱。

首先是土地田宅,丁醒早有耳闻,贺兰明在定海卫做守将,私底下霸占了不少军屯田地。军屯制度是明朝初期创立的,军队训练之余种田,用收获的粮食及副食养活军队,如此可以减轻国家负担。

一段时间以后,那些军官脑袋活络起来,开始霸占田亩、收取租税、倒卖粮食,贺兰明也有此等劣迹,只是他亲信众多,外人很少知道,丁醒也只是听说。

军屯制对国家有好处,但也有极大隐患,由于军饷不再由朝廷支付,很多军队便成了当地主官的私军,朝廷调度起来很是不易,无形中削弱了国家的战力。明末之时,朝廷已经不大指挥得动一些军将,与此制度也有或多或少的关系。

丁醒知道，只要灭了贺兰明一伙，他霸占的土地就可以租给鬼岛族人耕种，一举两得，至于收编一部分人当兵，更不是问题，定海卫经过几场大战，死伤惨重，迫切需要补齐兵源。

因此丁醒提出这两条，可不是随口轻许的，他断定只要此战成功，兵部必定照准。

听了丁醒的话，青竹夫人沉吟片刻，吩咐屠节等人散去，独自对丁醒说："既然大家已经联手，你们的计划我就要全盘知晓，带我去见你的朋友吧。"

丁醒知道，青竹夫人要看看百晓娘他们在忙些什么，其实他自己也想知道，便引着青竹夫人来到自己居住的山洞。

一路上，青竹夫人也没有说话，很显然，她的心情较为沉重，毕竟这是一个把所有鬼岛族人送上战场的决定，不能马虎。

走进洞内，丁醒一眼就看到眼前地面上铺了十来根竹子，有长有短，有粗有细，看茬口是刚砍来的。

鬼仙与百晓娘两个人则相对而坐，正在一块桌板上比比画画，小声商议着什么。汪顺则在二人身旁，一根根地打磨竹子。

见丁醒带着青竹夫人走进来，二人并没有问起鬼岛族人商议的结果，好像早已料到一样，只是朝他们招招手，让他们坐过来。

五个人围在一起，丁醒看看桌板，上面用石粉笔画着一样东西，初看时类似火铳，细看却又不是。

丁醒便问："画的是什么？"

百晓娘没有回答，却问丁醒："水面之上双方决战，用什么办法最能取胜？"

丁醒想也不想："当然是火攻了。三国时周瑜、曹操大战赤壁，还有咱们当朝太祖与陈友谅决战鄱阳湖,都是用火。"

"那就是了,这次咱们与海寇对战,兵器与人数都不占优势,火攻便是唯一的取胜之道。在敌人登上大船出海之后,立刻围上去四面纵火,连人带船一并焚毁,他们纵使人数多过咱们几倍,也徒呼奈何。"百晓娘的语气甚是坚定,一副成竹在胸的样子。

可丁醒却不以为然:"说的容易,可要纵火需要准备火船,还要借着风势。你也看到了,这岛上只有竹排,吃水太浅,点不着火。"

汪顺补充道:"况且海寇船上有大炮,我们的火船还没等接近,就会被击沉。"

鬼仙敲了敲桌板:"不用火船,用这个。"

"刚才就在问,你们画的是什么?"丁醒盯着那幅奇怪的画。

鬼仙反问:"你是神机营的,听没听说过'神火飞鸦'?"

"神火飞鸦?"丁醒对这名字倒不陌生,"自然听说过,大明初年,有人做过这种火器,可以用来烧毁敌军的粮草辎重或是军营帐篷。"

"只是听说?神机营中没有装备吗?"百晓娘问。

丁醒摇头:"这东西发射起来极不准确,而且存储之时容易自燃自爆,神机营中便没有装备,连图纸也没留下。说到底,它不是一件得心应手的武器,不可能大批量分发部队。"

他转念一想,明白了鬼仙的意思:"你是想用它来烧船?"

"行不通吗?想想看,几百支神火飞鸦腾空而起,落在敌船上,船上的帆篷定然会首先起火。在风力的作用下,火苗会越燃越旺,无法扑灭。如此没有了帆,战船便成了活靶子。"鬼仙嘿嘿笑着,仿佛眼前已经出现了变成火球的敌船。

汪顺在边上一拍大腿:"好计策,好手段。不光能烧船帐,兴许还能引燃船上的火药炮弹,那样一来,再大的船也得炸个粉碎。"

"是条好计。"丁醒也表示赞成,"但制作神火飞鸦可不容易,而且没有现成的图样。"

百晓娘指着桌板:"没吃过猪肉,总见过猪跑。鬼仙做烟花可是圣手,与神火飞鸦比起来,大同小异罢了。"

丁醒看着鬼仙:"你有把握做出能准确发射的神火飞鸦?"

鬼仙毫不迟疑:"给我五天时间。"

丁醒一拍掌:"就这样定了。制造飞鸦都需要什么东西?"

鬼仙顺手从身边拿过小半根竹子,用石笔敲了敲:"竹筒,大量的竹筒,不能太粗,也不可太细,用这根做样子。"

青竹夫人接过来:"我去办,两天之内,至少备齐一千根。"

"还要有布匹来做飞翼,不然竹筒飞不远。"百晓娘补充说。

青竹夫人想了想:"族人的衣服都可以用来做飞翼。如果不够,晒干的鱼皮也可以充数。"

"最后一样东西,可就难办了……"鬼仙话未说完,丁醒截道:"火药!"鬼仙点头,青竹夫人插话道:"我部族里还有一些,是连雨天用来点火的,不过也只有十来斤了。"

鬼仙道:"不怕,鬼岛上有很多,找人去偷便是。"

丁醒却不同意:"不行,我们绝不能再上鬼岛,一旦被发现,不光前功尽弃,海寇还可能出海对四周的岛子进行围剿。那样一来,可对不住鬼岛族的人了。"

"那怎么办?火药这东西岛上可做不出来。"百晓娘有些犯难。

丁醒却笑了:"岛上没有,可定海卫有啊。据我所知,定海卫有专门存放火药的仓库。"

汪顺附和道:"对,仓库里存放有上千斤火药。"

丁醒拍拍汪顺的肩膀:"这个就要靠你了,眼下定海卫的士兵已经很少了,一定防卫不严,把那些火药偷出来!"

"我需要人手,一个人可搬不动那么多。"汪顺笑道。

丁醒看看青竹夫人,青竹夫人毫不迟疑:"二十个人,十条竹排,由屠节带着他们跟你去。"

"一定要小心,不能让人发现,更不能让士兵看到你,不然贺兰明就会收到消息。这伙叛贼极为狡猾,或许能猜到我们将有动作,那会很麻烦。"说完,丁醒一摆手,"现在就走,早去早回。"

汪顺起身拱手:"得令。"当下由青竹夫人引着,出洞去召集人手,准备竹排了。

丁醒的目光又一次落在桌板上:"神火飞鸦!成败生死,就靠你了。"

接下来的四五天里,丁醒协助鬼仙和百晓娘,全力钻研神火飞鸦,这东西说起来简单,但要做到完美无缺,甚是不易。

鬼仙制作过精美的烟花,可以将花弹打上天空数丈高,再炸出绚丽多彩的焰火,靠的就是火药的推力。按道理,神火飞鸦照葫芦画瓢就可以了。

新设计的神火飞鸦主体是个大竹筒,约有二尺来长,两侧装上布匹做成的飞翼,打通一端塞入火药,然后用火油涂抹前半部分,留出后半部分,用来安装起火部。

起火部由两个小竹筒组成,内装火药与引线,绑定在大竹筒的后半部分，当点燃引线后，起火部火药燃烧时会产生推力，推动着大竹筒飞起。

这样制作的神火飞鸦不能在手中放飞，必须用竹竿顶起，再点燃引线，不然火药喷射之下，会烧伤人的皮肤。

一旦神火飞鸦飞出，撞到船身，大竹筒必然碎裂，内中填塞的火药四溅而出，被起火部的火焰引燃，即刻会产生爆炸。同时竹筒上涂抹的火油也会被点燃，不管粘到哪里，眨眼间便是一团大火。

设想原是很完美，哪知道三个人仔细一研究，才发现问题多多。

首先，想让神火飞鸦飞起来，必须由起火部的火药助推，这就要在大竹筒末端绑上小竹筒，里面装上火药，用竹塞堵住开口，不使火药外漏，此外还得留出引线接口，复杂是复杂了些，但并不难做到。

困难的是，大竹筒塞满火药，本身便很重，要想让神火飞鸦飞得远，起火部装载的火药必不能少。但不管装多少，火药燃烧速度极快，眨眼间便烧完了，等到火药烧完，便会失去推力，神火飞鸦只能靠惯性前行，到底能飞多远，没有把握。

鬼仙与百晓娘想了又想，最终拿出了解决办法。那就是安装四个起火部，也就是四个小竹筒，分列大竹筒两侧，两上两下。

用的时候，首先点燃下面的两个起火部，将神火飞鸦推射出去。等到下面两个起火部的火药烧完，正好可以点燃上面起火部的引线，这样一来，神火飞鸦就获得了第二波推力，完全可以飞得更远。

解决了这个难题还不算完，要想使神火飞鸦准确无误地击中目标，而不是漫天飞舞，就必须要在飞行过程中保持平稳，除了飞翼帮助稳定之外，起火部的点燃时间、装药量都必须保证整齐划一。

一旦出现偏差,神火飞鸦就成了没头的苍蝇,甚至有可能误伤自己人。

三个人经过多次试验,最终解决了所有难题,第五天早上,他们拿着做好的样品来到一块空地上,用几十步以外的一块高大石块作为目标,有人用木炭在上面画了个大大的圆圈。

丁醒提着一根小臂粗细、五尺来长的竹子,神火飞鸦的尾部正好可以插进竹筒里,起火部的引线约莫一尺来长,两条缠在一起,以保证同时点火。

鬼仙接过竹竿,挑起神火飞鸦,对准了圆圈,百晓娘一晃火折子,点燃了起火部的引线。

引线是浸了油的丝绸裹成的,内装少许火药,以加快燃烧速度。

青竹夫人带着族人在不远处围观,他们很好奇,这三个人没日没夜干了好几天,用几根竹子弄出一个怪鸟一般的奇异玩意,难道要靠它来打败海寇?

怎么可能!

大家带着嘲讽的眼神,怔怔地瞧着。

引线飞快地燃烧,冒着火花,接近了引火部。

虽然鬼仙与百晓娘都是机关圣手,但这毕竟是第一次制作神火飞鸦,威力与射程都没把握,因此二人目不转睛,心中不免有些紧张。

引线燃得很快,眨眼之间就点着了起火部里的火药。

"呼"的一声响,起火部的细竹筒中喷射出两道火舌,鬼仙只觉手上一轻,神火飞鸦便飞了出去。

所有人的目光都盯在这只小小的怪鸟身上,只见神火飞鸦飞了十几步,两侧再次喷出火舌来,这是第二个起火部被点燃,神火飞鸦的飞行速度陡然加快,但飞得还算平稳,没有多少上下起伏。

眨眼之间,神火飞鸦如同一只奔向墙壁的火牛,砰然声响之中,撞上了那块巨石。

紧接着,竹筒整个爆裂开来,化作一团火焰,在石头表面刮刮杂杂地燃烧着。因为鬼仙在竹筒里不光装了火药,还灌了些鱼油,这些鱼油黏到石头上,火也就烧到石头上,久久不灭。

鬼仙见试验成功,伸出手掌与百晓娘连击了三掌,作为庆贺。丁醒也握紧了拳头,兴奋异常。

一旁的青竹夫人和族人们惊得目瞪口呆,他们哪里见过如此厉害的武器,一时竟忘记了喝彩。

丁醒提着竹筒走到青竹夫人近前,指了指还在燃烧的石头:"这件武器怎么样?"

青竹夫人呆呆地,如木偶一般地点头:"好、好……果然是能人,几个竹筒就能做出大炮来。"

她没听说过神火飞鸦,把它想象成了大炮。

"如果有几百件神火飞鸦,足以烧毁对方所有的船只,把海寇统统逼得跳海!"丁醒仿佛看到了胜利的希望。

青竹夫人终于回过神来:"太好了,只要他们失去战船,跳进海里,再锋利的刀剑也没了用处,到那时便是我鬼岛族人的天下了。"

她没有说大话,鬼岛部族以海为家,几乎每个人的水性都超乎寻常,可以在水下憋气达半炷香的工夫,任何外人到了水里,只要被他们抓住,就休想再呼吸到一口气,只能活活淹死。

鬼岛族人发出一阵阵欢呼,他们知道,夺回故岛有希望了。

百晓娘上前叮嘱青竹夫人:"现在马上召集所有人手,制作神火飞鸦,越多越好。"

青竹夫人自然照办,她一声令下,整个岛子上的男女,无论老年、壮年还是孩子,全忙碌起来,砍竹的砍竹,开孔的开孔,做飞翼的做飞翼,一派热火朝天的气氛。

又过了两天,派去定海卫偷火药的汪顺带着屠节等二十人回来了。

他们去的时候乘的是竹排,而回来之时,居然多了两条船,船舱里放了二十套水靠,都塞得满满的。

等到将这些水靠全部搬上岸来解开的时候,丁醒看到里面装满了黑黄色的火药,粗略估计一下,每套水靠装了不下五六十斤,二十套就有将近一千斤。

看来他们几乎把定海卫的整个火药仓库都搬空了。

丁醒甚是高兴,但还有些担忧,便问汪顺:"你弄来这么多火药,卫所之内留守的贼将必会觉察的。"

汪顺嘿嘿一笑,做了个鬼脸:"将军放心,当时还剩了二百来斤火药实在装不了啦,我就在仓库里连了根长引线,走的时候点着了,整个仓库几乎都飞上了天,留守的那家伙一定以为所有火药全引爆了,不会是怀疑我们偷走了大部分。另外……"

汪顺从怀里取出一个小包,递给丁醒:"这是我从您家里拿的,您虽有火铳,没这个可不成。"

丁醒打开一瞧,是几十颗弹珠,还有十几片木马子,便微笑着拍了拍他的肩膀,以示嘉许,看来汪顺确是个得力助手,自己没有想到的,人家替他想到了。如果这次能够剿匪建功,一定保奏他升官。

有了火药,众人心气更足,干得也更快,不到十天,就制作出五百多件神火飞鸦，鬼仙甚是仔细，每件神火飞鸦都经他反复检验，做到万无一失。要知道，这东西放出去是能爆炸的，如果做不好，在手里提前爆了，伤的可不是一个人。

做到后来，岛上的衣服不够了，总不能让大家光着身子，鬼仙与百晓娘又经过多次试制，将大竹筒外壁削得薄了，外面以干鱼皮为翼，这样可以减轻重量，使之不必借风而飞。

因为用鱼皮做翅膀，便不能叫飞鸦了，丁醒给这样的武器起了一个非常响亮的名字：火龙出水！

这段时间里，青竹夫人也没闲着，她派出多伙族人，来回打探鬼岛和定海卫的消息，以便找准机会出击。

夺岛最重要的是杀尽所有的海寇和倭人，最好的时机便是他们扬帆启航，驶进大海之后，那时所有人都在船上，可以烧它个全军覆没。

待火器制作完成，众人又砍来坚硬的细竹，将顶端削尖，用火烧硬，制作成标枪，以便最后的肉搏。

百晓娘和鬼仙甚至还制作了多把简易的弓箭，鬼岛族人更是将竹子削成箭支，用海蛇的毒液将箭尖浸了，任何人只要中了一箭，用不多时便会毒发身亡。

看着手中的武器越来越多，鬼岛族人的信心越来越强，士气越来越旺，丁醒从他们的脸上感觉到，可以一战了。

忽有一天中午，派往定海卫打探消息的族人回来了，说朝廷的诏命已经到了军营，虽然不清楚诏命讲的什么，但军中很快派出数条快船出海，看样子是去鬼岛知会贺兰明了。他们不敢怠慢，立刻回来报信。

除此之外，定海卫的船出海时，他们还看到了两个奇怪的人，这二人身材矮小，罗圈儿腿，走路内八字，看着像是倭人。

鬼仙一听，便知道这两个怪人必是下手杀害两位定海卫将军的倭寇，自己跟踪没有得手，不想他们竟一直留在定海，没有逃走。

这当然是由于贺兰明的庇护，此时二人随众人出海，不作多想，定是作为向导前往鬼岛。

丁醒知道，诏命是给贺兰明的，在没有见到他时，绝不会对一个留守的低级军官宣读，因此快船定是到鬼岛召回贺兰明的。

得到这个消息之后，言五爷自会带着所有人马，押着阿丹国使出发，驶回定海，直取南京。

青竹夫人看看天色，已经过了正午时分，定海卫派出的船如果没有意外，天黑之前便能赶到鬼岛。而到了夜间，鬼岛外风急水险，贺兰明必不会冒险出航，故此，他们很可能明天一早上船，驶回定海卫。

她将自己的判断说了，丁醒当机立断，所有人立刻整装备战，尽量在黎明时分赶到鬼岛外海。当贺兰明的船队开出鬼岛后，进行拦截，火烧战船。

众人听令，都忙活起来，收拾行装，检查武器，将神火飞鸦与火龙出水塞进水靠，以免出海时受潮，另有人砍断树枝做火把，涂抹鱼油，以备开战时点火之用。

青竹夫人一不做二不休，吩咐屠节把所有食物都搬了出来，大家尽情一饱。

人人都清楚，明日便是决死一战，要么夺回鬼岛，要么葬身大海，因此不再顾忌什么，一个个欢呼纵跃，不能上阵的老幼妇孺则跳起了祖传的舞蹈，祝福男人们旗开得胜，全命而归。

天色渐渐黑了下来，丁醒静静站在一处高坡上，看着下面欢闹喧嚣的人群，心头并不安稳。

这不是他第一次做主帅出征，可上一次全军覆没的教训太过深刻，令他仍旧生心忐忑。

他率领的不是百战之师，而是一群称得上乌合之众的渔民，纵使他们满怀复仇之心，可到底不是士兵，如果不能在海里解决战斗，一旦敌人逃回鬼岛，那便很麻烦。

丁醒清楚倭人的刀有多锋利，鬼岛族人的竹枪在倭刀面前像是草棍一样，不堪一击。

想到这里，丁醒摸了摸腰间的火铳，这是父亲用过的，传给了他。以前在北京连遭大难，好几次都是靠它才化险为夷。丁醒真的希望手中能多一些火铳，这样对付倭人才有胜算。

可惜，整个岛上只有他身上这一杆。

这一仗的前途，真如眼前幽暗的黑夜，无法看清。但丁醒很清楚，如今作为主帅，他不能有丝毫胆怯。

百晓娘缓步走过来，轻轻抓紧丁醒的手，熟悉的柔软温腻令丁醒的心情安宁了不少。

再一次共同上阵，面对生死，二人之间已经不需要多余的话语，他们都清楚即将迎接的处境有多险恶。

"打完这一仗，你……就不要离开了吧。"丁醒轻轻摩挲着百晓娘的手背。

"不走了，永远都不走了。"百晓娘凝视着丁醒，"不过出发之前，我得告诉你一件事情。"

"你说吧，我不会忘记每一个字。"

"你离开京城的时候，鬼仙应该对你说过，我已经提前来了定海。至于为什么要走，于谦信上没有讲明，他是在保护我。"

丁醒道："这些我清楚。"

百晓娘道："你不清楚的是于谦为何让我赶紧离开京城，因为有人盯上了我。当然，他们并非只是对我感兴趣，更感兴趣的，是我拥有的一样东西。"

丁醒并不奇怪："我猜到了，但我不想问那么清楚。江湖人，总有一点儿秘密的。"

"这个秘密，如今已经不算是秘密了，我所拥有的这样东西，叫天书！"

丁醒瞪大了眼睛，用不可思议的眼神看着百晓娘，嘴角却憋不住地向上挑起，几乎要笑出来："天书？你没开玩笑吧，世上哪有这种东西？"

百晓娘脸色沉静，没有丝毫揶揄的神情："天书只是民间的叫法，其实它没有名字，只是一部几千字的手写抄本，称为'无名书'，写出这部书的人，就是伯温先生。"

丁醒听了，心中便是一动。因为伯温先生与天书的事情，实在太有名了，几乎每个人都听过，而且说法不一。

相传少年刘伯温在青田老家读书时，有一日趁着闲暇进山游玩，于一隐秘山洞内得了一部天书。这部天书集天文、气象、谶纬、风水、兵法、相学于一身，博大精深，由于文字太过简约，不是天才之人极难学懂。

刘伯温日夜习读，刻苦钻研，靠着过人的天分，终于融会贯通，自成一家。日后他进入元朝官场,由于性格刚直,始终不得重用,数次辞官。直到跟随太祖朱元璋,为军师计,南征北战,破友谅、灭士诚、扫蒙元,最终一统天下。

在征战过程中,这部天书起了重大作用,以至于朱元璋都打起了这部书的心思,数次询问刘伯温关于天书的事。但刘伯温一再矢口否认,说天书一事子虚乌有,都是民间众口乱传,毫无根据,自己只不过是博闻强记、读书广博而已。

但朱元璋并不相信,刘伯温死后,他还派人四处寻找过,终究一无所得。关于"伯温天书"的事就这样成了传说,人们也随之质疑起天书的存在。

丁醒自然不会想到,今天百晓娘居然讲起了这件事。

"真的有这样一部书吗?"丁醒忍不住发问。

"那部天书共有六卷,伯温先生研读通透之后,将天书封存于秘处,不使人得知。因为他清楚,如此天书,若被心怀不善之人得到,世人必定遭殃。直到他逝世以前,在家中亲手写出了这部无名书。无名书中所载,是六卷天书的精要所在,由于字数简化,更难读懂。"

"那这卷无名书,是如何到得你的手里?"丁醒追问道。

百晓娘遥望远天:"我父亲也是当年的一位大才,他青年时期游历各处,到过青田,与伯温先生成了忘年之交,深得伯温先生赏识。离开青田时,伯温先生便以此无名书相赠,还留下了一句非常怪异的话。"

"什么话?"丁醒甚感兴趣。

"伯温先生对我父亲说,这部书你不要深读,有害无益。日后你有了儿女,也不要传给儿子,最好留给女儿。"

丁醒缓缓颔首："他是怕心机不正之人读了，会祸乱世间，挑起刀兵之灾。而女孩子没有这般野心，对家族，对世人，都安全得多。伯温先生果然思虑深远。"

而百晓娘接下来的话，更令丁醒吃惊。

刘伯温死前叮嘱儿子，自己得到的那六卷天书，要在朱元璋归天后再秘密呈给朝廷。当时已是建文帝当政，得到六卷天书之后，建文欣喜若狂，收于内庭，刻苦习读，但他天赋平平，始终不得要领。

当时朝中有方孝孺等名流大儒，建文帝也曾以书中字句请教，哪知这些名儒净是一肚子古板学问，哪能参得透彻？

没过几年，便有了燕王起兵靖难，战后，建文帝不知去向，六卷天书也随之失踪，时人猜测，应是建文出逃之时带走了。日后，朱棣秘密派人满天下寻找建文，甚至遣郑和七下西洋，固然是害怕建文活着危害他的江山，也有一个不为人知的原因，就是寻找那六卷天书。

可直到今日，建文与天书的下落仍旧成谜。

听到这里，丁醒又问："既然天书已失踪，为何有人怀疑到了你的身上？"

百晓娘道："天雷一案之时，锦衣卫中有人对我产生了怀疑。如今想来，可能是陆炎透出的消息，抑或他一早就盯上了我。还记得我放在你家中的首饰吗？"

丁醒当然不会忘记，那次是神机炮一案中，百晓娘第一次在自己家中过夜，后来她的首饰被三法司的人搜走，为此百晓娘异常急切，定要亲手拿回来。

"那些首饰有什么可疑的？"丁醒问。

百晓娘道："那些首饰是宫中才有的。确切地说，是建文帝一朝时后宫专门定制的。"

丁醒眉头紧锁，望着百晓娘："你的父亲不是一位民间大才吗？如何会与宫中扯上关系？"

"我和我哥哥都不是父亲亲生的，成年之后父亲提起，他在朝中有秘友是建文帝亲信，建文帝的儿子逃散民间后，一直受其保护。这位秘友死前，将两个婴儿交与我父抚养，一并留下了那些首饰。"

丁醒大吃一惊："如此说来，你是建文后人。怪不得你什么都懂，连宫中的事情也知道。"

百晓娘微然一笑："我的身世一直成谜，这便是原因。虽说如今建文帝的事已不再困扰朝廷，但我还是不能亮出身份。于是江湖就成了我的栖身之所。"

"明白了。"丁醒长出一口气，"锦衣卫或是三法司中，很可能有人认出了那些首饰，从而推演出你的身份，再联系到天书的事，这才盯上了你。"

百晓娘目光中稍带歉意："直到今天，我才讲出这些，你能理解吗？"

丁醒心头一阵热意翻涌："当然理解，你对我隐瞒身世，也是为了我的安全。"

沉默片刻，丁醒才问道："如果我们都能活着回去，你还会劝我辞官退隐吗？"

百晓娘轻轻摇头："不，我改主意了。"

"为什么？"丁醒不解。

百晓娘指了指山谷内的人丛："看看他们，本来也过着与世无争的日子，可灾祸依旧找上门来。这个时候，退缩逃避是不行的，敌人不会怜悯他们，相反只想着赶尽杀绝。"

"不错，世事便是如此，我大明不和亲，不纳贡，不割地，不称臣，就是不想退缩。每当危难之时，总会出现于谦那样的英雄。"

百晓娘望着他："你便是英雄，是顶天立地的男子汉，今后对治下的百姓也会很照顾，我若劝你退隐，那不但误了你的前程，还误了百姓，如此便是自私。于我来说，帮你做出一番事业，才是最幸福的事啊。"

丁醒心头升起一股暖流，轻轻握紧了百晓娘的手，就在这时，身后传来脚步声，百晓娘用不着回头就知道是青竹夫人。

她看了看丁醒，微微笑了笑："她找你有话说，我先下山了。"

丁醒正想阻止，百晓娘已挣脱了他的手，向山坡下走去。与青竹夫人擦肩而过时，百晓娘凑近青竹夫人的耳朵，说了句悄悄话，头也不回地去了。

青竹夫人听到这句话时，脸上僵了一僵，似是有些错愕。

坡顶之上只剩下丁醒和青竹夫人，丁醒显得有些手足无措，他很清楚对方找他要说什么，可自己还没有想好怎样答对。

青竹夫人倒很是高兴，这么多天以来，她终于等到了和丁醒单独见面的机会，因此她也是直截了当："将军，在出海前，有件事情我想听你亲口说出来。"

丁醒自然明白她的意思，于是面露难色："夫人，你的心意我很清楚，但还是不能答应。我有我的难处，请你谅解。"

"你们做官的不都是三妻四妾吗，有什么难处？"青竹夫人很是不解。

丁醒只得说出心里话:"实不相瞒,我在京城时曾经数历生死,都是百晓娘和我共渡厄难,我的心中早已无法容纳别的女人,如果此时贪图美色,或是其他原因应了下来,便是欺骗夫人,我于心不忍。"

青竹夫人听了这话不但没恼,反倒面现欣赏之色:"我就是喜欢你这样的男子,这才叫光明磊落呢。"

丁醒本想着当面拒绝势必惹得她不高兴,哪知事得其反,不由得暗暗叫苦,心想这夫人属狗皮膏药的,粘上就甩不掉,也是麻烦。

丁醒所说的确是实话,百晓娘早已完全占据了他的心,总觉得再娶别人就是对不起百晓娘,问心有愧。

青竹夫人上前拉起他的手,轻轻抚摸着:"你喜欢她是你的事,我不来管你,可我喜欢你,别人也阻不了。你一时接受不了我也没关系,我可以慢慢等。"

"这是何苦!"丁醒劝道,"我大明好男儿甚多,日后……"

青竹夫人突然捂住他的嘴:"好男儿就在眼前,我可不想错过了。"

丁醒后退两步,正色道:"夫人,大敌当前,我们不能儿女情长,这一仗极其险恶,能不能活下来还不一定。"

青竹夫人道:"一定能活下来,刚才姐姐说你是半个旱鸭子,要我好好保护你。"

丁醒苦笑,暗想我可不能再欠你的情了。

见他表情沉重,青竹夫人突然双手一张:"要拼命了,你能不能抱抱我?"

丁醒闻听吓了一跳:"你说什么?"

青竹夫人被他的神色逗笑了："我又不是刺鱼，你怕什么！我们族里有规矩，男人出海前都要找女人的。"

丁醒满面通红，不想再听，连连摆手："光天化日，众目睽睽，要不得，要不得。"他有些语无伦次，此时是夜间，哪来的什么天日。

青竹夫人笑得很是欢畅，丁醒的反应如同一个做了错事的孩子，与他的军将身份很不相配。

尴尬之时，鬼仙又一次出现了，这回他站得较远，只是简单地说了一句："屠节说时辰已到，该走了。"

丁醒如获大赦，转头望向谷地，那里的人们已经准备就绪，足足百十来人，除了青壮年，还有五十余岁的老汉、十三四岁的孩童，能上战场的都来了，他们手执火把，静静地站着，目光向自己这边射来。

青竹夫人收了笑容，明天便是最后的厮杀，眼前这些族人最终能活下来多少，还能不能站上自己的故土，她不知道，唯一可以肯定的是，明天的太阳一定是满眼血红。

第九章
破阵乐

几乎与此同时，鬼岛之上也迎来了一只快船，定海卫派来的人到了。来人通过贿赂宣旨钦差，得知了圣旨内容，原来朝廷已经同意由贺兰明护送阿丹国使，先去南京拜祭太祖皇帝朱元璋，再取陆路北上进京，一行船队进入长江水道之后，沿途府县均给予便利，供给食水，不得怠慢了阿丹国使。

贺兰明听来人讲完，异常兴奋，立刻与言五爷商议启程之事。

言五爷料到朝廷会有此一举，多日以来，他盘踞鬼岛，没有去定海，除了怕手下倭人露出马脚之外，还有一个原因，就是要在鬼岛招兵买马，扩充实力。

十多天的工夫，加入他麾下的各路海寇就有四五股，约莫二百多人，加上自己的人及贺兰明带来的官兵，全部人马超过六百。此外还有几股海寇已经谈妥归顺之事，此时正在离定海不远的地方等他们。

以此算来，总人数不下千余人。

人手虽然不太多，可这些海寇都是悍匪出身，战力极强，对付南京那些不谙训练的老爷兵，完全能以一当十，更不要说那批倭人忍者。因此言五爷有十足的把握一天之内拿下南京。

早在天雷案时，言五爷就想过在南京称帝登基，因此他早就派出人手，对南京的城防街市做过全面调查，还画有详细的地图，标明了所有驻军及各部所在地。此时图纸派上了用场，甚至连进城之后先攻哪里、主攻何处他都经过了仔细斟酌，尽量做到万无一失。

贺兰明到底不是流寇心性，总有些顾虑，此时屋子里只有他两个人，因此便问言五爷："叔父，照我们现在的实力，出其不意拿下南京应该不成问题，但之后的事更麻烦。上游有很多军事重镇，听到南京被占，一定会星夜来攻，我们这点儿人马顶得住吗？"

"无妨！我已有计较。"言五爷的语调异常自信，"首先，江北的人马在年前曾调往京城抵抗也先，本来也该回来了。可最近也先再次率兵出动，按我的计划佯攻大同和宣府，如此一来，这批人马自是要留在北边，一时半会儿调不回来。"

"那江南和南京上下游的军镇呢？"贺兰明真正在意的是这些驻军，有大江做水路，尤其是上游的战船朝发夕至，很快就会赶来。

言五爷冷笑道："我已经算好了，江面上的明军战船不足为虑，神龙会关照他们。至于陆上的军马，至少也要七八天才能赶到南京城下。有这七八天的工夫，足够我们做大事了。"

"什么大事？称帝吗？"贺兰明急切地问道。

言五爷用手一捶面前的桌子："对，就是称帝。占领南京之后，你我同去祭拜太祖陵寝，当众出示建文遗物，然后唤出神龙，城中民众看了，能不对我死心塌地，倾心投靠？用不了三天，这个消息就会传遍沿江府县。到那时，我将对各地军镇许以高官厚禄，让他们前来归顺。我相信，只要见到神龙，会有很多人相信我们有真龙护佑，必为天子。"

听着言五爷的话，贺兰明眼中逐渐迸射出狂热的光芒，他一把抓紧言五爷的手："叔父，小侄再无顾虑，此一去，定然保您登上帝位。"

言五爷呵呵大笑："我若登极，必立你为太子。"一对妄人欣喜若狂，好像已经见到了眼前的皇帝宝座。

二人出门召集所有部众，言五爷发下号令："今夜收拾军器粮草，送上船去，只等明日一早，大队启程赶往定海！"

贺兰明要先回定海听旨，在没有进入南京城以前，绝不能露出反迹。

命令一下，所有贼寇都振臂高呼，一个个兴高采烈，摩拳擦掌。尤其那些招来的海寇与倭人，这些人久在江海为盗，何曾见过江南的富庶土地，这回只要攻下南京，必定人人满载而归，大发横财。

贺兰明和言五爷的人想的则是开国定爵，裂土封疆。

众人想法不一，但行动不差，一个个在头领的带动之下，收拾武备行装，送上船去。

整个鬼岛灯火通明，人声喧嚣，大捆的刀矛弓箭、炮弹火药运到船中，还专门有人将言五爷乘坐的海船船帆重新漆过，隐去龙形图案，以免引人注目。

趁着这个当口，言五爷和贺兰明派人将阿丹国使一行人提了出来，厉声恐吓了一番，让他们一切听自己的命令，只要说错一句话，立刻处死。

阿丹国使哪里见过此等阵仗，吓得唯唯诺诺，连声应允。

一众贼寇直活忙了半夜，子时过后方才一切准备完毕，只等天明便起锚开拔，回返定海卫。

十几名鬼岛族人也被押上船去，作为安全出海的向导。言五爷为防他们跳海逃生，用绳子绑在这些人的腰间，另一端系到桅杆之上，绳子长度只够到达船舷，在甲板上可以自由行走，却休想跳海，还派了几名倭人看守。

贺兰明则吩咐手下人，只要出了鬼岛外海，驶上航路，便将这十几个鬼岛族人绑起来押进底舱，不许外人看到，以免露出马脚。

之所以不杀他们，是防备攻取南京不成，日后退回海上，仍可以回到鬼岛称王称霸。

进退有据，不得不说，他们思虑得颇为周全。

夜色之中，五艘大船静静地泊在海湾之中，好像蛰伏的怪兽，潜首缩尾，暗隐爪牙，等候时机的到来。

同样的夜色下，丁醒和青竹夫人率领着鬼岛部族的人正疾行于海上。这些天的工夫，他们制作了四五十条竹排，此时已经用不着什么浮排之术，只是点起竹篙，奋力划行。

鬼岛族人非常善于借用海流，青竹夫人又是当先领路，用了大半夜的工夫赶到鬼岛的外海，这一回他们没有驶近鬼岛，而是来到了出岛的方位上，等候贺兰明的船队出现。

众人准备好了火器、竹枪、弓箭等物，百晓娘还背了个包袱，塞得鼓鼓囊囊的，不知装了什么。

丁醒很清楚自己一方的优势，如果在海湾之内动手烧船也不是难事，但那样一来，敌人跳海之后会很快游上岛去，淹不死几个人。

而在外海动手，只要烧了敌船，就算敌人跳海游向鬼岛，最终不是被激流卷进海底，便是撞上暗礁，游回鬼岛的机会很小。

如能在海中歼敌，绝不在岛上陆战，这便是取胜之道。

至于阿丹国使，丁醒已经特意叮嘱青竹夫人，一定要多加注意，尽量救起。汪顺与青竹夫人见过国使，将他们的衣着样貌说给屠节，让他带人专门负责此事。

一切准备停当，几十条竹排静静地浮在海面上，如同潜伏的鲨鱼，只等猎物的到来。

没有人说话，海风掠过漆黑的夜空，丁醒抬头望向东方，启明星已经下沉，天边微露一丝晨曦，最暗的时刻已经过去，不久之后，朝霞将布满东天，映红整个海面。

他知道，到时候映红海面的不只是朝霞，还将有血色和火光。

天将破晓，言五爷和贺兰明早早收拾停当，一道来到口袋湾旁，这是深入岛内的一个海湾，也是驾船驶出鬼岛的唯一通道。

此时湾内停着的五条大船尚未撑起风帆，阿丹国使已经被押入船中，岛上众人都列队站在水边，不少人执着火把。火焰在海风中猎猎作响，映出一张张狰狞的面容。

所有人都穿戴着明军号衣，冒充成贺兰明的部下，如此才能瞒过沿途的军民官员。

贺兰明带来的叛军久经训练，列队最整，其他海寇倭贼在这十几天当中，由贺兰明部下军官严训，也站得有模有样。这是言五爷特意叮嘱过的，以免在未动手之前便露出破绽。

望着黑压压的人群,言五爷跳上一块巨石,朝四下拱拱手,清了清嗓音,高声说道:"诸位兄弟,朝廷已经来了诏令,同意我们去南京。南京这个地方,对于你们可能没有过多的意义,但对于我,那是命定之所。四十余年之前,先祖建文帝被朱棣强行夺位,以至流落江湖,郁郁而终,但我相信,不久之后,南京和整个大明江山都将重归故主。"

说着,他取出那根金棒,双手举起:"圣物在此,真龙现身!"

话音刚落,众人头上赫然升腾起一股黑烟,黑烟越来越浓,越升越高,眨眼间离地十余丈,凝在那里,聚集不散。

紧接着,黑烟中闪出电光,夹杂着闷雷之声,轰响不绝。

言五爷的人自然没有什么反应,贺兰明部下的叛军也见过这种情形,仍旧纹丝不动,但最近召集来的那些海寇则个个面露惶恐之色,不知所以。

随着电闪雷鸣,黑烟当中"呼"地钻出一条活龙来,这条龙遍体金光,张牙舞爪地在空中盘旋飞转,口中发出清越嘹亮的龙吟之声。

众人见神龙出现,个个高呼万岁,有些海寇甚至面无人色,跪伏在地,不住地向天上叩拜。

言五爷双手缓落,收了圣物,那条龙也钻回黑烟当中,眨眼之间黑烟便消散不见。

亲眼见到神龙,群寇无不精神大振。

言五爷继续说道:"上有神龙佑护,下有尔等同心,此去必能复国。常言道,天理昭昭,报应不爽,朱棣及其子孙僭居大位,已历四代,气数将终,只要我等夺取南京,振臂一呼,天下必云起响应,那时克成大业,愿与诸君共富贵。另外,我已与瓦剌也先约定,我们攻打南京,他便挥师进袭北京,双管齐下,明廷必定土崩瓦解,只盼诸君听我号令,奋勇当先。"

群寇一听有瓦剌人策应,更是兴奋不已,同时举起手中兵器,高声呼喊起来:"谨遵号令,奋勇当先,谨遵号令,奋勇当先!"

言五爷把手一挥:"登船,起锚!直奔定海卫!"

群寇狂呼乱叫着散开,奔向自己的船只,攀着绳子爬上船去,一个个争先恐后,甩缆、拉锚、起帆、掌舵,虽然看起来忙乱,却是有条不紊,那五条大船也依次摆正了船头,言五爷和贺兰明等首领登船之后,船队便朝着鬼岛外驶去。

朝霞如火,红透天际,被抓住的鬼岛族人与言五爷等人一道站在最前面的大船上,指挥前行,不时绕开海面下的浅礁和激流。每条船上都有专人向后面传递消息,何时扭舵,何时转帆,以保持和首船一致。

不多时,五条大船安全驶出鬼岛,进入无边的沧海。

看着眼前广阔的海疆,为首福船上站立的言五爷和贺兰明都泛起得意之色。他们都知道,在前面百余里外,还有数股海寇准备加入,届时兵强马壮,神龙护佑,夺下南京、号令天下的日子就在眼前。

猎猎的海风吹饱了风帆,船速极快,不多时,已经离开鬼岛二三里远近。朝阳在海面露出头来,灿烂的阳光照射在众人背上,眼前一片海阔天空。

言五爷与贺兰明心怀大畅,在船头上高声说笑,仿佛天下尽在掌握。

突然之间,一个声音自头顶上传来,那是瞭望手在帆顶刁斗上大喊:"五爷、贺兰大人,后面有人来了,有人在接近!"

言五爷与贺兰明听清叫喊的内容之后,不禁一愣,因为驶出鬼岛之时他们曾留意过,四周没有任何船只,照自己这五艘船之行速,不太可能有船追得上来,难道是来投奔的海寇?

想到此,二人并肩走到船尾,一手扶住船舷,一手遮蔽阳光,极目向后眺望。

他们是船队的第一艘,后面还有四只大船挡住了视线,远不及瞭望手站在高处,看得极远极准。

见无法看清楚后面,贺兰明高声发问:"是些什么人?乘的什么船?"

"不是船,他们好像站在海里,对了,应是竹筏子!"瞭望手大声回答。

竹筏子?贺兰明与言五爷闻言,立刻明白过来,敢在海上以竹筏行驶的,只有鬼岛族人,冤家路窄,这些家伙终于出现了,几个月以来,不知道他们躲到了哪里。

言五爷不以为然,问瞭望手道:"他们是去鬼岛了吗?"

按他的想法,自己率人离开鬼岛,那么鬼岛族人自然要重归家园,言五爷丝毫不把鬼岛族人放在眼里,鬼岛是海上基地,一旦计划失败退回来,再占鬼岛不过是举手之间的事情,用不着此时与鬼岛族人纠缠。

除此之外,言五爷还有些好奇,鬼岛族人早不来晚不来,偏偏今天到了,他们如何知道自己的行程?

谁知瞭望手的回答让他心生疑惑:"五爷,那些人看样子是朝咱们来的,离尾船已不足三十丈了!"

言五爷与贺兰明对视一眼,脸上均是不可思议的神色。鬼岛族人居然敢朝着自己的船队冲上来,难道不要命了?

要知道,贺兰明带来了两艘福船,布有大炮,而言五爷率领的部下有威力更大的火炮,区区一帮平民岛众,手无寸铁,如何敢来捋虎须?

他们活得不耐烦了!这是二人相同的判断。

贺兰明一摆手,吩咐道:"旗手发令,船队散开,转舵,准备迎战!"

他是海战高手,如今敌人在后面,自己的五条船呈一字前行,无法开炮击杀对方,因此他先命各船尽皆散开,然后转舵侧对敌人,那时大炮就可以开火了。

旗手闻听,立刻拿出令旗,上下挥动,将贺兰明的命令传达给后面的船只。

后面船上的旗手亦不例外,几番传递之后,众船都接到指令,停止前行,慢慢转向,将大炮褪下炮衣,准备开火。

就在这个时候,丁醒与青竹夫人率领鬼岛众人也开始了变阵。丁醒在试制神火飞鸦时,便考虑了一旦与海寇交战,如何让手中简陋的武器发挥最大的威力。

汪顺非常熟悉海战,在听取他的意见之后,丁醒决定采用群狼围猎的战术,一旦接近敌船,便将数十条竹排散开,分成多个战队,分头攻击自己的目标。

当年太祖朱元璋与陈友谅在鄱阳湖水战时,与今日的情形十分相似,亦是因为对手的船只高大,无法硬拼而采取了同样的办法。

他们之所以没有迎头截击,而是从后尾击,也是考虑到阳光照射的缘故。

但见朝阳如火,映得海面如血如霞,双方都清楚,一决生死之时到了。

海寇的五条大船转向之时,丁醒发出了号令。按事先的安排,青竹夫人、百晓娘、鬼仙、汪顺、屠节各率一队竹排,向两侧包抄而去,自己则率余下的七八只竹排径直冲进船队之中。

按水战的规矩,这样冲入对方船队无异于送死,可如今丁醒他们乘坐的是竹排,竹排贴于水面,在离敌船足够近时,船头上的大炮无法伤到他们,一旦开炮,可能会误伤其他的海寇,因此,他们只需要防备弓箭就可以了。

果然,丁醒这一支人马成功吸引了海寇的注意,他们一边转舵,一边为大炮填装火药,准备开火。但鬼岛族人使用竹筏极为熟练,竹筏行驶极快,还没等大炮装填完毕,已冲进船队中间。

海寇的叫声连片传来:

"他们接近了,快开炮!"

"炮口太高,打不到他们……"

"不能开炮,会伤到自己人……"

"放箭,放箭!"

随着叫声,大船上站出一排叛军,拉弓搭箭,瞄准丁醒一行人。

只见丁醒一行人不慌不忙,手中提起一块宽大鱼皮,遮在头上。尤其丁醒,身边族人将他围在中间,在他头顶上盖了两块鱼皮,生怕他擦破一点油皮。

很显然,这是青竹夫人吩咐过的,一定要确保丁醒的安全。

竹排远低于大船,因此箭支只能从头顶射到,把鱼皮在头上一举,便可以护住身体。

那些鱼皮也不知是从何种鱼身上剥下来的,甚是柔韧光滑,箭射到上面,居然纷纷被弹开,落到海中,没有一支箭能伤到人。

又有海寇在叫喊:"箭伤不到他们,用火铳,用火铳!"

就在这群人回身去取火铳之时,鬼岛族人出手了。

他们早就把神火飞鸦与火龙出水背到了身上,每人身后都有十几支,丁醒一声令下,众人摘下武器,点燃引线,对准了眼前的敌船。

此时青竹夫人等人也完成了对船队的包围,攻击开始了。

嗖——嗖——嗖——

呼——呼——呼——

随着诡异的声响,上百支神火飞鸦贴着海面向上飞起,喷吐出的火舌如流星火雨一般,映着日光飞上船去。

言五爷这五条大船顿时处于极为不利的下风。

因为他们是背对着太阳行驶的,要迎战,得回头,但一回头,便迎上刺目的阳光。加上海面波光粼粼,浮光跃金,更加耀眼生花,哪里看得清楚。

况且就算看得清楚也无济于事,就在这一愣神的工夫,无数神火飞鸦已经飞到头上。

只听得一阵"扑通""扑通",密集的声响,如同雨打毛毡一般,神火飞鸦有的撞到船舷,有的落到甲板,也有的飞到布帆上。

不管落到哪里,神火飞鸦只要一撞到东西,立刻发出一声闷响,紧接着变成一个火团,燃起熊熊烈焰。火团不光燃烧,还朝着四下迸射,溅到哪里,哪里就冒出一个小火团。

这当然是炸药与鱼油混合的效果。

丁醒近前的这条大船，眨眼间就起了十几个火头，刮刮杂杂地燃烧起来。

海寇大惊失色，狂呼乱叫着灭火。可他们的船只太高，无法从海中取水，只能用存储的淡水，不少人奔向舱中，用各种器具装水，要把火头浇灭。

丁醒很清楚，落到甲板上的神火飞鸦并不能把整条船烧毁，唯一的胜算便是那道主帆。于是他下令，所有火器全部朝着帆上射去。

又是一阵破空之声，数十支神火飞鸦冲天而起，其中十余支撞到了主帆。

另外还有几支阴差阳错地打中了数名海寇，油脂连同火药洒了一身，即刻熊熊燃烧，烧得海寇鬼哭狼嚎，在船板上翻腾打滚。

身边的人手忙脚乱地施救，但油脂很黏稠，不易扑灭，而且烧透衣物之后附着到皮肉之上，亦烧得吱吱作响，一股焦肉味道弥漫四周，令人作呕。

眨眼之间，两名被烧的海寇便停止了滚动，一命呜呼，剩余的三四人疼得受不住，惨叫着跳下海去。

而在此时，大船上的主帆已被烧出几个大洞，火焰迅速蔓延，在海风的劲吹之下，不多时，整个主帆便成了一道熊熊燃烧的火墙，看上去极为壮观。

主帆成了火墙，自然无法借风，整条船便停了下来，任舵手怎么转舵也无法改变方向。

海船没有了风帆，便是一条死船。

其余四条船的情形也差不多，所有主帆都被点着了。百晓娘他们用的法子和丁醒一样，贴近攻击，船上的大炮失去作用，弓箭、火铳也无法射穿防卫的鱼皮。

谁也意想不到，装备优良、性能优越的福船和海寇船居然完全处于下风，被动挨打。

贺兰明和言五爷急红了眼睛，他们不住地指挥部下朝竹排上的人放箭、开枪，但作用不大，鬼岛族人有十几个因为遮蔽不严而受伤落水，但伤势不重的又爬回竹排上，咬牙继续血战。

眼看着对方不住地发射火器，贺兰明满头大汗，当他看清丁醒和百晓娘等人的面貌时，如同见了鬼一般。

丁醒为什么还活着？

这家伙的命也太大了。第一次从言五爷的手下逃生倒也罢了，毕竟当时丁醒所坐的福船上有小船，而上一回他明明已经落海，四周没有片板可乘，自己还倾倒了血水，招来鲨鱼，这样的必死之境下，丁醒居然还不死？

他有些心惊胆战，难道丁醒是自己的克星不成？

此时对方使用的火器，自己从未见过，这东西虽然杀不了几个人，可是放起火来尤其厉害，撞到哪里，哪里便是一个火团。不用问，一定是丁醒从神机营中学到的制造方法。

丁醒来了定海卫之后，贺兰明曾多次探其口风，想知道神机营中有没有关于海战的武器，丁醒一直矢口否认，此时看来，人家根本没说实话。

贺兰明这样想，却是冤枉了丁醒，如果没有鬼仙和百晓娘这样的机关圣手，丁醒绝无能力造出神火飞鸦和火龙出水等火器。

言五爷见弓箭与火铳均不见效，情知再这样任对方烧下去，所有的船都会被焚毁，现在只能拼一拼了。于是他厉声命令身边的海寇跳下海去，与鬼岛族人近战。

这是反击的唯一机会，贺兰明也给叛军下达了同样的命令。

于是除了船上救火的人以外，海面上如煮饺子一般，跳下去近百人，这些人或是口咬钢刀，或是挺着缨枪，准备拼命。

跳下海的人自然水性不差，他们很快浮上海面，朝着竹排游来。

青竹夫人早就料到这一招，只见她微微冷笑，命令身边的号手吹号。

号手时刻跟在她身边，接到命令之后摘下脖子上挂着的海螺，吹了起来。

鬼岛部族长年生活于海上，螺号的使用根本就是家常便饭，平时不论召集、预警、出海、入港，都是用号声作为信号。

不同的号声代表不同的意思，此时号手吹奏的，便是应战的信号。

听到号声，各个竹排上的人都做出了分工，一半的人继续攻击敌船，还有一半的壮年汉子除下火器交与同伴，自己则挺着事先做好的竹枪，翻跟头跳进海里。

两拨人马在水中立刻展开了贴身肉搏。

叛军与海寇固然熟悉水性，可与鬼岛族人比起来，仍然差了一截，而且他们的兵器也落于下风。

明军的刀枪要么短小，要么沉重，在水中无法发挥作用。而鬼岛族人用的竹枪却是又细又尖，在水中使用很是灵活，更可怕的是，竹枪的尖端都涂抹了剧毒，这种毒一旦进入人体血液，整个人立刻全身麻痹，手脚不听使唤，很快会沉入海中淹死。

因此双方一接战，眨眼工夫，叛军这一边就被刺杀了数十名，鬼岛族人则如同一条条游鱼，蹿上潜下，灵活自如，海中不断地泛起血花。

叛军很快感觉到不支，拼命向回游去，打算爬回大船，可是他们游水的速度远远比不上鬼岛族人。尤其他们还穿着明军号衣，而鬼岛族人则几乎精赤着全身，只是腰间围着裤头，游动起来快捷得多。

随着一声声惨叫，叛军百余名跳水者无一生还，甚至有的已游到大船边上，抓住绳梯向上爬了，仍被追近的鬼岛族人掷出的竹枪刺中，掉回海中毙命。

眼看着大船被烧，下水的士兵也被击杀殆尽，言五爷与贺兰明都红了眼睛，他们像是发疯的野兽，指挥着部下使用大炮还击。

大炮因为架在船上，炮口过高无法射击，二人便命令卸去炮架，只余炮身，可百晓娘等人已经围拢到大船附近，这样仍旧不能打到对手。贺兰明急切间不顾部下死活，让他们点燃开花弹，徒手扔向竹排。

数十发开花弹冒着滋滋的火星，朝着漂浮在海中的竹排掷过去。可徒手扔出的炮弹准头既差，力道又小，甚至引线燃烧的速度也无法把握，大多数开花弹皆落进海里，根本没有炸响。

有的炮弹倒是掷到了竹排上，马上又被鬼岛族人踢到海中。

只有几发开花弹在空中炸开，弹片碎屑倒是杀伤了十几人，但鬼岛族人有鱼皮遮挡，大多伤到腿部，不会致命。

而竹排上射出的火器却一刻不停，仍在朝着大船猛攻。

突然，其中一艘海寇乘坐的大船发出一声轰响，火光冲天，烈焰飞腾起几丈高。原来主帆已经被烧断，上半截帆蓬如同一把巨的火扇，自半空中拍了下来，几乎覆盖了多半个船身。

猛火烈焰顿时引燃了船头的炮弹与火药，从而响起剧烈的爆炸，开花弹威力惊人，甫一炸响，四周正在扑火的十几名海寇便被炸得血肉横飞，身首异处。

随着几枚开花弹的炸响，船板碎裂，火焰落到下层船舱，那里堆放着备用的火药与炮弹，立时引起连环爆炸。刹那间，大船的龙骨被炸为两截，整条船从中一分为二，船上的所有人不是被炸死，就是被迸发的气浪颠起老高，落进海中。

不光是海寇，离得最近的一条竹筏也被波及，被飞落下来的炮身砸碎，上面的鬼岛族人或死或伤，全部落海。

眨眼工夫，这条大船便碎成数块，残余的甲板仍在燃烧，与海水交接之处发出滋滋的声响，冒出多股青烟，海面上一片狼藉。

见有大船被焚毁，鬼岛族人发出一阵阵欢呼，攻击劲头更足了。

此时几百支火器已经用掉了一多半，而剩下的四条敌船，所有的帆都起了火，用不了多久，这些大船便会被彻底烧毁。

言五爷与贺兰明终于陷入了绝境，这场战斗中，弓箭无用，火铳无用，大炮无用，甚至跳海近身肉搏也不是对手，海寇的一切攻击手段皆已用尽，只能眼睁睁看着一支支带火的竹筒飞到船上，毫无办法。

就在这个当口，二人身后的主桅发出一阵阵怪响，定尘扑上前来叫道："五爷，主桅要倒了！"

言五爷决断倒是很快，把手一挥："弃船，回岛！"

定尘抽出腰刀，奔向另一侧的船舷，手起刀落，砍断了几根绳子，这几条绳子下面系有逃生小船。绳子一断，小船落到海面。

言五爷带着贺兰明与定尘，一起跳下海去。言五爷跳海的时候居然还不忘记抓了一名鬼岛族人，以便安全逃回鬼岛。

他们几个一跳海，余下的人立刻军心涣散，无力再战，纷纷各找逃生之路。一条条逃生船被放下，海寇争先恐后地上船，不少人浮在海中游向小船，但船已满载，早已上船的同伙顾不得其他，刀枪齐下，将未上船之人杀死在水中。

海面上乱成一团，烈焰烧灼声、火药爆炸声、舱板碎裂声、激奋的喊杀声、濒死之人的惨叫声混成一片，声闻数里。

在一片混乱中，汪顺看得清楚，那几名阿丹国使跑上了燃烧的船头，不顾手脚被绑，纵身跳入海中。他急忙告知屠节，屠节早有准备，亲自带着几名族人将阿丹国使救上竹排。

丁醒则一意盯紧贺兰明，等到发现他们已经乘上小船，回头朝着鬼岛驶去，立刻下令身边的鬼岛族号手吹号，联络百晓娘等人，指挥众人驾起竹排，追向小船。

在他的身后，百晓娘、鬼仙、青竹夫人都带着几只竹排尾随而来，其余族人则在屠节的率领下，继续围歼海上的叛军。

言五爷他们乘坐的小船没有船帆，只能靠划桨，幸而定尘等人都身强力壮，运桨如飞，转瞬间便驶出很远。还有几十名海寇驾着四五只小船紧跟其后。那个倭寇首领黑井三郎也在其中，他与手下的几个倭寇坐着两只小船，船上放着一只大木箱，如此忙乱之中还带着这等物件，显见得很是重要。

黑井三郎的船上人少，很多落海的叛军想要爬上船头，却被几个倭寇一刀一个，不是断手，就是断头，杀开一条血路，向鬼岛驶去。

双方交战之处本就处于离鬼岛不远的海面，很快，言五爷等人就驶近了鬼岛。他逼迫鬼岛族人指引方向，终于穿过激流险滩，回到了口袋湾中。

他身后的几条小船只有两条船靠了岸，其中就有黑井三郎那一条。其余的三四条船都被乱流卷进了海中漩涡，翻船沉没，上面的海寇也葬身鱼腹。

靠岸之后，言五爷先是手起一刀，将那个引路的鬼岛族人剁进水中，他早就疑心正是这些鬼岛族俘虏走漏了消息。随后他便由定尘扶着，登上陆地，贺兰明也紧随上岸，三个人衣服湿透，脸上被火烤得红灼灼的，冒着热气，如同落汤鸡一般狼狈不堪。

在他们身后，黑井三郎等人也逃到这里，一伙人聚在岸边，还没等商议对策，丁醒与青竹夫人率领十余支竹排已经追了进来。

言五爷看到丁醒如见死仇，气得一佛出世，二佛升天。他一把揪住贺兰明怒问："你不是说他已经死了吗？我见到的难道是鬼魂？"

贺兰明哭丧着脸："我也不知道这王八蛋是怎么活下来的。"

言五爷一把推开他，朝定尘与黑井三郎喝令道："左右也是今日，先杀光这群岛蛆，再图大业！"

都到了这个时候，他居然还念念不忘所谓的大业，倒也令人佩服。

一伙叛贼知道要想活命，只有拼死一搏，贺兰明指挥着，众人抽出兵器在岸边列阵，准备厮杀。

丁醒数了数，对方共有十六七人，自己一方则来了三十多人，兵力之上占绝对优势，可从敌人的兵器来看，倒有四五个是倭寇，不好对付。

眼下对方占据有利地形，自己一方只能涉水上岸，他看透了贺兰明的图谋，于是一挥手，令大家散开，从不同的地方登岸。

这样一来，叛军聚在一处便失去了优势，反而会被包围。贺兰明心知不好，只得率领部下迅速退向高坡，想据住坡顶，居高临下，决一死战。

退到高坡上之后，言五爷和黑井三郎咬了几句耳朵，随后黑井三郎朝部下两名倭寇一甩头，两名倭寇会意，抬着那个大木箱，掩护言五爷向不远处的一座小山逃去。

由于视线被遮挡，丁醒并没有发现言五爷逃走了，他率领众人追到坡下，定睛向上看去。

高坡上十几名敌人已经排成了阵势，前面有七八个叛军一手挺着红缨枪，一手执定护身藤牌，扎住阵角，中排则是手举倭刀的倭寇。贺兰明与黑井三郎在后排指挥，远远看去，如同一只遍体生刺的困兽。

敌方没有火铳，显然已经在海战中受了潮，无法使用。

看到这个阵势，丁醒暗自皱眉，对方列成的防守阵势虽较为常见，但地势很好，居高临下，自己一方无论从哪个方向进攻都是仰攻，极为不利。况且敌人有藤牌护体，投掷竹枪不管用，如果靠人多硬冲的话，毫无团队作战经验的鬼岛族人会伤亡惨重。

局面一时僵住了。

青竹夫人看着坡顶上的敌人，银牙紧咬，一马当先向上冲去，却被丁醒一把拉住，她转头问丁醒道："仇家就在眼前，为什么不让我冲上去？"

丁醒颇为冷静："对方结阵死守，上去就是送死，眼下是要想办法将他们的阵势打乱。"

百晓娘在旁边帮腔："打仗的事，你最好听他的。"

青竹夫人看看身后的族人，火器已经打光了，只剩下手中的竹枪，在水里厮杀能占些便宜，可陆上作战，便远不如对方的长枪倭刀了。

背后一名族人忍不住了，举手投出一支竹枪，直朝黑井三郎刺去。黑井三郎动也不动，他身前的一名叛军举起藤牌，"咚"的一声，竹枪刺在藤牌上，被弹开几尺，落在地上，叛军毫发无伤。

丁醒看出贺兰明布下的阵势可攻可守，如果再不进攻，那么贺兰明就要进攻了，虽然对方人不多，可居高临下全力猛冲的话，自己一方绝对挡不住，必定死伤惨重。

鬼仙看出丁醒的担忧，轻声一笑："不用急，小娘们儿有办法。"

丁醒闻言一愣，看向百晓娘，此时百晓娘身上也没有了火器，不知道她还能有什么好办法。

百晓娘伸手到包袱里摸出一个油布包，从里面掏出一串红纸裹成的鞭炮，低声对众人道："大家用手巾捂住口鼻……"

说着，便用火折子点燃上面的引线，扬手扔向贺兰明等人。

那串鞭炮在空中吱吱作响，又是通体血红，任谁头一次见了都会吓一跳。

"是火器，大家小心！"贺兰明大叫着示警，同时将身子一缩，躲在了藤牌之下。所有叛军都学着他的样子，用藤牌挡住自己。

可扔过来的不是炮弹火器，而是一挂鞭炮，落到藤牌上之后并未被弹开，而是发出一串爆响。

响声虽然吓人，倒也不至于伤人，厉害的是鞭炮炸碎之后冒出

243

的烟雾。

与普通鞭炮不同，百晓娘扔出的鞭炮炸开之后，产生大量的浓烟，烟雾弥漫之下，所有叛军都被笼罩其中，紧接着，贺兰明等人就感觉眼睛火辣辣的，泪水夺眶而出，嗓子也如同塞进了一把辣椒面，呛得连连咳嗽，连腰也直不起来了。

丁醒恍然大悟，记起第一次见到百晓娘的时候，就领教过这种鞭炮烟雾。

他看向百晓娘，正巧百晓娘也看着他，二人会心一笑。但这并不耽误他们掏出手巾、手绢包住口鼻。

"你怎么会有这东西？"丁醒大声问。他很清楚，自从在海上被青竹夫人救起，百晓娘便身无长物，从哪里得来的鞭炮呢？

百晓娘回答道："老汪回定海偷火药时，我拜托他从我的住处带来的，还有不少你没见过的好东西呢。"

丁醒这才恍然大悟。

此时叛军的阵形已经散了，所有人在下意识的情况下，都逃向烟雾外面。

丁醒大叫一声："动手！"

三十余名鬼岛族人提起手中的竹枪猛掷过去，惨叫声立时响起，有六七名叛军当胸中枪，立时倒地不起。

另有几名叛军被刺中肩腿，伤得虽不重，可没跑几步便瘫软在地，枪尖上的剧毒令他们全身麻痹，迈不动脚步。

贺兰明与黑井三郎侥幸没被射中，二人一看不好，多人死伤之下，已经摆不成阵势了，眼下只有择路逃生，于是也不打招呼，分头向远处的树林跑去。

丁醒当然不会放过他们，拔腿就追。鬼仙喝道："分头追，那个倭贼交给我！"

百晓娘要与丁醒一同去追贺兰明，丁醒知道黑井三郎的厉害，怕鬼仙一个人吃亏，于是力劝百晓娘去助鬼仙。百晓娘不放心，丁醒拍了拍腰间的火铳："我有火器，不怕打不过贺兰！"

百晓娘只得叮嘱丁醒小心，便尾随鬼仙追向黑井三郎。

定尘一见贺兰明率先逃了，急切间转身也要走，青竹夫人看得清楚，手起一竹枪，正钉在定尘的大腿上。定尘"哎呀"一声，身子一歪，险些跌倒。

他倒也生性勇悍，咬牙拔出竹枪，抛去一边，踉跄着继续前行，可没走几步，就觉得头重脚轻，天地立时翻了个儿，吃了一跌，滚在地上。

没等他挣扎起身，鬼岛族人便围攻上来，乱枪齐下，搠成烂泥。

余下的几名倭寇与叛军一哄而散，青竹夫人命令部族四处追杀，她想去帮丁醒，可抬头看时，丁醒早已不知去向。

第十章
归去来

黑井三郎虽说上了年纪，但多年的苦练仍令他身手矫健，奔跑如飞。眨眼之间就逃进了一小片林子。

身后的鬼仙与百晓娘紧追不舍，鬼仙手中握着三根竹枪，百晓娘不知从哪里得了一口倭刀，还捡了面藤牌，倭刀刀身细长窄狭，倒也适合她用。

二人追到林边，鬼仙站定脚，警惕地望着前面。百晓娘不解："怎么不追了？"鬼仙扯下脸上的黑纱，以便看得更清楚，眼下露不露脸已经不重要了，保住命才重要。

"黑井一族的忍术非常诡异狠辣，你不要进去了。"鬼仙说道。

百晓娘哼了一声："你一个人进去不是更危险？四只眼睛总比两只眼睛好用。"

鬼仙想了想，从怀中掏出那件脏兮兮的袍子，让百晓娘披在身上。百晓娘不止一次用过这袍子，它不光能遮人眼目，还能当软甲用。

穿戴停当，二人一前一后小心地走进林子。

这片树林很小，走了不到三十步就穿林而过，来到一处溪涧边。

清流潺潺，绿草茵茵，小溪自石草间穿行，最后坠入涧底，在空中裂成无数珍珠碎玉，闪着晶莹剔透的光彩，滚落在一块块圆石之上，迸溅得粉碎。

涧边生长有几株不知名的树木，宽大的叶片好似蒲扇，随风摇曳，叶片间停着几只红绿毛色的鸟儿，在不住地鸣叫。

溪落林愈静，鸟鸣山更幽。

如果不是面临着惨烈的搏杀，二人真想好好欣赏一下此处的美景。

涧宽不及一丈，与对面山地相连的，是一座小小木桥。这座小木桥也不知建成了多久，木头已看不出本来的颜色，但看上去仍旧坚固。

而黑井三郎就站在木桥中间，他脱去了明军号衣，露出一身东瀛劲装。

一把倭刀竖在他的两眉之间，将他的眼睛分隔开，那把刀映着初升的日光，发出凄艳的红光，仿佛刀身的每一丝纹理都浸过血。

刀如此，人更可怕。黑井三郎的一头乱发被皮条勒住，束在脑后，一张脸上青红酱紫，五官皆烂，唯有一双眼睛在闪着光，比刀锋还要冷、还要利。

百晓娘看着对方的脸，心口犯起了恶心，这家伙的脸比鬼仙的还要恐怖，难道也和鬼仙有过同样的遭遇？

黑井三郎虽然身材瘦小，可挺刀站在桥板上，那股气势仿佛已将整座桥占满，无论谁走过去，都将被他挤落涧底。

百晓娘皱起眉头,低声说道:"如果丁醒在就好了,他的火铳可以一击毙命。"

"丁醒不在正好,我要亲手复仇,你知道他这个姿势叫什么吗?"鬼仙反问。

百晓娘摇头:"我又没和倭寇交过手,哪里会知道?"

鬼仙握紧了竹枪:"这是忍术当中很厉害的一招,叫鬼斩。据说攻守兼备,很难对付。忍术以偷袭为主,正大光明对敌的不多,这一招是他们钻研了多年才成功的。"

百晓娘冷笑,从鬼仙手中抓过一支竹枪:"管它什么鬼斩狗斩的,先吃我一枪!"

"嗖"的一声,百晓娘将竹枪猛掷而去。

黑井三郎纹丝不动,只是一对眼睛赫然瞪圆了,双手向前一递,砉然一声,那支竹枪居然被一分为二,贴着他耳朵飞过桥去。

百晓娘情不自禁地叫了一声:"好利的眼,好利的刀……"

她看看鬼仙:"这是要拼命的架势,桥面太窄,我们无法同时攻上。"

鬼仙从百晓娘身上解下那件袍子,披在自己肩头,嘴里嘀咕着:"多少年来我都记着,毁面吞炭,断指纹身,杀父之仇,夺亲之恨,该还了,都该还了!"

他的语气异常平淡,仿佛在说着一件与己无关的往事,但百晓娘听得出来,平淡的语气之下,隐藏着如海涛般汹涌的怨毒与愤恨。

鬼仙披好了袍子,向百晓娘一伸手:"借刀一用。"

百晓娘不声不响地把倭刀递到他的手心,接过了竹枪:"万万小心。"

鬼仙刀尖指地，慢慢走上小桥。

自打认识鬼仙起，百晓娘就没见过他动手，从印象中来看，鬼仙的武艺肯定不会高。而对面可是杀人如麻的魔鬼，一时间，百晓娘有点儿后悔让鬼仙过去了。

她紧握竹枪，慢慢走到桥头，随时准备接应。

鬼仙走到黑井三郎身前七八尺远的地方，收住脚步，冷着眼注视对方。对方也用一对怪眼死盯着他。

蓦地，鬼仙嘴里迸出一句鬼话，百晓娘听不懂，可黑井三郎明显听懂了，他的神色起了变化，眨了几下眼皮，突然尖声大笑起来，然后"吆西""吆西"地点点头，蹦出一句中国话："你，没死！"

虽然语调怪异，可总算能让人听懂，果然这许多年在中国海面上没白混。

鬼仙语气仍然平淡："不杀了你，我怎么能死？"

黑井三郎盯着鬼仙身上的袍子："你的，衣服……"

鬼仙呵呵一笑："眼熟吧，就是从你船上偷来的。"

黑井三郎双手握紧刀柄，眼神一凛："不要废话，来吧！"

鬼仙慢慢举起倭刀，直直朝向黑井三郎，然后一步步向前挪动。

黑井三郎用的是鬼斩，鬼仙在倭船上的几年当中无数次见过这一招，他知道这是忍术中的精华所在，不能大意。

忍术在鬼仙眼里，便是一招制敌之术。倭人这种武艺绝不花哨，什么虚晃、虚招、露破绽等中国武术中的法门，黑井忍术中统统没有，他们所看重的，是一刀斩。

对付这种武术，冲上去乱砍乱劈根本就是找死，只能与对方一样，使用攻守兼备的招数才能奏效。

249

现在鬼仙使用的，就是中国武术中的一招，仙人指路。刀尖直指对方，手臂却未伸直，随时可以刺出。就算对方还击，也可以缩手回刀用以格挡。

鬼仙一步步靠近黑井三郎，每走一步，刀尖便近一尺。黑井三郎赫然发现对方的姿势几乎无懈可击，无论他如何变招，面对的都是对方的刀锋。

鬼仙再走两步，距离黑井三郎只有五尺远了。

黑井三郎眼神一寒，终于出手。

他手中的倭刀呼啸翻飞，舞成一个光球，招式大开大阖，刚猛至极。那座小桥宽度不过五尺，三尺逾长的倭刀展动开来，两旁木制护栏"哗啦啦"地如同断线木偶般掉下涧去，顷刻之间刀风便将整个桥面完全笼罩。

鬼仙后退几步，重新站定双腿，全身稳如山岳。

黑井三郎收住招式，双手高举倭刀，一步步由桥上走来，眼睛眨也不眨地盯着鬼仙。他舞刀的举动并非没有意义，忍术重一击制胜，而制胜的前提便是从气势上压倒对手。

晨风渐起，鬼仙突然感到一种寒意，却不是来自山涧吹来的风。他发现黑井三郎举刀逼过来的姿势也十分完美，没有丝毫破绽。

黑井三郎一步步逼近，身形竟似越来越大，大得直可以充塞天地，可以俯视一切生命。

鬼仙刀尖斜斜上指，背上居然渗出了冷汗。此时他已听不到任何声音，对方的影子如同有形之物，塞满了他的耳朵。

黑井三郎越走越慢，脚板擦过桥面，好像摩擦着沙子。他发现鬼仙的姿势也是攻守兼备，他不知自己这一刀应从何处斩下。

鬼仙看似完全静止，事实上每块肌肉、每根神经都蕴含着一种动势，宛若平静的水面下隐藏着湍急的暗流，随时准备爆发。黑井三郎双足移动，上半身却完全静止，手中高举的倭刀更像是凝固了一般，没有丝毫颤动。

涧谷间一片死寂，唯余二人粗重的呼吸声。

黑井三郎一步步逼近。一丈，九尺，七尺……

鬼仙觉得那种无形的压力越来越大，背心已被冷汗湿透，但他不敢动，一动就会出现破绽，对方的倭刀立刻可以将他斩为两段。

唯一没有让他失去信心的是，他看到黑井三郎也不好受，一颗颗豆粒大的汗珠从他那不成人形的脸上淌下，越流越快。

二人的体力都在飞速消失，谁能挺到最后，谁就是胜者。二人相距已不到五尺，倭刀呼之欲出。

就在此时，蓦然从桥边飘来一团晨雾，晨雾慢慢移动，将二人浸没其中。

鬼仙仍旧峙立，他知道在这样的雾气里，两人都成了睁眼瞎，谁行动间发出声响，暴露了位置，就会遭到攻击。他屏住呼吸侧耳倾听，黑井三郎果然也停止了移动。

二人在雾气中对峙，大气也不出一口。

在晨风的吹送之下，雾气终于移开，二人同时看清了对方，黑井三郎发出一声嘶吼，手中倭刀以雷霆万钧之势力斩下来，刀风的呼啸声甚至盖过了他的嘶吼。

鬼斩！

这是忍者刀法中最凌厉、最刚猛、最难以挡驾的招式。三尺逾长的倭刀此时竟似长了一倍，桥面的整个范围全在刀式的笼罩之下，鬼仙已身处死地。

鬼仙没有招架，他突然暴起，人刀合一，向黑井三郎的胸口急刺过去。

刀风呼啸，鬼仙飘扬的散发断去数十根，满空飞舞。他只觉得左腰处热辣辣一痛，已经受了伤，同时他的刀尖也刺入了对方的身体。

两人同时中刀。

黑井三郎闷哼一声，收了刀向后便跑，他前胸被刺出一个血洞，血流如注，眨眼间就浸透了上衣。

鬼仙的刀伤也不轻，左腰被划开一道半尺来长的血口，鲜血激射而出。

他到底体力不济，这口气一散，身子立刻软倒在桥上。幸好百晓娘已经跑了过来，双手如风，在他伤口上洒了刀伤药，用手巾紧紧包扎住。

鬼仙摸摸那件袍子，发现被割开一条一尺来长的缝，他知道这袍子的厉害，如果不是有它护体，自己肯定要被对手斩成两段了。

鬼仙手指前方："他中了我一刀，快追，不要让他跑了……"

百晓娘看看前方，那是一片石林，堆积着不少石块，他们不知道，这个地方是鬼岛族的祭坛所在。

黑井三郎逃进了石林中，立刻隐身不见。

百晓娘安慰鬼仙："没关系，这是海岛，他终究跑不出去。"

鬼仙的伤很重，包扎完之后已不能自由行动，要追敌只有靠百晓娘了。他脱下袍子让百晓娘披上，又把刀交给她。

百晓娘一手挺刀，一手执着藤牌，慢慢接近了石林。

她刚接近一堆乱石，就觉得眼前乌光一闪，百晓娘吓得一缩脖子,将身子隐于藤牌后面,一枚小小的暗器射空,钉在几步外的大树上。

"是手里箭,小心有毒!"鬼仙知道对手暗器的厉害,警告百晓娘不要冒冒失失地闯入。

百晓娘凝神细看,眼前只是一堆堆石头,不知敌人在哪里。

"我看不见他。"

鬼仙转转眼珠,回答道:"这是忍术,忍者能伪装成各种物件。"

在近段日子里,百晓娘听鬼仙详细解说过黑井忍术的本事,大致做到心中有数,此时见黑井三郎用暗器攻击,心头火起:忍术有什么了不起,今日便让你领教一下我中原江湖人的手段。

百晓娘知道自己在明,敌人在暗,极为不利,眼下最要紧的是找到这家伙的藏身之处。换作别人,只能遍寻所有石堆,不但费时费力,还容易遭受暗算。

黑井三郎也清楚这一点,因此他凝神静气,潜身缩首,将刀藏于肘后,整个人看起来就是一块斑驳的石头。

这便是忍术中极诡异的一招:鬼化之术。

鬼化之术若是配上鬼仙偷走的袍子,更是天衣无缝,可以化成任何物件,比如石块、树干、断墙、明柱,此时黑井三郎施展鬼化之术,不用袍子配合,也几乎能乱真。

只等百晓娘走到身边,黑井三郎便可以突施辣手。或者用不着走近,只要百晓娘的注意力不在这个方向,眼神流转之间就是机会。他的手里箭不会失手第二次。

黑井三郎被鬼仙刺的那一刀同样伤得很重,虽然没有刺到心脏,但血流极快。黑井三郎作为忍者,身边自然常备有伤药,只是没时间包扎。他扔出暗器，趁着百晓娘闪避的时机，用手绢沾着伤药，硬塞进伤口，减缓流血。

他在等着百晓娘走近，可百晓娘并没有步入石林，她在身上的包袱中摸了一遍，掏出一面巴掌大的镜子。

这面镜子是青铜制成的，镜面上居然有个人像，栩栩如生，而且人像不在镜面上，像是在镜子里面。

黑井三郎自然不知道，百晓娘的这面镜子名叫"仙人镜"，是江湖中不可多得的珍奇物件。

仙人镜的制作方法很是复杂，镜子铸成之后，将竹汗（竹子被炭火烘烤后冒出的水珠）、头发灰、龟屎、蛤蟆油配在一起，用毛笔蘸着在镜面上画出人像，画成以后晒干，接着用滑石粉磨去人像，再用醋洗，最后用水银反复磨洗。

经过一番折腾后，青铜镜表面会异常光亮，而先前绘制的人像则会留在镜底，因此名为"仙人镜"。

而它的作用，不仅仅是用来描眉画眼。

百晓娘手执铜镜，看看阳光射来的方向，将镜子变换着角度，在石林当中晃来晃去。

黑井三郎的鬼化之术是有禁忌的，那便是不能用眼睛来看，而是用耳朵来听，用脚板来感觉地面的震动，用以判断敌人的方向。

这是一种需要保持极致静态的忍术，眼睛一动便破了功。因此黑井三郎看不见百晓娘拿出了镜子，只感觉到有亮光在身边乱闪。

怪事！这个女婆子在干什么？

黑井三郎甚是疑惑，但他不能动。

百晓娘用仙人镜照了几遍，嘴边泛起一丝冷笑，她收起仙人镜，将倭刀插在腰间,一手执藤牌,一手挺竹枪,慢慢走进石林。

黑井三郎听到脚步声,知道百晓娘进来了,他忍受着胸前的剧痛,紧握刀柄,准备暴起突袭。

百晓娘步步走近,距离黑井三郎已经不足一丈远了。只要再走几步,就是倭刀的攻击范围。

突然间,百晓娘将手一举,竹枪如一条灵蛇似的标了出去,刺向黑井三郎。

此时的黑井三郎已经将外表化成一块石头,除非弯腰细看,否则任谁也分辨不出。他对自己的忍术极为自负,哪里想到百晓娘早已看穿了他的把戏,确定了他的位置。

由于距离太近,竹枪几乎是一出手,就飞到了黑井三郎的身上。

"噗"的一声,枪尖刺进了黑井三郎的肩窝。黑井三郎猝不及防,疼得平地跳起数尺,嘴里哇哇怪叫。

他一把拔出竹枪,反手标了回去。

百晓娘用藤牌一挡,竹枪弹飞,落地。

黑井三郎万万想不到,眼前这个女子居然能看穿他的鬼化之术,心头大惊,如今他身受两创,要想逃只能拼命。于是他扑身而上,手举倭刀朝着百晓娘猛砍猛剁。

百晓娘并不硬拼,左躲右闪,实在不及避让,就用倭刀和藤牌招架。

"当"的一声,她手中倭刀被震飞,紧接着藤牌也被对方劈开,裂成两片。

百晓娘手无寸铁,形势危急,可这个时候,黑井三郎举起的刀陡然停在半空,劈不下来。

他的一对怪眼露出难以置信的神色，因为他感觉到自己手里的刀变得异常沉重，双腿如同煮熟的面条，支撑不住身体了。

"扑通……"

黑井三郎直挺挺地跌在地上，倭刀也撒了手，摔到一边。

他脸朝下趴在草间，身子像抽走了全部的气血，只剩一具皮囊，连手指、眼皮也动弹不得。

百晓娘扔出的竹枪上涂抹了海蛇毒，在他一阵急攻之下，猛烈发作，黑井三郎全身的肌肉都松弛下来，如何还能站立？

拼着最后的气力，黑井三郎用嘶哑的嗓音说出几个字："我的……忍术……"

百晓娘明白他的意思，冷笑一声："让你做个明白鬼，你的忍术再厉害，藏得再好，也躲不过我的仙人镜。"

黑井三郎不明白什么叫仙人镜，但他已经无法问话。

百晓娘继续说道："仙人镜是江湖中的高手打造的，这种镜子有个神奇的功用，便是对鲜血有极强的反射能力，只要照到血，镜面上的人像就会出现一小片暗斑。你胸口受伤出血，无论伪装成什么，都逃不过仙人镜的照射。"

黑井三郎长长呼出一口气，似是听懂了。

鬼仙捡回黑井三郎丢掉的倭刀，一步步走过来，感激地看了百晓娘一眼，然后把刀一举，直直刺进黑井三郎的后心！

再说丁醒这边，他紧紧随尾着贺兰明，贺兰明跑向一片密林，他挺刀急追，二人一前一后，进入了林间。

丁醒进的林子不像鬼仙与百晓娘遇到的，这片林子要大得多，密得多。

此时太阳已升得老高，却照不透这片树林的层层枝叶，地面上显得有些幽暗。放眼望去，一棵棵大树仿佛巨人耸立在眼前，又高又直的树干上缠满了青绿色的藤萝茎蔓，如同一条条怪蛇，看着令人头皮发麻。

林子里没有路，看样子连鬼岛族人也很少光顾这里。

丁醒缓步走在林中，感觉到这里湿气很重，加上不透风，不见光，那些湿气如同一层滴着水的厚棉被罩住全身，很不舒服，心头也像压着一块大石头，令人直欲狂喊。

整个树林几乎都是一个颜色，却分明有着层次。

树顶部分是亮绿色，往下便一层层加深，直到完全变成墨绿，不时有飞鸟掠过头顶，发出啾啾的叫声，还有不知名的鸣虫在低语，整个林子其实并不安静。

这就给追踪者增添了不少的困难。

丁醒没有百晓娘和鬼仙那样的追踪本事，他只能小心谨慎地迈出每一步。

侧耳细听，林中没有奔跑的声音，贺兰明应是藏了起来，不知道躲在哪棵大树后，随时准备给自己致命一刀。

丁醒转转眼珠，反手抽出腰间的火铳，装上火药，压实木马子，再装进一颗铅弹。

他收起了腰刀，一手执定火铳，一手用火折子点燃了半根燃香，放在火门前，随时可以射出弹丸。

丁醒慢慢地移动着脚步，眼光一刻不停地搜索着四周。丁醒心里有些后悔，如果百晓娘在身边，那就安全多了。

正想到这里，突然之间，侧面的一丛高草里传来一丝声响，丁醒立刻转身，火铳对准了出声之地。

可那里并没有异常，只有一个头盔，贺兰明的头盔。

正当丁醒的注意力被吸引的时候，头顶的树杈上翻下一个人来，自是贺兰明。

他早就躲在枝叶之间，扔出头盔迷惑丁醒，紧接着就跳了下来，一刀砍向丁醒的头顶。

丁醒猝不及防，闪避已经来不及了，慌乱之中连忙举起火铳，向上招架。

"当"的一声响，火铳被砸落在地，同时贺兰明飞起一脚，把丁醒踢出几步远，滚倒在地。

等到丁醒爬起来时，贺兰明已经站在丁醒先前的位置，一手端着那杆火铳，铳口笔直地对准丁醒，另一手拿着捡起的燃香，按在火门上。

刹那间，火铳到了贺兰明的手上，二人的优势方已经反转。

丁醒抽出腰刀，舞个刀花挡在身前，贺兰明呵呵冷笑："姓丁的，别乱动，小心我一紧张点了火，那你身上就要多个透明窟窿了。"

丁醒呸了一声："贺兰，你背叛大明，还妄想裂土称尊，可惜连鬼岛都出不去。如今你的部下死的死，散的散，我看还是尽早投降的好。"

贺兰明脸上的肌肉轻轻颤动，也不知是激动还是恐惧："投降？我伙同倭人杀死部下，还把几百名兵士送进鬼门关，投降就能活命了吗？"

"有件事情我不理解，大明对你不薄，授你定海卫主官之职，你为何还要冒着诛九族的大罪举兵反叛？真以为凭着区区几百名海寇就可以取下半壁江山？未免太天真了吧！"丁醒连珠炮似的发问。

贺兰明仰头一阵惨笑："你哪里知道，朝中那些大员个个贪得无厌，我虽然占地冒饷，也已经无法满足他们。用不了多久，我就会被人顶替，与其像狗一样被抛弃，不如随同我叔父拼死一搏，成功了君临天下，失败了也能占岛为王，何乐不为！只是没想到，出师未捷身先死，那都是因为你，因为你！你为什么总是死不了？老天爷为什么那么喜欢你？"贺兰明奋力咆哮着，眼珠子都要努出眶外。

"不是老天爷喜欢我，而是老天爷不喜欢你！"丁醒喝道，"引狼入室，屠戮同袍，你这样的人还妄想得到天下，做梦！今天便是你的死期。"

贺兰明晃了晃火铳："我死，你也活不成！"

丁醒刀尖一指："那你就开枪吧，磨蹭什么！"

贺兰明扬扬眉毛："打死你，我就没了人质，如何逃得脱？"

"那你想怎么样？"

贺兰明指了指丁醒的刀："把家伙扔了，慢慢走过来，趴在地上。"

他腰里有绳索，准备将丁醒捆起来，用以要挟百晓娘等人，要一只船逃出鬼岛。惨败之下，这是唯一的逃生之路。

可丁醒并不打算顺他的意，哈哈一笑："我从到定海那天起，就没见你用过火铳，你会用吗？你知道我的火铳里装没装弹丸？告诉你，刚才那一次偷袭，我挡刀的时候，弹丸已经被震出去了。现在铳膛里是空的，只有火药。"

贺兰明脸色一变，下意识地想要抬起火铳，看看铳膛。其实就算看也无法看清楚，铳膛既细且深，哪里看得到里面有没有铅弹？

但他马上意识到，丁醒在用言语迷惑自己，只要自己稍有动作，对方就可以趁势攻过来。

贺兰明硬生生收住手，冷笑道："你这套把戏，骗骗三岁小孩还行。本将军可不上当，你再不弃刀，我就开火了。"

丁醒低声骂了一句，然后咬紧牙关，手指贺兰明："老子就算死，也不让你这叛贼逃生。"

说完，他紧握腰刀，猱身而上。

贺兰明知道丁醒不会乖乖就犯，他把心一横，将火铳对准了丁醒的右胸，打中那个地方，一时尚不致命。

他将燃香按进火门，只听"呼"的一声，火铳上冒出一股火焰来，但是，却没有弹丸打出。

这股火焰从火门里射出，形成一个火团，劈头盖脸喷向贺兰明的面门。贺兰明原本长着一部威武的大胡子，平时甚是爱惜，此时却倒了大霉。

刹那间火焰便燎着了胡子，刮刮杂杂地烧起来，火团之中还带着喷溅而出的火药，很难熄灭，将他的胡子烧个罄尽，而且还不算完，连同贺兰明的眉毛、头发，也烧去了大半。

"啊——"贺兰明发出一声长长的惨叫，撒手扔掉火铳，去脸上乱抹，想扑灭火焰。此时他目不视物，心慌意乱，真个成了火烧眉毛，哪里还顾得上面前的丁醒？

借着这个机会，丁醒一个箭步跳上来，国仇私恨凝聚于锋刃之上，手起刀落，贺兰明双手被齐腕斩断，连同他的咽喉处，也被开了一条血口。

鲜血激射而出，贺兰明脸上的火焰终于灭了，他睁开双眼，看着自己的断手,咽喉里咯咯作响,他欲捂住脖子,但没有手掌,捂也捂不住。

咽喉被割开,涌出的血溅了丁醒一身。

贺兰明看向地上的火铳,似乎还想说什么,但已经说不出半个字来。

丁醒用刀指着他,冷冷一笑:"这条火铳是家父传下来的,专杀逆臣贼子,岂会反噬主人?"

"嗵"的一声,贺兰明尸体扑倒于自己的血泊中,抽搐了几下,不再动了。

他到死也没明白,那杆火铳为什么会从火门里喷出火焰来。

丁醒弯腰拾起自己的火铳,脸上露出胜利的微笑,只有他知道是怎么回事。

在未进树林之间,丁醒就预感到贺兰明会埋伏起来袭击自己,就算自己有火铳,也不一定能发挥作用,与其厮杀一场,不如用计取胜。

所以丁醒在火铳上做了手脚,他装好火药之后,在铳膛里连塞了三个木马子,装进弹丸之后,为防万一,又暗中将弹丸倒了出来。

如此一来,铳膛之内只有三个木马子,阻隔了火药,没有铅弹,纵使开枪也不能伤人。

木马子是椴木做成的木片,用来压实火药,闭塞气门的,用了木马子才可能使膛压加大,增加弹丸的速度。没有木马子的话,铳膛闭气不足,铅弹根本飞不远,有的甚至出膛之后飞不到一丈就落了地,没有杀伤力。

可是丁醒一连塞了三个木马子,那就成问题了。木马子与铳膛口径一致，用一个木马子时，火药点火喷射可以将其推出铳膛，但连塞三个之后，就仿佛在火铳里安了盖子，火药劲力不足以将三个木马子都推出去，这个时候，火焰就会另找出路。

这个出路就是火门。火门虽细，却是开孔的，因此丁醒断定，只要贺兰明一点火，必定会喷得一脸火焰。

有了这个算计，丁醒便故意将火铳脱手，留给了贺兰明。

他将火铳下面挂着的搠杖抽出，捣碎里面的木马子，倒出碎屑，清理了铳膛后背在身上。低头看看贺兰明的尸体，冷笑道："其实你若不用火铳，照样可以捉了我做人质。论战场厮杀，我绝非你的对手。"

他用绳子捆住贺兰明的双脚，将尸体拖出了树林。

刚出树林不远，丁醒便听到有人在喊自己的名字，回头一瞧，正是百晓娘与鬼仙。

百晓娘扶着鬼仙缓步而行，鬼仙步履踉跄，手中提着一个人头。

三人聚在一处，都互道平安，心中方才安稳。百晓娘看看贺兰明的尸体，不禁疑道："这家伙怎么成了焦猪一样，毛都烧没了？"

丁醒呵呵一笑："他抢了我的火铳，不会使，我让他不要开火，他不听，就成这样了。"

百晓娘忍住笑："我才不信呢，想不到，你也会耍诡了。"

三人说笑着回到高坡之下，青竹夫人带着族人已经等在这里，其中数人受了伤，正在施救。

看到丁醒，青竹夫人这才松了口气。丁醒惦记着海上的战斗，刚问出一句，就听口袋湾里吹起了号声。

"是屠节他们，"青竹夫人道，"想必已经肃清了海上的残敌。"

我们去瞧瞧。"

一行人回到口袋湾岸边,果然见驶进来一条大船,还有十数条竹排。

这条大船烧得只剩半片前帆,但鬼岛族人技艺精湛,硬是靠着这半片前帆,把大船安全驶了回来。

屠节与汪顺站在船头上,遍身湿透,却是意气风发。在他们身后,立着那几名阿丹国使,除了身上、头上有烧伤的痕迹外,并无大碍。

丁醒连忙发问:"老汪,海寇全部就歼了吗?"

汪顺拱手答道:"禀将军,敌船除了这条之外,全部焚毁,我们杀死在海中的叛军海寇不下二百人,擒获了十几人,另外的几百人游水而逃,相信也逃不远,无数鲨鱼已经来赴宴了。"

船上船下一片欢笑之声。

青竹夫人问屠节:"我们的人伤了多少?"

屠节道:"死了二十七个,尸体已经装上船了。另外还伤了四十多人,有几个伤势较重,正在施救。"

青竹夫人叹了口气,这次决战鬼岛族人来了一百二十来人,伤亡已经过半,足见得战况惨烈。

屠节与汪顺跳下大船,驾竹排上了岸,看到贺兰明的尸体,汪顺呸了一声,骂道:"死有余辜!"

然后问丁醒:"将军,这厮的臭皮囊还留着做甚?扔进海里喂鱼好了。"

丁醒不同意:"不成,我们还要带回去面见朝廷诏使,说明情由。"

汪顺有些恍然大悟的样子:"还是将军想得周到。"

丁醒拍拍汪顺的肩膀:"生擒这些叛军是你的主意吧,回去好

263

记录口供。"

汪顺嘿嘿一笑:"当然,贺兰明死了,要没有几个活口,怎么向朝廷交代?"

此时鬼岛族人已经全部上岛,他们重返故地,自然十分激动,有的人甚至伏地痛哭。青竹夫人派屠节带人修理船帆,并把没来的老幼妇孺接回来。

一群人忙碌起来,还有人把岛上的海寇尸体拖了过来,准备装到船上,扔进大海。

丁醒忽地想起一事,他挨个辨认过尸体,不由眉头紧锁。百晓娘明白他在想什么:"好像少了那个言五爷!"

"对,我清楚地看到他逃上鬼岛,不过在对阵之时就不见了,想必还躲在岛上。"丁醒看向青竹夫人,"夫人,叛军首领尚未落网,还请下令全岛搜寻。"

青竹夫人点头:"这个自然。"

她立刻派出四队人马,由族中长者率领,仔细搜索岛上任何一处地方。可还没等大家出发,突然有人手指着岛中央处的山峰大叫起来:"你们看,那是什么?"

大家回头望去,只见那座不高的山峰顶上,正冒起一股黑色的浓烟。

丁醒与汪顺同时吃了一惊,他们曾亲眼见过,这种浓烟升起的时候,恶龙就会出现。

果然不出所料,烟雾升到半空后,赫然钻出了那条金色巨龙。

除了丁醒与汪顺外,所有人都变了脸色。他们是第一次见到金龙,有很多人用手猛揉眼睛,不相信真的有龙出现。

随着烟雾中爆发出电光与轰响,那条龙顺着风势朝口袋湾飞了过来。

丁醒一把拉起正躺在地上休息的鬼仙,也不顾他的伤势,急问道:"你不是说恶龙是倭人制造出的幻象吗?那这东西怎么解释?"

鬼仙也忘记了伤口疼痛,大瞪着双眼看向天空,嘴里喃喃自语:"对呀,倭寇都见了阎罗王,难道还有人会使用鬼幻之术?"

百晓娘凝视着远处的恶龙:"我看不像是假的!难道这世上真的有龙?就算有龙,也不会听凭姓言的使唤呀!难道他是大罗金仙?"

丁醒推开鬼仙,向众人大叫:"散开,散开!"

他知道,恶龙会口吐火珠,人群聚集会伤亡惨重。青竹夫人虽也慌了神,但没见过恶龙发威,还算镇定,立即下令向恶龙放箭。

此时族人装备的神火飞鸦等火器都已用尽,但弓箭还有。于是大家摘弓搭箭,瞄准了恶龙飞来的方向,准备等恶龙飞近便乱箭齐发。

丁醒知道底细,普通的弓箭根本伤不到恶龙,但此时除了弓箭,再无其他武器可用。

恶龙张牙舞爪,飞行甚速,呼吸几次的工夫,已离众人头顶不过几丈远。

地上鬼岛族人拉满了弓箭,朝向天空,可有的人手臂已开始发抖,毕竟谁也没见过真龙,更不知道攻击真龙会有什么样的后果。

眼看恶龙就要飞到头顶,突然龙嘴一张,空中滴溜溜地滚下一颗人头大小的乌珠。这颗乌珠冒着火花,吱吱作响,朝地面上的人砸了下来。

丁醒大叫一声："大家扑倒！"

他双手一揽，搂住百晓娘的身子，将她压倒在地。

此时那颗乌珠当头落下，好像就是奔着丁醒来的，丁醒掩护了百晓娘，眼看就要被乌珠砸中。

忽见青影一闪，一个人扑了过来，趴在丁醒的背上，正是青竹夫人。

轰……

一声巨响，乌珠炸开，碎片乱飞，有几人被碎片击中，惨叫着滚倒在地。

丁醒感觉到有人扑在自己背上，听到这声响时，便知道不妙，急忙翻身，将背上的青竹夫人抱在怀中，定睛看时，青竹夫人的一对俏目正望着他。

"你不要命了！"急切间，丁醒脱口而出。

青竹夫人却是微微一笑："你没事……就好……"

丁醒一惊，他感觉到自己的双手之上一片湿滑温热，与此同时，青竹夫人已经说不出话来。丁醒向她背上看去，只见血肉模糊，不知中了多少碎片。

百晓娘跳了起来，她已经明白乌珠是什么物件，指着空中叫道："那是火雷，放箭，快放箭！"

惊魂初定的鬼岛族人乱箭向上射去，可恶龙飞得较高，他们的弓制作得又很简陋，没有一箭能够射到恶龙身上。

鬼仙终于近距离看到了这条龙，他心头一转念，脱口叫道："龙是假的，是假的！"

百晓娘问："你怎知道？"

鬼仙道："还记得我说起过的鬼杖树吗？这条龙，就是用鬼杖树做成的，其实就是一只大风筝。"

百晓娘立时想起，鬼仙介绍黑井一族忍术时曾经说过，黑井一族居住地有一种树，木制极轻，材制很硬，叫作鬼杖树，世所罕见。

既然木轻且硬，那么制成风筝当然就可以迎风飞上天空。看来眼前这条恶龙就是由鬼杖木做成的，至于龙嘴中的火雷，自是由人点燃引线后扔下来的。

龙嘴中居然可以藏人而不坠地，显见得鬼杖木有多轻了。

至于那股浓烟，同样是倭人弄出来的，黑井忍术中有雾隐一术，烧些烟雾出来并不困难。

想清楚这些，鬼仙指着恶龙叫道："贼首一定藏在龙嘴里。"

丁醒恍然大悟，他轻轻放倒青竹夫人，对百晓娘道："你照顾她，给我火折子。"

百晓娘接过青竹夫人，随手掏出火折子扔给丁醒，丁醒接到手中，跳起身向后便跑。

果然，那条恶龙没有继续投下乌珠，而是飞卷着身子，在后紧追丁醒。

一边跑，丁醒一边拔出火铳装填火药。

鬼仙猜得不错，言五爷此时就坐在龙嘴里，身边放着三四颗火雷。

此时的言五爷对丁醒恨之入骨，两次举事都被这小子破坏，尤其这一回，所有部下被一网打尽，再有通天本领也难以翻身，自己准备了许多时间，花费了无数心血才布下如此大的阵仗，却被丁醒率了一帮岛民轻易地剿灭了。

恨极之下，他命令跟随自己的两名倭寇烧起浓烟，打开箱子取出风筝。

这条巨龙风筝是由高手匠人制成，不用时折叠一处，可以收进箱子，用的时候展开来，有数丈长短。

本来言五爷没想着在海上使用，一心想等进了南京城，再放出来迷惑天下人。可万万想不到出师未捷，全军尽丧，皇图霸业尽付流水。此时连逃走都难，愤恨之下，他完全丧失了理智，决心与丁醒同归于尽。

巨龙迎风升空之后，两名倭寇烧起烟来，之后便逃之夭夭。言五爷一个人坐在龙嘴之中，身边放了四颗火雷，手中握着火折子，来寻丁醒。

此时言五爷见第一颗火雷没有炸死对方，心有不甘，正好丁醒逃走的是顺风方向，巨龙凭风力眨眼便可以追上。

丁醒就是要引开巨龙，以免继续伤到别人。他一边跑一边装药，多年练就的本事终于派上用场，在极短的时间里，他已将火药灌进铳膛，用木马子压实，再装进铅弹。

完成这一切之后，丁醒霍然停步，转过身来，用火折子点起根燃香，把火铳指向空中。

巨龙已经飞到头顶之上。

言五爷一手托着一枚火雷，另一只手点燃火折子，凑近引线。

而丁醒也看清了龙嘴里的言五爷，举铳瞄准。

"滋"的一声，引线点着了，冒出火花。言五爷估算着与丁醒的距离，他要在最合适的时机扔下开花弹，最好是半空炸响，可以将丁醒炸个体无完肤，当场毙命。

此刻的丁醒却异常平静,他眼睛直盯着火铳上的前照星,瞄准了龙嘴里的言五爷。

一时间,空气中没了声息,只有引线在滋滋作响。

巨龙已经飞到丁醒的头顶上,言五爷咬牙切齿,看着引线烧得差不多了,他一抬手臂,就要将开花弹丢下来。

就在这一刹那,丁醒手中的燃香按进了火门。

"砰……"只听一声枪响,火铳的铳口冒出一股白烟。

这是致命的一枪,弹丸不偏不倚地击中了言五爷的额头。言五爷的脑袋猛地向后一扬,就像被冰雹打漏的西瓜,鲜血喷溅而出。

中了这一枪之后,言五爷的手臂再无力气,那颗火雷沿着他手臂滚下,落到自己的怀里。

此时引线已经烧完,轰然巨响之下,血雨飞洒,碎木漫空,言五爷连同那条巨龙一起,被炸得粉身碎骨。

丁醒扔掉火铳,抱着头缩成一团,以免被空中横飞的碎片炸伤。幸好,身上除了几根碎木条落下之外,没有火雷的弹片。

"扑通"一声,言五爷的半个脑壳落下地来,滚了几滚,染红了一片草地,他死的样子,像极了第一次天雷殛村时的遇难者。

丁醒缓缓站起身,捡回火铳插在背后,抬眼朝百晓娘的方向望去。

他的心陡然一沉。

众多鬼岛族人围在一起,默然肃立,谁也不开口,整个场面安静得可怕。

丁醒心知不妙,急忙三步并两步跑了回来,分开人群挤了进去。

百晓娘坐在地上,眼角眉梢间满是哀伤。青竹夫人躺在她怀中,却是满面含笑。在这短短的时间里,百晓娘已经用布巾将青竹夫人的后背紧紧包裹起来，但鲜血仍旧奔涌不止，浸过包布滴到地上。

她已不知流了多少血，连百晓娘的衣服都浸透了。

丁醒低下身子，先看了一眼百晓娘，百晓娘没说话，只是轻轻摇了摇头，便低下头去。

丁醒心头一阵发颤，没想到青竹夫人年纪轻轻，竟为了保护自己而失去性命。

他怀着无比的歉疚之情，跪在青竹夫人身边，看着她那张苍白的脸，滴下泪来。

青竹夫人脸上没有哀伤，只是显露着一丝恋恋不舍之意，她无力地晃动着手，指了指四周的人们，用衰微的语气道："丁将军，我的族人，就拜托给你了……"

丁醒连忙答道："你放心，从现在起，他们就是我的兄弟姐妹，我的家人。"

"不，他们是你的部下……带他们回大陆去，鬼岛终究不是家……"青竹夫人语调虽低，但心意甚坚。

"我听你的，带他们回大陆！我会好好安置他们……"丁醒声音哽咽，有些说不下去了。

青竹夫人看向身边的屠节，屠节满面泪痕，忙低下身子倾听。

"跟着丁将军……听他的话……"

屠节呜呜咽咽地哭着点头。

青竹夫人颤抖着手，轻轻抚摸丁醒的脸颊，眼中依恋之意更浓："我有些冷，能抱抱我吗？自相识以来，你还没有抱过我……"

丁醒还没有表示，百晓娘轻轻抬起青竹夫人的身子，交给丁醒。她的眼里也满是泪花："答应她……"

丁醒轻轻接过青竹夫人，慢慢收拢双臂，将她紧紧抱在怀中。

他几乎没有流过眼泪，但这一刻，他实在忍不住了。

丁醒如此悲伤痛惜，不光是因为青竹夫人多次救过自己的性命，还有一层意思，那就是自认识以来，青竹夫人对他始终像阳光一样坦承。有爱意，就明明白白地表达出来，即使自己完全不照顾她的面子，她也从不恼恨，她的爱，清澈见底。

青竹夫人就像她的名字一样，其色如青天，其节显于外，不加掩饰。

而自己呢？不止一次对人家动过心机。莫说官场规则，也莫说江湖险恶，他与百晓娘一样，从不曾真诚地对青竹夫人敞开心扉。

单从这一点，丁醒就觉得自己好生龌龊，无言以对，想必百晓娘也有同感。

丁醒只能紧紧抱住青竹夫人，泪水滑落下来，滴在她脸上。青竹夫人感觉到了，她突然笑了起来。

她什么也没有说，缓缓闭上了那一对俏丽无双的大眼睛。这一刻，她偎依在爱人怀里，心满意足。

丁醒抱着青竹夫人，泣不成声。

周围的鬼岛族人纷纷跪倒于地，双手高举，仰面朝天，嘴里唱着祖传的祭歌，哀悼他们的首领。

海风呜咽，海浪奔涌着将一朵朵泪花送上岸头，仿佛也在痛惜着一位绝代佳人的离去。

第二天一早，按照鬼岛族人的规矩，长老们为青竹夫人整理好遗容，将其放入一只小船，小船中灌满鱼油，在小船下海之后，射出火箭将鱼油点燃,大家目送着小小火船载着青竹夫人的遗体漂向海中。

这是鬼岛族人独特的丧葬方式,小船在哪里沉没,上面的遗体就沉在哪里,表示大海已经接纳了她,历代岛主皆是如此。

青竹夫人,鬼岛的最后一任岛主,以最传统的方式融入了大海。

很快,屠节率人接回了全部族人,伤者也救治妥当了。转过天来,迎着初升的日光,丁醒率领所有人登上了大船。

百晓娘站在他身边,后面是鬼仙、汪顺、屠节等人。阿丹国使和那些俘虏也已安置好,岛上的各种用具财物也都搬了上来,一切准备就绪。

"下令吧!"百晓娘温柔地提醒着丁醒。

丁醒回头望去,所有的鬼岛族人都在看着他,等着他的命令。他用平淡的声音吩咐屠节:"启航,我们回家!"

屠节双手拢成喇叭口,喊起了鬼岛族中流传的出海号子,随着众人的应和,主帆升起,刹那间被风涨满,大船调直了方向,朝鬼岛外驶去。

艳阳在后,烈风在前,海鸟围绕着大船上下翻飞,往来鸣叫,仿佛要把消息早一点儿带回去。

丁醒与百晓娘、鬼仙并肩站在船头,向远方眺望,家园在前方,希望也在前方!

(全文完)

后记

丁醒因有定海剿寇、营救阿丹国使这两份功劳,被提升为定海卫指挥使,接替了贺兰明的位置。同年,丁醒与百晓娘结为夫妻。

此后数年,百晓娘生下两儿一女,丁家人丁渐盛,成为关中旺族。

鬼岛族人回到大陆,丁醒上书表其功绩,朝廷颁下恩旨,分给土地田宅,从此在定海生息繁衍,学习耕种,以造船业、采珠业为主要生计,后三十年,渐成大镇。

屠节与数十名青壮编入丁醒军中,日后成为丁醒手下得力干将。

丁醒镇守定海卫七年有余,后调任宣府,积功官至副总兵。

鬼仙为父报仇之后,了无牵挂,浪迹江湖,仍与丁家保持着联系。十余年后突患风疾,行动不便,丁醒将其接到家中,命两个儿子认其为义父,鬼仙一身本领,尽授于二子。

至于丁醒为官守疆之事,不再赘述,只是有一件事,需要提上一笔,那便是百晓娘拥有的天书。

丁醒成亲之后,"百晓娘"这个名字便从此消失了,这部天书当世再也无人知晓,可是百余年之后,丁家有一位后人做了明军夜不收的将领,围绕着这部天书,发生了一连串惊险诡奇的事,甚至关系着整个中华文明的气运,也将这位丁家后人牵扯了进来,当然,这是后话,也是另外一个故事了。